WHEN WOMEN WERE DRAGONS

当她
化身为龙

［美］凯莉·巴恩希尔 著

段心雨 译

Kelly Barnhill

中信出版集团｜北京

图书在版编目（CIP）数据

当她化身为龙 / (美) 凯莉·巴恩希尔著；段心雨译. -- 北京：中信出版社, 2024.8. -- ISBN 978-7-5217-6589-2

I. I712.45

中国国家版本馆 CIP 数据核字第 2024EP7962 号

When Women Were Dragons by Kelly Barnhill
Copyright © 2022 by Kelly Barnhill
Simplified Chinese translation copyright © 2024 by CITIC Press Corporation
Published by arrangement with Writers House, LLC through BARDON CHINESE CREATIVE AGENCY LIMITED
ALL RIGHTS RESERVED
本书仅限中国大陆地区发行销售

当她化身为龙
著者： ［美］凯莉·巴恩希尔
译者： 段心雨
出版发行：中信出版集团股份有限公司
（北京市朝阳区东三环北路 27 号嘉铭中心 邮编 100020）
承印者： 三河市中晟雅豪印务有限公司

开本：880mm×1230mm 1/32　　　　印张：12.75　　字数：266 千字
版次：2024 年 8 月第 1 版　　　　　　印次：2024 年 8 月第 1 次印刷
书号：ISBN 978-7-5217-6589-2　　　　京权图字：01-2024-2690
定价：59.00 元

版权所有·侵权必究
如有印刷、装订问题，本公司负责调换。
服务热线：400-600-8099
投稿邮箱：author@citicpub.com

献给克里斯蒂娜·布拉西·福特，
她的证词引出此书。

献给我的孩子——
我所有的龙。

龙驻古墓，聪明骄傲，守护宝物。

——盎格鲁-撒克逊谚语

面狞、形怪、巨头、长颈、面黄瘦。毛耳、宽额、凶眼、丑嘴、马齿，可吐火。弯颌、厚唇、焦发、肥颊、畸胸。音尖。大腿有痂，小腿虬曲，双膝多节，双足外翻，足踝肿胀。嘴大张，声嘶哑。长势迅疾，强鸣力吼，弥天盖地，震彻寰宇。

——《圣古斯拉克的一生》，弗利克斯著。弗利克斯，东盎格利亚王国的修道士，活跃于公元730年左右。弗利克斯曾欲在古墓隐居，在本书中，这位优秀的修道士记载了古墓最早的一群占领者。

若我，如所罗门……
可许愿——
我的愿望……噢！化作龙，
象征天堂之力——如蚕
之微，或无限；时有不现。
幸福之景！

——《噢！化作龙》，玛丽安·摩尔，1959年

亚历克斯·格林，
物理学家、教授、活动家，仍旧为人。
本书真实地记录了她的一生。
可视为回忆录。

母亲：

展信佳——

我没有多少时间了。此时此刻，一种变化，非常惊人的变化正发生在我身上。即使我想，也无法阻止。何况我无意阻止。

写下这些文字，并非出于悲伤。被火焰填满的心，无处容纳悲伤。你会告诉人们，你无意将我培养成愤怒的女人。你说得对。人们从不允许我发怒，对吗？我能发现并理解愤怒的力量，这力量却被剥夺。直到最后，我学会了接纳自己。

在我的婚礼上，你告诉我，我要嫁给一个严酷的男人，我得甘心取悦他。"一个好女人，"你说，"能发掘出丈夫良善的一面。"可在新婚当夜，这句话的谎言本质暴露无遗。我的丈夫不是一个好人，也没有什么能让他成为好人。我嫁的这个人，他任性易怒，反复无常，意志薄弱，道德败坏。这些你都知道，可你还是伏在我耳边，告诉我过来人的秘密，告诉我为了孩子，为了你将来的外孙，这些痛苦都值得。

但根本不会有孩子，不是吗？丈夫的毒打证明了这一点。现在，我将还施彼身。长出尖牙、利爪，受压迫者已手持天国的正义之焰。落笔的这一刻，烈焰仍在我身烧灼。我已得解脱，远离大地，远离男人，免于妻责，免于女痛。

我永不后悔。

我不会想你的，母亲。或许，我甚至不会记起你。一朵花会记起曾为种子的生活吗？烬处重生的凤凰会记起从前的自己吗？你不会再见到我了。我将变成直穿长空的一道影，疾驰而过，转瞬而逝。

——选自玛丽亚·蒂尔曼[†]的家信

[†] 玛丽亚·蒂尔曼是美国内布拉斯加州林肯市的一名家庭主妇，也是在1955年的"大规模化龙日"（又称"母亲失踪日"）之前，经科学证实的美国最早的自发性化龙案例。目击者称，此次化龙事件发生于1898年9月18日白天，当时，隔壁邻居家的花园里正举行柠檬水社交活动，以庆祝一场订婚仪式。当局压下了与玛丽亚事件有关的信息和数据。尽管有大量确凿的证据，比如隔壁拍摄的一张银版相片捕捉到了化龙的过程，极度清晰地展现在相片正中央，此外还有目击者签名的证词；但上至国家，下至当地，没有一家报纸报道这一事件，所有相关研究也被禁止资助和发表。科学家、记者和研究人员哪怕只是询问事件相关的问题，都会遭到解雇，或被列入黑名单。类似的研究被迫叫停，这并非第一次。然而，如此确凿的证据，加上政府强力的镇压，足以促成双足龙研究协会的诞生。这是一个由医生、科学家和学生组成的地下组织，致力于自发或蓄意的化龙现象的信息保护及研究（如有条件，也开展同行评审），以深入理解化龙现象。——原书注

先生们，指导你们如何做好工作，并非我的职责。我是科学家，不是国会议员。我的任务是提出问题，认真记录观测的内容，仔细分析数据，以期后来者提出更多问题。若不能拷问当世信仰，拆毁私人恶见，何谈科学？若不能无拘无束地传播真相，何谈科学？在座的各位，作为决策者的各位，如若利用权力压制对知识和思想的理解，阻碍二者的自由传播，那么食此恶果的并非我，而是整个国家，乃至全世界。

1955年4月25日，因为无人能理解的化龙事件，我们的国家失去了成千上万的妻子和母亲。事件的本质固然难以解释，但更关键的是，科学既被禁止用来寻找答案，也在回应问题时饱受阻碍。当前形势难以为继。一个国家怎能如此回应危机？怎能没有科学家和医生的合作，没有临床发现和实验数据的互通？发生在这一天的化龙事件，无论从数量还是规模来看，都前所未有。然而——先生们，请你们务必让我把话说完——这并不是特例。恕我直言，所谓的化龙现象早有发生，并持续至今。如果不是相关的医生和研究者失去职位和生计，如果不是害怕实验室和研究记录被当局销毁，那么会有更多人知晓、了解这一现象。我深知，今日当着各位的面，如此直言不讳、坦诚相告，是将我的事业置于偌大的风险中。然而，先生们，我是一名科学家，我不忠于肉身，不忠于自我，唯忠于真相。埋葬知识，何人受益？当科学屈于政治权谋，何人受益？议员先生们，受益人不是我，当然更不是你们义无反顾要服务的美国的民众。

——摘自1957年2月9日，H.N.甘茨博士对众议院非美活动调查委员会所做演讲。H.N.甘茨博士为约翰斯·霍普金斯大学医院前内科主任，曾在美国国立卫生研究院、陆军医疗兵团和国家科学委员会任职。

1

第一次遇见龙的时候，我四岁。这件事我从未告诉母亲，我觉得她不会懂我。

（显然，我错怪了她。很多事一旦涉及母亲，我都会想错。这很正常。我觉得，或许没有人了解自己的母亲，了解真正的她。又或许，总是为时已晚。）

遇见龙的那天，对于我来说，是失落的一天，发生在动荡的年月。母亲已经消失了两个多月。父亲变得面无表情，神色空洞，像藏在手套中的手，没有给我任何解释。母亲离开后，姨母玛拉为了照顾我，与我们同住，她的神情也只有茫然。他们都没提到过母亲的身份和下落。没有人告诉我，母亲什么时候回来。那时的我还小，无法得知任何消息，没有参照的门路，不知能向谁发问。父亲和姨母叫我做一个听话的女孩。他们希望我忘记。

那时候，一位小老太太住在我家小巷对面。她有一座花园，一个漂亮的棚子，还有一个小鸡笼，里面养了几只鸡，棚顶栖着一只假猫头鹰。有时候，我散步到她的院子里，和她打招呼，她会给我一捆胡萝卜，或是一个鸡蛋、一块饼干、一篮子草莓。我很喜欢她。对当时的我来说，在那个无意义的世界里，她是唯一给我带来意义的人。她说话的口音很重，很久之后我知道了，那是波兰口音。她叫我小青蛙[†]，因为我总是像青蛙一样跳来跳去。她会带我去摘灯笼果、早熟的小柿子、旱金莲，还有香豌豆。然后过一会儿，她就牵着我，送我回家，告诫我的母亲（在她消失前）和姨母（在母亲消失后的漫长岁月里）："你得看好这个小孩。不然总有一天，她会长出翅膀飞走。"

我遇见龙的时候，是一个闷热潮湿的下午，七月已近尾声。那段时间，雷暴徘徊在天空边缘，庞然大物般发起数小时杂乱的低吼，等待掀起反方向的旋风——让光线暗淡，对静寂咆哮，绞干空气中所有的水分，像一块巨大的吸水海绵。风暴这时仍未袭来，全世界只剩等待。空气极度温暖潮湿，几近凝固。我头皮的汗水浸入了发辫，脏兮兮的手印弄皱了抽褶连衣裙。

我记得邻居家的狗断断续续地吠叫。

我记得远处发动机的轰鸣声。很可能是姨母在修理另一家邻居的车。她是机械师，人们都说，她有一双神奇的手，能修好任何坏掉的机器。

我记得电流般奇异的蝉鸣声，从一棵树蔓延到另一棵树，再到另一棵树。

我记得空气中飘浮的尘埃和花粉，在斜射的阳光下闪烁。

[†] 原文为 Żabko，是波兰语"青蛙"的意思。同小熊、小狐狸等小动物一样，用以形容可爱的人或事物。——译者注（若无特殊说明，书中脚注均为译者注）

我记得邻居后院传来的一连串声响。男人的咆哮，女人的尖叫，惊慌的喘息，四处抓挠的声音，重物落地的声音。接着，是一声细微的、惊讶的"噢"。

每一段记忆都如碎玻璃般清晰、锐利。那时的我无法理解这些碎片——更找不到这些截然不同、看似无关的时刻之间的联系，无法串起其中的零散信息。很多年后，我才知道如何拼凑这些碎片。我存储了这些记忆，和其他孩子的方法别无二致——在心的档案室里，一堆清晰、明亮的物品杂乱无章地藏在最黑暗的架子顶端，躲在最蒙尘的角落里。那些记忆，就待在那里，在黑暗中吱呀作响，抓挠墙壁，搅乱我们所相信的真相，在我们忘记这些记忆有多危险时，来伤害我们。我们却把它们抓得太紧。

和此前的无数次一样，我打开后门，走进小老太太的院中。小鸡很安静，蝉不再鸣，鸟不再叫。院中不见小老太太的身影，倒是有一条龙坐在院子中央，坐在小柿子和棚子中间。巨大的龙脸上浮现出惊讶的神情，它盯着自己的手、自己的脚，脖子探向身后，试图打量它那双翅膀。我没有大喊，也没有逃跑，甚至可以说是一动不动，只是站着，脚扎进地里，盯着那条龙。

毕竟，我只是一个目的单纯的小女孩而已，不过是想看一下小老太太。我清了清嗓子，询问她在哪里。龙吃惊地看着我，什么也没说，对我使眼色，用一根手指抵住没有嘴唇的下巴，好像在说"嘘"。然后，没等我反应，它就像弹簧一样，把腿蜷进庞大的身躯，昂首向头顶的云层，展开翅膀，发出一声长啸，蹬离地面，跃向天空。我看着它越飞越高，最后化成弧线向西飞去，消失在宽阔的榆树树冠中。

此后，我再未见过小老太太。再无人提及她，仿佛她不曾存在。我想问，却没有足够的信息来组织一个问题。我求助于身边的大人，希望得到理由或者安慰，结果一无所获，只剩沉默。小老太太消失了。我看到了我无法解释的场景，却无处诉说。

后来，她的房子被木板封存，院子里长满杂草，花园一片狼藉。人们路过她的家也不再多看一眼。

第一次遇见龙的时候，我四岁。我第一次明白应对此保持沉默也是在四岁。或许这就是我们学会沉默的方式——沉默是语词的缺席、语境的缺失，是构成宇宙的空洞，而其中本该存在真相。

2

某个星期二,母亲回来了。这次依然没有解释,没有安慰,只有沉默。母亲消失这件事冰冷、沉重、不可撼动,像冻结在大地的冰面。无法言说的事又多了一件,仅此而已。如果我没记错,母亲是在对面的小老太太消失两周多以后回来的。小老太太消失的时候,她的丈夫也恰好不见了。(这件事同样无人再提。)

那天,姨母玛拉忙前忙后,打扫屋子,用热毛巾糊向我的脸,擦了一遍又一遍,使劲梳我的头发,直到发丝光洁。我大声抱怨,试图挣扎出她紧握的手,但没有成功。

"听话,"姨母语气干脆,"闹够了没?我们想让你漂漂亮亮的,是不是?"

"为什么呀?"我问姨母,还对着她吐舌头。

"不为什么。"姨母的语气不容置辩,又或是有意假装如此。即使我当时还小,也听得出藏在背后的疑问。姨母放开我,脸红了一瞬。她站在窗前,望向窗外。她皱起眉头,然后拿起吸尘器吸地,擦亮烤箱的镀铬饰面,又擦洗了地板。每扇玻璃都清透如水,每个表面都光洁如新。我抱着我(并不喜欢)的娃娃坐在房间里,玩着(我喜欢的)积木,闷闷不乐。

午饭前后,我听见了低沉的动静,父亲的车停在了屋外。这极不寻常,他很少在工作日的白天回家。我走到窗边,鼻子顶住玻璃,蹭出了一块显眼的圆形污迹。父亲打开驾驶座的车门,弯腰下车,正了正帽子。他的手拂过引擎盖流畅的弧线,走到另一侧,拉开副驾驶的车门,伸出手。车里的人也伸出手。我屏住呼吸。

一个陌生人走下来,穿着母亲的衣服。她和母亲面容相似,却又不同——原本纤瘦的部位变得臃肿,原本丰满的部位变得瘦削。她的面色比母亲苍白,发丝干枯稀疏,像一缕缕羽毛,夹杂着小块裸露的头皮。她稍有跛脚,步伐不稳,全然不似母亲的大步流星。我的嘴巴扭成一个结。

父亲和陌生人慢慢走过来。父亲的右臂环过她翼状的肩膀,紧搂着她。他的帽檐向前压低,微微倾向一侧,将脸藏进阴影,我看不到他的表情。他们刚走到前廊的中间,我就跑了出去,上气不接下气地跑到门厅,用手背抹了抹鼻子,等待着。

姨母哽咽着,从厨房向外瞥了一眼,她的腰上系着围裙,蕾丝裙边轻擦过背带牛仔裤的膝盖处。她猛推开屋门,请他们进来。一看见穿着母亲衣服的陌生人,姨母的双颊即刻涨红起来,她的眼睛也红了,浮起一层泪光。

"欢迎回家。"姨母说。她的声音发颤,一只手捂住嘴巴,另一只手按着心口。

我看看姨母,看看陌生人,看看父亲。我在等人解释,然而什么都没发生。我狠狠跺脚,可是没人理我。最后,父亲清了清嗓子。

"亚历山德拉……"父亲说。

"叫我亚历克斯。"我小声嘟囔。

父亲不予理睬,继续说道:"亚历山德拉,别傻站着。亲亲妈妈。"他看了一眼手表。

陌生人看着我,笑了。她的笑容有些像母亲,身体却不对,面容也不对,头发也不对,气味也不对,满是错误的情景像无法逾越的山。我双膝发颤,头脑剧痛。那段时间,我像一个小大人——清醒、内敛,不会动不动就哭泣或吵闹。然而,我记得眼底明显的灼烧感,记得不再顺畅的呼吸。我迈不出哪怕一步。

陌生人笑着动了动,抓住父亲的左臂。父亲似乎没注意。他稍微侧身,又看了一次表。然后,他严厉地瞧了我一眼,语气平淡地说:"亚历山德拉,不要让我说第二遍。想想你妈妈的感受吧。"

我的脸在发烫。

姨母马上站到我旁边,手一挥将我抱起,像抱着小婴儿那样,让我半悬在她的大腿上。"大家都亲亲妈妈,就不难办啦,"姨母说,"来吧,亚历克斯。"紧接着,姨母一只手搂住陌生人的腰,和她贴脸,让我的脸也贴近这个陌生人的颈窝。

我感受到母亲的呼吸落在我的头皮。

我听见母亲的叹息拂过我的耳朵。

我的手指漫过母亲宽大的碎花裙摆,将布料拧进手心攥紧。

"噢……"我说,声音微如呼吸,伸出一只手臂抱住陌生人的脖颈。我不记得我哭了，我却记得母亲被打湿的围巾、衣领和皮肤，记得泪水的咸。

"对了，就得这样，"父亲说，"做个听话的女孩，亚历山德拉。"他伸了伸下巴尖。"玛拉，"父亲向姨母点头示意，"记得让她妈妈躺下休息。"他没有对那个陌生人说一句话。那个陌生人，我的母亲。他没有对母亲说一句话。对他来说，或许我们都是陌生人。

那天之后，姨母玛拉还是会一大早就来我家，等到父亲下班回家后，会继续待上很久，等到吃完晚饭，洗好碗筷，擦完地板，父亲和母亲都睡下，她才回自己的家。在母亲无尽的午休时光里，姨母为我做饭，看着我，陪我玩。她掌管家务，只在每星期六去汽车修理厂上班。即便如此，还是招致了父亲的反对，因为他完全不知道怎么在星期六独自应付我和母亲一整天。

"房租可不是免费的。"姨母看到父亲一脸不悦地坐在他的爱椅上的时候，这样提醒他。

一周的其他几天，姨母是我们的支柱，撑起了家庭生活。她说她甘愿这么做。她说自己唯一值得做的就是帮助妹妹痊愈。她说这是她能想到的最喜欢的工作。我也觉得一定是这样。

这段日子里，母亲像鬼魂一样，在屋内游荡。在上次消失之前，母亲是个娇小精致的女人，秀气的双脚，玲珑的五官，清秀修长的手，像绸带束起的草叶。这次归来，她甚至变得更加娇小、脆弱，像蟋蟀成长时蜕下的皮。没有人提到这件事。这是不能提的事。她的面容苍白如云，眼周却黑如风暴。她很容易疲惫，总是在睡觉。

姨母要保证母亲有熨好的半裙、利落的上衣、平整的手套和光亮的皮鞋。姨母要保证母亲有尺寸合适的腰带，可以将宽大的衣服紧束在母亲瘦小的身板上。等到光秃秃的小块头皮消失，母亲长出头发，姨母又将发型师请到家中，接着还请了雅芳小姐†。她为母亲做指甲，在母亲吃饭时表扬她，告诉母亲她更有从前的样子了。我对此感到好奇。我不知道我的母亲看起来还能是什么样子。我想发问，却没有足够的词来组织问题。

那时，姨母玛拉与母亲截然相反。姨母是高个子、宽肩膀，喜欢叉开双脚站着。她能提起父亲拿不动的重物。我从未见过她穿裙子和高跟鞋。她穿高腰长裤，脚蹬一双军靴，偶尔斜戴一顶男式帽子，好压住她很少留长的卷发。她涂深红色的唇膏，这让母亲吃惊；而她的双手却留着修剪整齐的短指甲，像男人的手，这也让母亲吃惊。

很久之前，姨母在航空运输辅助公司‡当过飞行员，后来加入了陆军妇女队§，还在女子航空勤务飞行队¶工作过一

---

† 对上门推销雅芳公司的美容化妆产品的女销售员的称呼。
‡ 航空运输辅助公司，英国民间组织，成立于第二次世界大战初期，负责军用飞机运送、修理、维护，以及军队人员运送、空中救护等工作。
§ 陆军妇女队，美国陆军的女性官兵分支部队，成立于1942年，于1978年时解散，全员改编并入一般部队。
¶ 女子航空勤务飞行队，成立于1942年，为美国陆军航空军的下属部队。

阵，那时是第二次世界大战初期。后来因为一些我不知道的事情，她又被派回地面，负责修理发动机。她很擅长这项工作，人人都需要她的帮助。外祖父母离世时，姨母突然辞去了女子航空勤务飞行队的工作，到一家汽修厂当机械师，供母亲读完大学，然后自然而然地干了下去。再长大些我才知道，这对女性来说是一份不寻常的职业。工作时，她整天都弯腰埋头修理，要不就躺在车底摆弄轰鸣的机械。她的双手有使汽车重焕生机的魔法。我觉得她喜欢这份工作。然而，即使我当时还小，也注意到姨母常常抬头凝视天空，仿佛渴望归家的异乡人。

我喜欢她，也讨厌她。毕竟我是个孩子，我希望准备早餐的人是我的母亲，希望带我去公园的人是我的母亲，希望每次父亲犯错后怒视他的人是我的母亲。可是现在，做这些事的都是姨母。为此，我不能原谅她。那是我第一次发现，一个人可以同时体会对立的情感。

有一次，在本该午睡的时候，我悄悄从床上爬起来，蹑手蹑脚地溜进父亲的书房，旁边是主浴室，然后是父母的卧室。我将卧室的门推开一条缝，向里面偷看。我是个好奇的小孩，渴望知道更多事情。

我看到母亲躺在床上，没有穿衣服，这不太寻常。姨母坐在她身边，为她的身体擦油，手法像长而有力的运笔。母亲的身体上覆盖着宽而深的烧伤疤痕。我捂住嘴巴。母亲是被怪兽攻击过吗？为什么没有人告诉我？我咬住手指肚，以求不为眼前的所见叫出声。在本该长着乳房的部位，两个球状笑面咬住了母亲的肌肤，诡艳的粉红色让我不敢直视太久。姨母涂了油的拇指轻柔地抚过一处疤痕，再一处疤痕。母亲面露苦色，我也随着她痛苦。

"好多了，"玛拉姨母说，"等你反应过来之前，它们都会慢慢淡下去，你可能都不会注意。"

"你又在骗我了，"母亲的声音微弱无力，"谁也不愿像这样——"

"噢，够了，"姨母轻快地说，"别再说这种话。打仗时，我见过比你伤得更重的人，他们不是都坚持下来了嘛。你也能，等着瞧，你会比我们活得更久。我祈祷过好多次，说你能长命百岁我都信。来，换另一条腿。"

母亲照做，翻身背向我，侧躺着让姨母为左腿和下半身擦油。姨母用掌根深入按摩她的肌肉。母亲的后背也有烧伤，她摇头叹息："你想让我变成提托诺斯†，是不是？"

玛拉耸耸肩。"不像你，我可没有一个连哄带吓逼我读完大学的姐姐，我不懂你说的那些浪漫故事，我的小机灵鬼。不过呢，管他是谁，你都可以像他一样。"

母亲把脸埋入臂弯。"是个神话故事，"母亲解释道，"也是我之前喜欢的一首诗。提托诺斯是一个古希腊的男人，他是凡人，爱上了一位女神，他们决定结婚。然而，女神无法接受丈夫终有一死，所以为他求得了永生。"

---

† 提托诺斯，古希腊神话人物，女神厄俄斯的丈夫，被许以长生，但最终因衰老化作蟋蟀（另作蝉）。

"多浪漫,"姨母说,"换左胳膊。"

"也不算。"母亲叹了口气。"天神做事愚蠢,目光短浅,像小孩一样。"她又摇头,"不对,都不如小孩。他们就和男人一样,想不到预期外的结果,不会采取后续行动。女神夺走了丈夫的死亡,他却仍在变老,因为她没想到要给他永驻的青春。所以每一年他都更衰老、更病弱、更无力。他干瘪、枯萎,越变越小,直到变成一只蟋蟀。之后女神将他放进口袋里带着,常常忘记他的存在。他变得破碎、无用,最终明白一切无可挽回,失去了希望。这根本不浪漫。"

"小妹,翻过去趴下。"姨母说,同时希望换个话题。翻身的时候,母亲发出了痛苦的呻吟。玛拉摆弄母亲的肌肉,就像摆弄汽车,涂油、调整、正位。如果说谁能修好母亲,那必定是姨母。姨母弹了一下舌头,说:"啊,涂了这么多润肤油,你肯定不会像之前那么干燥了。只是被吓过之后,在你差点——"姨母的声音有些哽咽,她用手背掩住嘴巴,假装咳嗽。即使我还小,也看得出来她在假装。她摇了摇头,继续帮母亲擦身体。"唉,要是能把你放进我的口袋,永远随身带着,倒也不赖。实话说,我肯定愿意。"她清了清嗓子,说出的话却变得沉重,"我一直愿意,直到你不愿意的那天。"

按理来说,我不该记得这段对话,可奇怪的是,我确实记得。我清楚地记得每一个词。这对我来说倒也算正常——童年大多数时候,我都在偶然之中记住了往事,将其归档。我不懂这段对话的意义,却记得我当时的感受。我头脑发热，身体发冷，周遭世界天旋地转。我需要母亲。我需要母亲好好的。孩子的想法不合逻辑，我当时脑海里唯一的想法是让姨母离开——我想，只要她走了，母亲肯定会恢复如常。只要玛拉姨母走了，就没人会再照顾母亲，替她做家务，为她擦身体，帮她打扮体面，将她放进随身的口袋了。那样，母亲还是我的母亲，世界还是原来的世界。

我回到自己的房间，想起了小老太太院里的那条龙。想起它如何惊讶于爪似的手和虬曲的足，想起它如何瞥向背部那双翅膀。我记得它的喘息，记得轻叹的那声"噢"。我记得它躬背屈腿的动作，记得它闪光的龙皮和褶皱的肌肉，记得它如何让翅膀蓄力，记得它一飞冲天的壮举。我记得当它消失在云端的时候，我急速地喘息。我闭上眼睛，幻想姨母长出翅膀。她的鳞片和肌肉一起，闪烁着金属的光泽。她目光斜视天空。她飞远了。

我裹紧毯子，闭紧双眼——和所有孩子一样，试图将想象变为现实。

关于自发性化龙事件，现存最早书面记载可见于陶罗米尼翁历史学家提米阿斯约作于公元前310年且一度散佚的著述。在发掘涅斯托耳宫†巨大的地下图书馆群的过程中，这些书稿首次现世。但由于错误的存储分类，近年来才得到解读和研究。提米阿斯的这些残篇及其他著作，揭示了迦太基的狄多女王‡这一历史形象：她是女神阿斯塔蒂的祭司，骗取国王们的信任，将大海玩弄于掌中。上至西塞罗、维吉尔、普卢塔克，下至令人生厌的山野莽夫，对女王一生的记述可谓千姿百态，描绘的皆是她不同的切面，背后是一位极尽复杂、神秘莫测、反叛到底的女人。反之，对女王之死的描绘却惊人地相似。狄多女王或许是出于哀愤，出于仇念，又或只是为了挽救她所立、所建、所爱的城市而牺牲，她平静地登上火葬的柴堆，将自己送到丈夫的剑下，在被火焰吞噬的那一刻停止了呼吸。

事实或许如此。

---

† 涅斯托耳宫，古希腊迈锡尼时期的重要宫殿，在《荷马史诗》《伊利亚特》等文字中皆有记载。
‡ 狄多女王，根据古希腊和罗马史料的记载，是迦太基城的建立者，古迦太基的女王，埃涅阿斯之妻。

然而，提米阿斯的著作提出了另一种观点。他的著作《西西里史》第十九卷、第二十四卷、第四十九卷中，简短而随意地提到了女王截然不同的命运，好像读者已经知道了故事发生的语境。可能有人认为，这种随意的态度很关键，这暗示着作者认为没有必要讨论他对相关事件的看法，相反，他只是随意地引用了一种叙事，来向同时代的读者讲述，以让所有人都能接受这个故事。在提米阿斯的故事中，狄多女王站在岸边，由女祭司相陪，望着海面上黑压压的特洛伊城的船只，船上的男人渴望着迦太基的港口、财富、资源和女人。提米阿斯将迦太基比作一只丰盈的乳房，埃涅阿斯和随从们渴望吸吮它的乳汁，面对男人们可怖的饥渴，整座城市为之震颤。

提米阿斯留下的残篇提供了动人的线索。在第十九卷，他描述了这样的场景：狄多女王及其女祭司敞开外袍，任由其滑落在地。"她们如仙女般丢下外衣，如怪兽般抛下身体。"提米阿斯写道，"千座火堆染红了大海。"怪兽指什么？火堆葬的都是谁？书中没有明说。在第二十四卷，他写道："噢！迦太基！龙之城！背弃保护你的圣女，灾厄将临！一代人的时间内，美丽的城市将沦为废墟。"在第四十九卷，提米阿斯写到狄多女王早年间欺骗国王皮格马利翁，逃跑中横穿大海的故事。"旅途中，年轻的女王前去探索地图上从未出现过的岛屿，勒令男侍从在船上等候，独自一人游向目的地。每一次，她都会带回来女人——并告知男侍从们，她们既是女祭司，也是他们的妻子。看到这些女人的时候，男人们不觉颤抖，却不知为何。噢！看她们闪烁的目光！听她们的衣裙如翅膀作响！噢！还有力量在腹部烧灼！这些女人，和男人一样健壮，像蜥蜴般躺在甲板上晒太阳。水手们一致认为，要对这些女人敬而远之。那些忘了自己是谁的男人，带着色心靠近的男人，总会消失在翌日的清晨，名字从此被封存。"

狄多女王是龙吗？她的女祭司们化龙了吗？我们无法知晓。但是，两件事让我们有充足的理由关注这部史书。首先，提米阿斯的文字是与化龙现象有关的最早记录，因此其迫于政治压力修改的可能性较小。毕竟，男人们喜欢将自己置于故事的中心，没有什么比这更让他们兴奋的了。其次，纵观历史，每次在自发性化龙事件后（实际上，化龙事件并非自发，本文稍后解释），大众普遍拒绝接受化龙这一无可争议的事实，整个社会也决定忘记那些可验证的事，因为它太令人震惊，太容易造成混乱和引发不安。这并非始于狄多女王时期，也绝不终于狄多女王时期。

在本文中，我将探究 25 例化龙事件，以及随之而来的记忆受抑现象。当然，最终会落脚到 1955 年，美国那次令人震惊的大规模化龙事件。无论从数量还是规模来看，那次化龙事件都非比寻常，然而，置于世界历史中考量，却并非独一无二。本文拟证明，自发性化龙事件并非新生现象。但考虑到 1955 年化龙事件规模之大，我们有必要吸取历史的教训，开辟不同的前路。本文主张，历史上的每次大规模化龙事件，都紧接着一种现象，我称之为"大规模遗忘事件"。

事实上，我认为从长远看，遗忘才更具有破坏力，会带来更多精神创伤和文化创伤。本文得出如下结论：当前，美国正深陷于一场类似的遗忘，其影响可被追踪、量化。从现在起携手行动，则有望逆转局面。

——选自《化龙简史》，作者 H. N. 甘茨教授，医学博士。1956 年 2 月 3 日，本文首发于《公共卫生研究年报》，该刊由美国卫生、教育及福利部出版。本文见刊三日后即遭到修订，除本篇外，其余副本均被销毁。

3

回顾往事,我想,母亲对姨母也怀着相似的复杂情感。她爱她的姐姐,却不尽然。母亲的身体逐渐好转,一股寒意却在二人之间蔓延开来。

"我自己来。"姨母在厨房揉面,母亲这样说;"不用麻烦你了。"姨母擦洗浴室的水泥地,母亲这样说;姨母为我编发时,母亲这样说;姨母为家具除尘时,母亲也这样说。

"我来吧,谢谢你了。"姨母读故事给我听,母亲这样说。她从姨母宽广的膝头抱起小小的我,夺走了故事书。

姨母每次叫我亚历克斯,母亲都会眯起眼睛,说:"她叫亚历山德拉。"语气平淡,却不容置疑。

屋内的气氛骤然变冷。母亲紧紧抱着我,姨母的脸色变了。"知道了。"她的声音低柔如一场无声的雪,"厨房还需要我帮忙吗?"

母亲的手臂如铁钳般箍住我。"不需要了。"她对姨母说,又补了一句,"今天谢谢你帮忙。"仿佛对方是添了麻烦的女工,马上要被扫地出门。

姨母的笑容似有若无,一闪而过,她双手插进背带裤的深兜,还在震惊之中。她瞥了一眼窗户,随即望向门。"知道了,小妹。"姨母说,"看得出来,我有点碍事。有事给我打电话。"

母亲没有回答。她只是紧紧抱着我,听着姨母的脚步声在木地板上远去,在门厅的地砖上远去。屋门猛然关上,母亲战栗了一下。

姨母第二天回来了,第三天也来了。然而,即使我还小,也嗅得出一丝变化,风暴盘踞在天空尽头,一触即发。

母亲的气色复原如初,发丝重焕光彩,力气先是如涓涓细流,而后如洪水般恢复了。但她对姨母的耐心却愈加稀薄。姨母玛拉总喜欢一次又一次地说些令人震惊的事。我听不懂内容,也不知道那些事为何令人震惊。我只知道,她说的话总是让母亲脸红。姨母也经常提到母亲的婚前生活,尤其是她的工作。姨母总是喋喋不休,讲她有多为母亲骄傲。每次谈起母亲,姨母都双手交握,容光焕发,仿佛在祈祷。相比之下,母亲却变得更加脆弱、紧绷、自闭,就像一个发条上得过紧的娃娃。

"亚历克斯,你妈妈上学的时候,在班里数一数二。"姨母总这么说,口气像是在讲童话故事,"所有人都被她甩在身后。她学数学很有天赋。天生的——"

然后,母亲就会起身离开,回到卧室,狠狠地摔上门。

二人间的摩擦酝酿了几个月,终于爆发了。盘子噼里啪啦地摔,罐子碎在水池中,张开的大手在柔软的脸颊上击出脆响。母亲懊恼地念叨着什么,姨母哭了一小会儿,房间里鸦雀无声。我躲在桌底,捂住耳朵。那天的事依然历历在目。

具体是这样的,就在姨母猛地拉开屋门,拖着沉重的步子离开前,母亲在门廊对着她姐姐远去的身影喊道:"等你选择了正常的生活,再回来吧。嫁个人,生个孩子,说不定我们还能和好。"

姨母没有回头。我看到她的胸膛先是剧烈起伏,随后慢慢归于平和。她望着天空,终于开口了:"好吧,我看看我还能做些什么。"

姨母离开后的很长一段时间,家中一片死寂。母亲丢给我一沓纸,让我画着玩,然后躲回自己的房间。

后来的两年,姨母没有踏足我家一步,但是依然同我们一起去教堂。姐妹二人像一对书挡,把父亲和我夹在中间,母亲穿着刺绣连衣裙,姨母穿着宽松的休闲羊毛裤和领口开到锁骨的衬衫。她是教堂中唯一穿休闲裤的女人,这对当时大多数女性来说还很出格,甚至不被教堂允许。但是姨母有种魔力,她总能让别人接受她所做的(当然,母亲除外)。毕竟,没有几个女人开过飞机,修过汽车,可是姨母这两样都做得很好。一想到这些,没有人还在乎她穿什么裤子。玛拉和我母亲戴着同款头纱,那是外祖母留下的遗物,有手织的蕾丝边和繁复美丽的图案。面纱被别在头发上,遮住她们的脸庞。星期天做弥撒的时候,姐妹二人总是斜睨对方,试探对方的心意。

最后,姨母完全听取了母亲的意愿。她嫁了人,嫁了一个无能的醉鬼。当时我不过六岁,但也知道不该如此——主要是因为无意中听到大家都这样说。可她还是嫁了,成了别人的妻子。母亲言而有信,和姨母重归于好。

她们绝口不提那次吵架,不提那场漫长而默然的分离。她们热情相待,关系却仍旧易碎。她们脸上挂着敷衍的微笑,目光冷硬得像一对瓷娃娃。她们什么都不提。

无论如何,这些都不再重要。我四岁那年母亲消失后,她的疾病不能被提及,她归来后那事仍不能提。对面的小老太太发生了什么也不能提,至于被木板封住的房子,过路的人只是把视线避开。

然而,无论人们是否情愿,1955年的大规模化龙事件还是来了。我的家庭,我的学校,我的城市,我的国家,乃至整个世界,都将经历一场巨变。

这场巨变,也不能提。

4

婚后，姨母和姨父常来我家，我还是觉得姨父像外人，表妹比阿特丽斯降生后更是如此。多年后的今天，我已经记不清他的长相，只记得他粗粝的下巴、身上的酸味，和偶尔流露的刻薄。比阿特丽斯出现后，他完全被忽略不计了。

噢！比阿特丽斯！比阿特丽斯！我的比阿特丽斯！她是珍稀的小鸟，斑斓而灵动，啼着热情的歌飞进我的生活。她有一头橙发，眼睛闪烁着虫翅的光泽，洗过澡没多久，又把全身弄脏。我发誓，她出生的那天，天空为她冻结，太阳为她静止，大地为她颤抖。她出生的那天，没有人告诉我，姨母正在赶往医院，没有人告诉我，有史以来最美好的人就要来到这世上。可我就是知道。因为比阿特丽斯的出现，宇宙更显本真。

我和比阿特丽斯是天造地设的姐妹。我们是蜻蜓的一双翅膀，是闪电和与之相随的雷声，是一对回旋舞蹈的双子星。

从此，姨母和姨父的晚间来访变得大不相同。吃晚饭时，我被迫安静地待在餐桌前，练习社交礼仪，只有被问话时才能开口。我起先只是稍感不情愿，后来这就变成了无休止的苦差。比阿特丽斯在我家，那我坐在大人的世界里还有什么意义?她把小拳塞进嘴巴,流着口水对我微笑。她刚刚发现她的小脚趾。她学唱儿歌,刻意而精准地模仿我的音高和音量,在每个乐句结尾的时候发出咯咯的笑声。找到了失踪的玩具,她会兴奋地尖叫出来。从她出生的那一刻起,她就成了我在这颗星球最喜欢的人。有时候,这颗星球上好像只剩她,抑或只剩我俩。我们是比阿特丽斯和亚历克斯,我们统治世界。

在大人们的餐桌旁,我坐着红色儿童椅,大腿铺着餐巾,双手叠放在上面。我数着时间,算着什么时候能开口请求去客厅和妹妹玩。"十分钟。"母亲说。我要在这里坐十分钟,和大人们聊天,尽管我不知道该说什么,因为大人们总说,小孩子要上桌,但不能讲话。我看着钟,每一分钟都像一千年。

我盯着时钟的指针向下一个刻度蠕动,这时候,父亲的声音突然变得冷硬。

"都过去了。"父亲说,他的声音仿佛在我脸上扇了个耳光。我打了个寒战。"总提过去不是什么好事。"一阵沉默压了上来,我的耳朵嗡嗡作响。母亲的脸色煞白,肩膀向内蜷着。父亲的神情让我困惑。他牙关紧咬,嘴角冷酷无情,露出锯齿般的下牙尖。可是他的眼神湿漉、柔软,满是乞怜,分明在做另一种诉说。

姨母拨弄着左手的手链。那是母亲用钩针织成的新婚礼物,丝绳编就的图案复杂而精巧。手链共有两条,另一条被姨母戴在右腕。金属螺纹扣和麻花搭扣在烛火下闪烁摇曳，似乎它们也生于火光。"有些事情是不好再提。"姨母说着，笑得勉强。她放下刀叉，用餐巾擦拭嘴巴和手指。"可人们该做还是做，就比如说出差。"姨母递了个眼色，抿了一口红酒，红色的唇泥轻粘在杯口，像吻痕的魅影。

"我们能不吵了吗？"母亲小声说。气氛紧张起来。父亲的面部肌肉紧了又松，松了又紧，脖子涨得通红。我看向钟，它好像停了。在另一个房间，婴儿椅上的比阿特丽斯发出咿呀声。她好像又在玩脚趾了。她在对着什么咯咯笑，可能是对着空气，也可能是对着奇妙的自己。我咬住嘴唇。比阿特丽斯正是可爱的时候，我却要错过。

姨父晃了晃暗红的杯中酒，一饮而尽，又马上斟满。"乔治，别惹她生气。"他粗着嗓子说，充血的眼睛看着姨母，"你知道人们怎么说愤怒的女人吗？"

姨母瞪了他一眼，目光灼热深邃，姨父的脸没了血色。"亲爱的，他们怎么说？"姨母语气镇定，仿佛一条准备出击的蛇。她动了动手链，那手链似乎让她发痒。

姨父的嘴唇发干，没再说话，他把杯子端到嘴边，向后仰头，将酒灌进喉咙。

"现在说这些干什么？"母亲说，将盘子胡乱扫成一堆，"反正也不重要了。"她快步走进厨房，哗啦一下，将碗碟倒进水池。

姨母调转视线，目光径直落在我身上。她的眼神恢复如常。"亚历克斯，你怎么一直不说话？"她说，"说说你在想什么，宝贝。"

我没想到自己会被问到,姨母突如其来的凝视吓了我一跳。"我不知道。"我的话磕磕绊绊,"我没有看钟。"我大声补了一句,眼睛又不自觉地瞟向分针,莫名其妙的是,从晚饭开始它就没有动过。母亲一再告诉我,在饭桌上看时间不礼貌,因为对客人不好。

"啊,"姨母说,"我明白了。"她对母亲使了个逗趣的眼色。母亲站在客厅和餐厅交界的门边,看得出来,她不觉得有趣。

姨母的注意力回到我身上,问我:"知道我们在聊什么吗,亚历克斯?"

"她听不懂我们在聊什么。"母亲打断了对话,走到我和姨母中间。她端起砂锅,把饭后的餐具叮叮咣咣地放进锅里,匆匆回到厨房。

"别说了,玛拉。"父亲的声音平淡、冷漠,不容商量。

姨母还是看着我。"我们在聊你妈妈,那边站着的女人。"她指着母亲消失的方向,"我知道你们见过面了。"姨母对众人微笑,但无人回以微笑。她还在说。"知道吗,你的母亲——你的母亲——毕业时在班里名列前茅,但是数学系却拒绝给她荣誉学位,就因为她是女孩。"

"什么是荣誉?"我问道,尽管我根本不在乎答案。比阿特丽斯在咯咯傻笑。我觉得大人的对话很蠢,满心想找个理由逃开。

"荣誉学位就是比普通学位更棒的学位,"姨母说,"因为拿到的人很棒。"

"妈妈已经很棒了。"我说。母亲拍拍我的脑袋,在桌前和厨房忙碌穿梭;父亲放声大笑,以示赞许。

"看到没?"父亲说,"亚历山德拉全都明白。"他点起烟,躺进椅子,稍作放松。

"是亚历克斯!"我小声说,面露不悦。没有人理我。

"你认为这公平吗,宝贝?"姨母接着问,她也点了根烟,对着父亲吐了一口,"如果她真的是最聪明的学生,难道她的老师不应该说出来,告诉大家吗?"我被姨母的目光钉在座位上。她的瞳孔略微放大,虹膜好似镀了层金边。我一动也不敢动。

"对呀。"我读小学三年级,知道"公平"的意思。

"这不重要。"父亲说,不耐烦地驱散烟雾,"亚历山德拉,回客厅去。"父亲瞪了姨母一眼。"谁在乎她做过的题和卷子?谁在乎她的荣誉和奖项?没人在乎。对一个乐得照顾家庭的人来说,学位还有什么用?要我说,多浪费钱,还浪费时间。说真的,图什么呢?她夺走了一个上大学的机会,这个机会本来能使一个前途大好的男孩创造更多的价值。要我说,给她就是浪费。"

房间突然灼热起来。姨母身躯庞大,声音洪亮,闪闪发光。有时候,她笑得比我认识的所有男人都大声。她令人兴奋,也令人恐惧。她所在之处总散发着危险气息。她是烈焰,是利爪,她的速度有所指向。那时就已如此。

我的脸红了。姨母没有理会父亲,她凝视着我,嘴角扬起了微笑的弧度。

"你妈妈,全班最聪明、最优秀的学生,一颗闪亮的明星,她去申请数学系的研究生,却没有被录取。研究生院拒绝了她。不是因为她不够聪明,只因为她是个女孩。这回呢,你还觉得这公平吗?"

我没说话。我其实清楚,姨母并不是在和我讲话。

"就这样,你的宝贝妈妈去你爸的银行当了小职员。她头脑里装着算法,手中握着计算尺,算起数字来快得不行。你猜怎么着?她太厉害了。数字在她手里有了魔力。她能让各种资金,所有资金,像变魔术一样增长。她制作电子表格就像在制作神秘的绳结,好像只要她看着那些数字,它们就能自动增长。"玛拉一边说,一边夸张地比画,腕上的手链闪着光,似在火上炙烤。她闭着眼,神采飞扬。

"你别闹了!"客厅传来母亲的声音。我能感到她很沮丧,但是不理解背后的理由。比阿特丽斯还在咯咯笑。父亲又让我到客厅去,可是我似乎动不了。

姨父又倒满一杯酒。"女会计,"他大笑,"这些蠢——"

玛拉伸出手去,用力打了一下他的后脑勺。打这一下时,她没有挪动位置,也没有变换姿势,甚至根本没看他一眼。

"干吗啊!"姨父发火了,"玛拉!"姨母就像没听到一样。

"我的宝贝,那真的是魔法啊。"她继续对我讲,"你觉得呢?"

母亲又出现在门廊,她的眼里有泪。我讨厌看到母亲伤心。我把矛头对准姨母，怒瞪着她，细细的小手臂环抱在胸前。她怎么敢，怎么敢惹得母亲这么伤心？当然，我当时不知道母亲被惹恼的原因，只知道她在伤心——因为姨母的错误。我对此非常笃定，向姨母吐了下舌头，却逗笑了她。

"你不同意我说的，亚历克斯？"姨母问。

"是亚历山德拉。"父亲纠正道，他吸完最后一口烟，把烟蒂捻灭在餐桌中间的烟灰缸里。

我怒目而视，却不回答。

姨母还是盯着我，我的皮肤开始发烫了。"你不觉得你母亲很厉害吗，亚历克斯？"

母亲还站在门廊，仿佛一根盐柱，厨房的灯光裹着她。

"数字没有魔法。"我斩钉截铁地说。我知道，这不是我感到慌乱的真正原因。有时候，大人间的紧张气氛仿佛滴在我肌肤上的酸液——没有物理上的伤口，却真实地烧痛了我。姨母让母亲伤心了，又或许，是父亲让母亲伤心了。但我无力解释，我那时知道的词汇不过是笨拙的工具，无法精准切入眼前的话题。我因此更加生气了，大多数时候是生姨母的气。我满面怒色，好让她明白。"数字，"我特意加重了声音，"就是数字。"

姨母听了这句话，若有所思。"你说得对。"她说。我向后靠近椅子，放松下来。即使我那时很小，我也喜欢胜利的感觉。"但说句公道话，"她继续说，"我可没说有魔力的是数字。有魔力的是你的母亲。准确说，她就像女巫师……

还是说魔力吧,这个词更简单。亚历克斯宝贝,是这样的,这事没什么新奇的,你的母亲也不是个例,所有女人都有魔力,所有女人。我们生来如此。你最好现在就明白。"

父亲半信半疑地咕哝了两句。姨父喝得酩酊大醉,发出驴叫:"要不是——"

突然,餐桌上一片安静。姨父的话停在了嗓子眼。姨母只是瞥他一眼,就足以阻断他的发言。我看着姨母,她的双眼像两块烧红的煤炭,手链的绳结散发光热,烧伤了她的手腕。所有人都屏住气,一动也不动。姨父像是被钉在座位,姨母像是用目光直接击穿了他,又把他的伤口缝合好。姨父任她掌控,任她摆布。她一笑,他的脸就褪了血色。

姨母大手一挥,翻过了这一页。姨父喘不上气来。"亲爱的,你刚才说什么?"姨母说。

父亲的手颤抖着,瞪大了双眼,什么也没说。姨父喝干了杯里的酒,跟跟跄跄地走向门口。后来我才知道,父亲说他"酗酒"(很久以后我才知道这个词的意思)。他一个多星期没有露面,一句话都没留下。没有人想念他。

本文旨在分析人类历史上各种被记录下来的大规模化龙案例。在本篇序言中，我希望加入一些私人的叙事，我相信这将为我们提供看待化龙事件所必需的视角。

1955年4月的那天，是灾难性的一天。我自己，无论当时还是后来，都不曾体验过目睹亲人化龙的震惊，但是我的确见过一次化龙的过程——主人公是诺伯特·多纳休夫人，我一位同事的妻子。我们在很多年前认识，她是我在约翰斯·霍普金斯大学医院的住院医师之一，那时她还没嫁人，还被叫作埃德娜·伍德医生。在实习期结束后不久，她离开医疗行业去嫁人生子，放弃了医生的头衔。大规模化龙日当天，我在她即将化龙的前一刻见过她。她闪电般穿过医院的走廊，左手的手包摇晃如钟摆。"女士。"我叫她，向她点头示意。她可能根本没看到我，没有停住脚步。我注意到她的脖颈在发光，身形似乎比我记忆中的模样更高。

她闯进多纳休医生的办公室，失控地大吼，随即抽泣着离开。值得一提的是，她是我最喜欢的住院医生之一。尽管我们已经多年未说过话，但是我不忍看到她伤心过度，就走上前去，想看看能否安慰她或帮助她。"伍德医生，"我说，"或者说，多纳休夫人……"然后，我倒吸一口冷气。她的牙齿变得长且锋利，小小的蓝眼睛变得大如拳头，闪着暗金色，瞳孔细长如两段地平线。

我震惊万分。我知道发生了什么，我当然知道，因为我熟读有关化龙的稀缺文献。但我从未以如此近的距离亲眼见证。事实上，极少有目击者能在事后活下来。我不清楚在化龙结束后，她是否还能使用人类的语言，保险起见我先在她化龙的中途采访了她。我向我的研究对象——多纳休夫人抛出问题，并记录下我的观察。可惜的是，这次采访收效甚微。我请求她讲述化龙的经历，同时留意着事发地周围的特殊现象。当时，我假设化龙是环境催化的结果（但是后续的数据揭示了这一假说的问题）。我还说，如果她能讲一下呼吸、视力、肌痛程度等身体情况的变化，或是任何有用的信息，对我的研究将有很大帮助。她的皮肤会像更年期潮热那样发红吗？她会感受到类似怀孕、分娩时的恶心和肌肉痉挛吗？长出龙鳞的过程会带来灼烧感吗？生出尖牙会导致牙龈出血吗？

多纳休夫人什么也没说。相反，她狠狠地瞪了我一阵。接着，她一字一喘地说："一，切，都，太，他，妈，的，小，了。"那声音粗糙而刺耳。她停住，皮肤开始裂出细纹，长长的龙脊冲破后背和衣裙。她的脸向前绽裂开来。她凝视着我，笑了，说："医生，你最好快逃。"

然后我就逃了。

——选自《化龙简史》，作者 H. N. 甘茨教授，医学博士。

5

还有一段回忆,一段即使到现在,我仍然无法理解的回忆。

那是2月下旬,一个星期五的早晨。大概在那之后的两个月,呃,一切都面目全非。我当时八岁,确切地说是八岁零七个月,我这样向别人讲,因为我是个喜欢准确的小孩。我记得我站在窗前,看着玻璃上恣意生长的冰花,如光线迸射后留下的几何图案。我吃完早饭,自己编好了头发(我为此感到非常骄傲),穿上校服。母亲急着把我赶走,好能安心洗碗。她是这么说的。实际上,她只是喜欢安静,喜欢一个无拘无束的空间,好让她缝缝补补,享受寂静。有时候,我会爬上棚架,透过窗户偷偷看她,看着她坐在那里,随意地打结,一个又一个,像在解复杂深奥的谜题。母亲喜欢丝绳。她喜欢看一根丝绳如何绞缠成无穷的图案,无尽的可能——一根丝绳可以纠缠出整个宇宙。她有一个小笔记本,上面为每个绳结的样式做了图表,用相应的代数式和计算方法定义每一次穿针绕线,还有绳线的摆动、环绕、扭曲、弯曲相交和内弯。我看不懂那些算式,也不懂它们如何起效。母亲答应我,以后会向我解释其中的数学原理。

(她食言了,她当然食言了。或许她只是说着玩玩。我怎么能知道母亲的意思？即使到如今，许多年已过去，母亲还是嵌套在回忆中的回忆，像她手中解不开、猜不透的结。）

我可以待一小时再去上学。平时，这是我和爸爸相处的时间。这段时间我们一般不说话，父亲看报，我看书。我们不交谈的时候，总能相处得很好，我长大了也一样。但是父亲那天出差了，母亲告诉我的时候下嘴唇在颤抖。我知道，最好不要多问。

母亲为我织了许多厚实的羊毛手套，每一副的手背上都有她煞费苦心编织的花结。除了我手套上和她编织篮里的花结，家里还遍布手织的蕾丝窗帘、茶几布和沙发套。她还会编织一些特殊的绳结，塞进我的口袋。保佑我平安，保佑我幸运，保佑我聪慧，保佑我安稳。有时候，母亲说绳结是魔法的化身；有时候，母亲说绳结是数学的化身。更多时候，她说绳结是魔法和数学的结晶，就像粒子莫名地既可构成有形的物质，又可构成无形的光。我想，编织就像在午餐盒中放爱心纸条一样，都是妈妈们该做的事。

我的手套是亮红色的，和灰暗的冰面、阴沉的天空形成了鲜明的对比。二月的威斯康星州就是这样的，转暖的天气消融了积雪，雪水洗刷大街小巷，冷风将世界裹进冰中。半融的雪堆变成坚硬的灰色冰堆，映得天空昏暗。我小心走下门前的台阶。母亲往我的黄胶靴里加了好几层羊毛毡，可是这双鞋还是太大。这是邻居家小孩的旧鞋。我一走一滑，松开栏杆，任自己顺着结冰的步道滑下去，再转着圈滑回来。

我本打算这样玩上一整天,推一把栏杆,滑走,平衡,转一圈,再继续。可是一辆旧福特汽车轰鸣着沿街驶来,停在我家门口。我的心为之一振。是姨母来了,还有比阿特丽斯。周一到周五,比阿特丽斯会在我家待两天,另三天由保姆照顾。我珍视比阿特丽斯在的日子,在上学前的短暂时光里瞧瞧她的小脸,放学后再和她玩一整个下午。比阿特丽斯到来的日子,总是充满明亮的欢声笑语。我忘乎所以,张开双臂在冰上打转,吸引她的注意力。那时候,她才九个半月大。我的卧室放着一个台历,它唯一的使命是标记比阿特丽斯出生后满周的日子,还有一张表格,用于列举她已经会做的事情,还有她变来变去的喜恶。我是研究我表妹的专家。

姨母从车上下来,半抱着小宝宝比阿特丽斯,嘴角叼着烟。这不太寻常。她从前就抽烟,可是孩子出生后,她抽得更凶了。我想问问母亲怎么回事,可又觉得这件事好像不能提。

"嗨!"我使劲挥手问好。比阿特丽斯长叫了一声,小脚踢着亮红色的羊毛冬装。这件衣服是母亲织的,同样,也有繁复的花结,缝在衣领、袖口和下摆。

姨母望着天空。"你妈妈呢?"她话里带着浓重的烟味。她的面色发灰,画着眼影的双眼很臃肿。姨母转动了下肩膀,抻了抻脖子,手指揉了揉后脑勺下的肌肉,似乎那里在作痛。

"她在里面。"我回答,继续对着比阿特丽斯做鬼脸,

"洗碗呢。我爸在——"

"知道了。"姨母说着吸了最后一口烟,将剩下的一截扔到地上,用靴子踩灭,"你爸出差了,是吧?"她面无表情,但上唇轻蔑地扬了一下。

我耸耸肩。"是吧。"不知道还能说什么。

姨母专注地望着天空。我想知道,那一刻她是否回想起了当飞行员的日子。我想知道,那一刻她是否没那么喜欢做汽修师——每天低头看着机器,无法仰望天穹。

"跟我进来,"姨母说,"帮我照顾一下比阿特丽斯。我要和你妈妈谈谈。"

我当即照做。我在结冰的门廊上踉跄,穿着大军靴的姨母走得很稳。我们一起进屋。

接下来发生的事,我至今仍无法理解。

我和比阿特丽斯在客厅落座,我母亲专门准备了一筐娃娃给她。我总是说,姨母和妹妹应该搬到我家住,反正据我所知,姨父总是不回家。但没有人听我的。

姨母放下妹妹,走进厨房。

"你的手链呢?"我听见母亲问。

一段长时间的沉默。"丢了。"姨母终于开口。

母亲什么都没说。只是噼里啪啦地洗着盘子。

偷听她们聊天远没有比阿特丽斯吸引我。我趴在妹妹面前的地板上,用积木堆塔,她兴奋地尖叫着把塔推倒。我们重复了一遍又一遍。她的小脚跟重重地踏在地上,小手捏着自己圆嘟嘟的脸蛋。她是这个世界上我最喜欢的人。

母亲提高了声音。

姨母也是。

我堆起积木,妹妹推倒积木。她的口水流到下巴。她拿起一块积木,拼命地咬,嘴角露出湿漉漉的微笑。

母亲的声音更大了。

姨母也是。

玻璃杯掉在厨房的瓷砖地上,摔得粉碎。妈妈哭了。姨母的声音柔和下来。我堆起积木,妹妹推倒积木。她的笑声照亮了房间。

然后……唉,世界开始变得陌生。

我的手套,原本安安静静地躺在我俩旁边的地上,现在有了变化。我看着毛线自行散开,又自行缠绕,像篮中的蛇一样蠕动。我后退一步,把手塞进屁股下坐着,不敢碰也不敢动。变化的不仅是手套,还有母亲编织的窗帘、茶几布和沙发套。每个绳结都自行散开又复原。晨光斜照进来,在地板上流溢。我歪着头,眯着眼睛看向窗帘,线圈自动松解,又以新的样式系合。手套散成一团毛线,然后,一根接一根、一捻接一捻地复原到一起。是原来的手套,但图案不同。我完全不敢动。比阿特丽斯用积木撞倒积木,发出刺耳的咔嗒声。她放声大笑,脚跟重重地踏在地上。她的针织短靴也是我母亲织的,脚趾处的繁复图案此刻也在重新排列,变得越发密集、复杂,丝线散成小卷缠在一起,构成一把牢固的锁。比阿特丽斯没有注意到。我无法解释眼前的一切,但我还是盯着,在脑海中努力记清每个细节。

"够了！"母亲大喊，"就是不会发生的！"

我听见厨房里隐约传来姨母的啜泣声。我堆起积木，妹妹推倒积木。阳光倾泻在房间里。窗帘、茶几布、手套和针织短靴，它们方才都在起着变化，现在又归于平静。仿佛一切不曾发生。飞舞的尘埃在斜照的光线下闪烁。刚才的画面绝非我的想象，我很确定。但我不能问。这样的事，怎么会有人说出口呢？

我堆起积木，妹妹推倒积木。

姨母在厨房说："你是我最疼的妹妹。一直都是，无论发生什么。"

我那时不知道这句话的意味。

母亲没有说话，她继续待在厨房里。姨母走过来，跪坐在我们身边。她一边伸出手臂抱住我，一边不住地亲吻比阿特丽斯的脸。她望向窗外，阳光照亮她的脸。她的眼睛镀了一圈红晕，在耀眼的光芒下几近金色。她的眼睛一直是这样的吗？我记不太清了。姨母拍拍我们的头，走出门外，又点了一根烟，上了车。我在窗边看着她，看着烟雾如绸带，从驾驶座那边的门逸出，仿佛来自童话角色的呼吸。汽车发动，喷出尾气，抖动的车身沿街而下，消失在视野尽头。

6

我们已知的信息如下：

1955年4月25日，美国中部时间11点45分至14点30分，共有642 987位美国女人化龙，都是妻子和母亲。她们在同一时段变身，这是史上规模最大的群体性化龙事件。

这群女人中没有我的母亲，但是有姨母玛拉。化龙地点随机散布全国，无从预测。当时我在读三年级，同班同学中有六个孩子的母亲变成了龙，四年级有两个孩子失去了母亲，二年级则有十二个。有的城镇饱受化龙过程的摧残，有的城镇幸免于难。原因至今仍然成谜。

化龙的事实自然无可争议，但人群中还是掀起了讨论的浪潮。有目击者和照片为证，还有毁于一旦的民宅和写字楼。至少有1 246名拈花惹草的丈夫被化龙的女人从情妇的怀抱中拖出，当场被吃掉，震惊了旁观者。当时，奥尔巴尼某家的后院正在为孩子举办生日聚会，聚会用的35毫米胶片捕捉到了一次化龙的全过程——先是喘息，然后爆出龙牙、龙爪和龙翼，最后是速度和火焰的迸发。美国三大全国性电视网中，只有一家试图播放这卷胶片，但是很快遭到了联邦通信委员会的审查，并以传播伤风败俗内容为由，被处以巨额罚款。联邦通信委员会责令其停业整改一周后方能重新营业。据信，类似的影像还有很多，它们或被各地政府禁播（约等于从此消失），或被封存在胶片桶和包装盒里，早已腐烂在仓库。这些影像太令人难堪、太不合时宜。毕竟，龙——是肮脏的化身，似乎还带着女人的臭味。人们说，这种东西上不得台面，还是忘掉为好。

人们极擅长遗忘不愉快的事。

642 987 这一数字引发了恐慌和议论。联合国和美国政府对这次女性群体化龙事件展开了全面调查，确认她们和孩子的身份以及丈夫的下落，不过有些关键信息明显缺失。最关键的是，各方高度关注 1955 年大规模化龙事件的相关案例，却始终回避此前的自发性化龙事件，此后也避而不谈。后来的官方谴责、黑名单、罚款、偶发的监禁、科研期刊的停办、相关者职业生涯的终结，皆始于这次沉默。

多数官员有意忽略 1955 年 4 月 25 日之前的化龙现象，他们轻描淡写地回应个别有关化龙的报道。提到化龙现象的人，常常被视作阴谋论者或疯癫的怪人，甚至是愤世嫉俗的破坏分子。在大规模化龙事件之前的很多年里，每发生一次反常事件，各级政府都会广发宣传册，以镇压流言。与此配合着，广播和电视节目还会插播公共服务布告，从而遏制疯言疯语。政府提供的每一种解释都极其合理，却不能让所有人都满意。

且以俄勒冈州波特兰外的军火工厂为例。第二次世界大战结束后的几周，这一军火工厂便毁于爆炸。根据最初的报道，工厂的女工人刚知道要失去这份工作的那天，那里就发生了爆炸和火灾。毕竟,男人们终于要归乡安居,国家要重回正轨。无人幸免于难,更没有人知道那天工厂里发生了什么。人们从废墟中挖出了主管和工头的尸体——这些可怜人的模样惨不忍睹——却没有找到一具女性尸体。官方声明只说,事故发生时女员工距离爆炸点太近,她们的身体即刻被烧得干干净净。然而,这无法解释留在外墙上的龙形缺口,更无法解释附近农民所描述的场景:天空掀起一阵飓风,数不清的翅膀出现,一群巨鸟划过西边的天空。

"军火工厂,"报道说,"基本就是火药桶,是会发生爆炸事故。我们显然需要更完备的安全规约。"大多数人接受了这一解释,世界如常运转着。

一年后,一位年轻妻子坐在密歇根州卡拉马祖一处公园的长椅上。她望着天空,她的孩子们在附近的草坪上玩耍。她的丈夫曾是欧洲战场的一名军官。人们都说他是个冷酷的人,不适合过普通人的生活。街坊邻居们私下议论,说他回来后的生活不太顺遂。然后有一天,妻子把手包留在地上,就突然消失了。在公园里带孩子的其他母亲提到,有黑影短暂地遮住了太阳,可是当她们仰起头时,又什么都没看到。她们边讲边抖,来回搓着手臂,回忆那突如其来、转瞬即逝的寒意。

"我们都觉得她很轻浮,"青年女子联盟的主席说,"不适合做母亲。她的离开也不令人惊讶。"再一次,世界运转如常。

还有其他的故事。全国各地的上百名新娘,在婚礼当日将自己关在教堂的更衣室中,说她们害怕。家人破门而入后,发现散落一地的婚纱碎片,墙上原本属于窗户的位置出现了一个大洞。教堂修复成了全国的热门生意。

"新娘,"新闻心照不宣地说,"偶尔是会跑掉的。"

然后是女接线员的故事。1952年的一天,25名女接线员在曼哈顿下城区的费布尔-罗斯附属电话机楼上夜班。此前,有很多人投诉过夜班主管马丁·奥利里的不轨行为。上司的咸猪手在当时的职场随处可见,可这次却没那么简单。这些投诉言辞激烈,当局甚至传唤投诉人进行陈述,以判定是否真的构成违法犯罪。几名女性接受了警方的医学检查,并同意接受警探的问话。最后,官方认为无事发生。和善的男人拍了拍美丽女人的头,案子就结了。马丁带着贪婪的微笑回到了原来的岗位。据说,人们告诉女员工,要修炼自身,抵御求爱,学学聪明的老鼠如何躲避捕猎的猫。人们还说,有一份工作多幸运,她们应懂得珍惜。

没人知道1952年的那天晚上具体发生了什么,只知道有25个人打给女接线员,说想拨打由对方付费的电话,却被女接线员告知"毕竟,一个女孩只做到这么多",然后电话就被挂断而未被转接。大楼分崩离析的确切时间是23点13分,没有留下一块完整的砖。救援人员仅在瓦砾中挖出了奥利里擦得发亮的皮鞋,除此之外一无所获。四天后,人们在东河发现了他的公文包。女接线员们在爆炸中消失得无影无踪。

"原因是瓦斯爆炸。"报纸上说,"全部遇难。"

无人提及的是，有 25 双亮面高跟鞋、25 只手包和 25 件颜色各异的套裙被齐整地摆在人行道旁，其后便是大楼爆炸后留下的坑洞。那里还有一句标语，似是用灰烬写在了办公桌的残片上："**漂亮女生穿漂亮套裙，直到这人生不再合身。**"无人知晓这话的意义。

费布尔－罗斯的女接线员，出走的新娘，卡拉马祖的家庭主妇，军火工厂的女工，都被人们当作了平常的悲剧。有关化龙事件的所有证据要么已经遗失，要么遭到了无视或压制。任何质疑都被驳斥了。即使在 1955 年的大规模化龙事件后，政府和学界依然对其他化龙的案例关注寥寥。1955 年 4 月 25 日，642 987 名女性化龙飞走了，她们都是妻子和母亲。每一位化龙者的身份都被查清并记录在册，人们相信无一人遗漏。案件已结，名册已定，没什么需要再谈。

1955 年的大规模化龙日，不过变成了学校课堂上又一个不光彩的日子。年复一年，随着时间越来越久远，它越来越惹人厌，越来越被扭曲。故事的原貌变得模糊不清，只剩简短的介绍。这让它更容易被遗忘。其他自发性化龙案例更是无人提及。

它太令人震惊了。

它太令人羞耻了。

以及，太女性化了。谈及此，人们会舌头打结，面色通红，似乎这是个不雅的话题。整个世界都避开了视线。化龙就像患癌、流产、月经一样，人人对其讳莫如深，只能低声细语，含糊其词，直至更换话题。

至今如此。

1955年大规模化龙日当天，我还是个小孩子。成年后，我致力于科学和学术研究，工作内容要求严谨和准确。我受够了委婉和隐晦，受够了荒谬的禁忌。作为成年人，我们一生都在参透童年的记忆，我们永远都对事实负有义务。这事实就是：

1955年4月25日，世界变了。

1955年4月25日，642 987个美国家庭变了。

1955年4月25日，我的家庭永远变了。

对此，我有许多话要说。

流行风尚

华盛顿邮报 1956 年 1 月 23 日电 本周二下午,众议院筹款与决议小组委员会召开秘密会议,中途发生了小规模骚乱。一群活动家伪装成保洁人员,潜入上锁的会议室,禁止议员离开房间。委员会循例,未向公众透露会议议程、与会时间,委员们被禁止做出评论,涉案的活动家也被禁止向媒体联系。据悉,双方僵持了约九小时,而后警察成功进入会议室,逮捕了袭击者。截至发稿时间,尚无更多消息。

(需要指出的是,这则新闻并未如大家所想,出现在报纸上的《国家新闻》版块,而是放在了《流行风尚》版块的最后一页。原因未知。)

7

1955年大规模化龙事件发生的时候，我在学校上课。记得当时，我们正在做长除法练习。校长来到班级门口，面无血色，表情紧张。他抬了抬下巴，示意老师赶快去走廊。我们可以听到他们在教室外短促而刺耳的低语。过了一会儿，他们回到班级，拉下百叶窗。

"看卷子，"校长说，"别抬头。"

他们说我们是好孩子。确实，我们没发出一丁点声响。

那一整天，我们不停地做着长除法，卷子一张接着一张，铅笔用得只剩笔头。

我记得警报声。

我记得烟雾味。

我记得坐校车回家时，沿路燃烧的房子。

我记得地上一掠而过的巨影。大人告诉我们，不要抬头看天。我们只能向下看。我们都是好孩子，都乖乖听话。

到家后，母亲为我简单做了饭，她问我今天过得怎么样。她走路的样子很怪，脖子像蛇一样扭个不停，双肩耸动，不停揉搓着手臂，还一次次抬头盯向天空。我记得电话响了，母亲按着心口，任由它响了很久。听筒从母亲的手中滑落，她紧紧捂住嘴巴，似乎努力不想叫出声。听筒在半空中摆来摆去,直到慢慢停了下来。

做了几次深呼吸后,母亲走到我身边,她跪在我脚边,握起我的手。她的眼睛是金色的。那双眼睛一直是金色的吗?她用力眨眼,眼睛又恢复了平常的灰色。我告诉自己,一定是幻视。母亲将我的手指放在她的唇边,亲吻着每一个指节。

"妈妈要走了,"她吻着我说,"我会回来的。你一定要记住,你的妈妈一定会回来,无论发生什么。"我感到嘴角在抽动,额头在收紧,但并没有皱起眉头,我还感到胃里泛起的熟悉刺痛正缓缓攀上胸口。没有人谈论此事,谈论突然从家里消失、又病弱归来的母亲。姨母玛拉,一个凡事总能说两句的人,也不发一语。关于母亲消失的记忆,恼人得无法触碰,危险得不可留存,我无处安置这段回忆,不知该把它放到我脑海的哪一处。这份记忆不能提及,也无法分类,我只能带着它走过日夜,无论它如何伤害我。

"好吧。"我说,双手叠在膝盖上,努力保持镇静。我希望母亲把我当成好孩子,尽管我自己也不完全确定。

母亲在她的帽子上别了枚亮晶晶的饰针,扣好大衣,手指摸索了一阵。离开之前,她到我身边坐下。"把手给我。"母亲说,我不假思索地递出手。她那双大而亮的眼睛又泛起金色。我告诉自己,母亲的眼睛一直是金色的;我告诉自己,母亲的眼睛从来不是灰色的。我的皮肤无端传来一阵刺痛。母亲把手伸进围裙口袋,掏出一根细绳,将它缠上我的手腕,打了个结。我歪着头。

"这是手链吗?"我问。

母亲笑了,她的笑容闪烁着微光。"算是吧。看,我也有。"她指了指自己的手腕:一根细绳在上面绕了三圈,系了个复杂的结。

"好漂亮的结。"我说。我总是很崇拜母亲的手艺。

"我也觉得。"母亲说,"绳结很奇妙。数学家们花了一辈子琢磨它们。打好一个结需要全神贯注。在不安分的世界里,绳结的力量不可动摇。千万不要取下它。"

我已经想取下它了。

母亲收紧目光,眼神变得锐利,让我无从抗拒。"我说真的,绝对不能拿下来。"

她让我去写作业,还交给我一沓纸和几支铅笔,告诉我可以在她回来之前画画。又亲了下我的额头后,她匆忙抓起手包离开。临关门的时候,她的身体不自觉地抖了一抖。我在学校做完了作业,也没什么想画的。于是,我给自己编了些数学谜题:飞机起飞,火车出站,聚散鱼群的比例调整。我把问题出得足够难,解起来才有趣;又足够清晰,以免解不出来。我不看钟,不看窗外,不看有没有人回来,只是盯着草稿纸。

最后,太阳开始西沉,母亲才回来。她抱着比阿特丽斯,后者满头灰尘,圆瞪着黯淡的眼睛,小拳头紧紧攥着母亲的一角裙摆。

"比阿特丽斯!"我高声喊了出来,撇下草稿纸,抬起双臂去抱我最喜欢的人。母亲把表妹交给我,比阿特丽斯有些抗拒，但还是顺从了。我望向母亲。

"玛拉姨母呢？"我问。

母亲脸上没了表情："我听不懂你在说什么。"

我下意识地看看左右："姨母，玛拉姨母呢？"

"没有这号人。"母亲说，"带你的妹妹去客厅玩，我还有事。"

"可比阿特丽斯不是——"

母亲抬起一只手，深呼吸了一下。"带你的妹妹，"她徐缓而郑重地说，"去客厅玩。"她闭了会儿眼睛，又长长地吸了口气。"求你。"她顿了一下，又说，"我不想再说第二次。"

她的确没再说什么。她背过身，在腰间系上围裙，开始做晚饭。比阿特丽斯挥着小手四处乱踢，她伸出舌头，对我的脖子发出呸声。

"妈妈？"妹妹说话了，指了指门。

"在呢，宝贝。"母亲心不在焉地答应道，她正在厨房洗土豆。

"妈妈？"比阿特丽斯又说，指了指窗户。

"妈妈在这里呢，一直在这里呢。"母亲跟我使脸色，"带妹妹玩去，让她别吵。我的头痛犯了。"母亲的嘴唇紧抿成细线。空气中是小小的寂静，像一颗鹅卵石坠在坚硬的瓷砖地板上，清脆，明显，干脆。这个话题只能到此为止。

从那一刻起，比阿特丽斯就变成了我的亲妹妹。母亲似乎简简单单地就让这件事成真了。比阿特丽斯是我的亲妹妹，她自始至终都是我的亲妹妹。任何不同的认识都是荒谬的，甚至意味着对母亲的背离。没有讨论，没有解释。我的提问被打断，被无视，被惩戒。姨母的相片从我家消失了，我屋里多出来的婴儿床和尿布台在告诉我，事情一直是这样。事情就是这样。

1955年的大规模化龙事件发生时，我八岁。直到六年后母亲去世，她也未曾回答我任何问题。她到最后一刻都守口如瓶。当母亲下定决心保持沉默时，她就知道要如何坚持到底。

8

我们住在威斯康星州的一座小城,距离密尔沃基市有两小时的车程。这里的人在造纸厂工作,在玻璃厂工作,在小零件厂工作,为汽车、火车、飞机生产适配的零件。我的父亲在银行工作。母亲曾经也一样,但后来她结婚了——用父亲的话来说,那是女人一生的意义。

事实并非如此,那时我就明白这一点。我看着姨母在婚后,多少变得不那么像她自己。沮丧在她的脸上刻下皱纹。她面色苍白,心烦意乱。她比从前花更多的努力和时间工作,因为家里有更多人靠她糊口,其中还有个酒鬼将一家三口拽入贫穷。比阿特丽斯是她婚姻唯一的奖赏,除此再无其他。

在姨母……呃,姨母不复存在后,我的父母不再去教堂做礼拜。他们从未求助于"失母基金会",因为那样就要承认姨母往日的存在。他们要求教会在弥撒上颂唱《失母祷文》的时候,抹去姨母玛拉的名字,但被教会拒绝了。毕竟姨母仍是教区的一员,她名字依然在名单上。母亲因此离开了教堂,宣告永不归来。春天余下的日子和一整个夏天,我们家每到周日便陷入一潭死水。我们没有计划,很少讲话。整个屋子也像屏住了呼吸。此前我从未想过,我们家人是在姨母的坚持下才去做弥撒的。也许有人认为情况刚好相反。但是没有了姨母，母亲再没有理由要求全家人在星期日早起，打扮体面。没有了母亲的要求，父亲也乐得坐在后院，安静地看报。

表面上，我们还是教区的成员。我仍然在教区学校读书，母亲仍然在教堂的地下室参加青年女子联盟的会议，也还会为穷人准备汤饭，为抱病者准备速冻食物，为圣诞节拍卖活动制作她远近闻名的蕾丝花边。但是她不能忍受弥撒，如果教堂不答应——

算了，不能提那个名字。

除此之外，我们正在适应新的家庭成员，同时要假装她不是个新成员。我们要接受失去姨母的事实，同时还要假装我没有这位姨母。没过多久，我们都筋疲力尽。

这段时间里，母亲忙于沉默，忙于掩饰，我独自承担着这些秘密。

化龙乱局的三天前，姨母来我们家吃晚饭，那是我们最后一次见面。姨父和妹妹也来了。那时比阿特丽斯还不是我的亲妹妹。

（我在说什么？比阿特丽斯一直是我的亲妹妹。她从来都是我的亲妹妹。你明白了吗？撒谎是如此简单，有时候甚至停不下来。）

那个特别的晚上，天色渐暗，父亲和姨父去室外抽雪茄。时值 4 月，晚间却仍然潮湿、阴冷。他们穿着羊毛夹克，围着厚厚的围巾，指间夹着雪茄，一边冷得打战，一边在夜色中放声大笑。

母亲在洗碗，母亲总是在洗碗。比阿特丽斯睡在婴儿车里。我姨母一般不会帮母亲洗碗，因为母亲总爱挑她的错。

"我来哄孩子睡觉吧，你坐下歇歇，忙完了喝一小杯。"姨母说。

母亲没有回应，她只是刷锅。姨母当她默认了。上楼之前，姨母抓起她厚帆布做的装备包，是她在女子航空勤务飞行队时用的。她挎上包，跟我上楼。她坐在我的床尾，一声不吭地等我换好睡衣，刷牙洗脸。她翻看着我的笔记本，上面多是数学题和我画的宇宙飞船——都是我照着男同学爱看的漫画书画的，不知道为什么，家里不允许我看漫画书。姨母打量了我用雪糕棍和胶水做的小玩意，有桥、城堡和投石机，也看到了堆满角落的废弃娃娃。我跪在姨母跟前的地板上，她单手捧着我的头发，一遍遍梳理，柔顺的长发被抚平，落回我的肩膀。那时我就希望留短发。我经常问母亲，能不能像姨母一样，留一头紧俏的小卷，母亲总说，女孩子就该留长发，然后我就噘起嘴巴。

姨母把我的头发编成了两根紧辫。她站在我面前，看着我的脸。我们很久没有说话，只是看着对方的眼睛，姨母似乎欲言又止。我知道最好不要开启这段对话；我知道小孩子要露面，但是不能多嘴，除非大人问话才能开口。我是懂得伺机而动的女孩。

终于，姨母开口了。"你知道吗，"她手撑着脸，手指陷进软软的脸颊，"我还是小女孩的时候，房间里藏着秘密基地，藏着不能给我妈妈看的东西。不是见不得人的东西，你知道吧。我不是个坏孩子，但有些东西是我的，我不能给妈妈看，它们只属于我自己。你明白吗？"

"不明白。"我说。

然而，我明白，我当然明白。有一段时间，我也藏着不能给母亲看的东西。我会拉出衣柜里的一块隔板，将小物件藏在隔板和主墙间的空隙，再推回隔板，恢复原样。我在那里藏过几样无害的东西。我从来不是个坏孩子。除了一个速写本，上面画了些捉弄父母和老师的涂鸦。我还留着一个女孩写给我的三张字条，她已经离开学校，但我莫名地很看重那些纸条。我打心底明白，母亲不会理解，也无法理解。我画过自画像，画中的我或穿着将军的制服，或驾驶着飞机，或一身职场打扮，或化身人马和机器人。这些画无从释义，它们私密、异想天开，但不失真实。我没给任何人看过这些画，包括姨母在内。我装作面无表情，这招通常对母亲奏效。

姨母微微一笑。"撒谎，"她说，亲了亲我的额头，"但谁让我爱你呢，我非常爱你。我想留给你一些东西，别担心，都是些好东西。你妈妈大概是不能明白的，但我觉得你得拥有，你懂吗？"

我双手交叠，坐立不安，不知道说什么好。

姨母轻轻捏了捏我的肩。她从她的包里掏出一捆信，绑绳系成了极复杂的结。还有一本名为《关于龙的基本常识：一位医生的阐释》的小册子。还有一本相册，封面上是三位身穿制服的女人，她们的手臂紧搂着对方的腰。中间那位是姨母，那时她还留着长发，绾成了一个发髻，看着快散了。她靠在另一个女人的肩上，三人都笑得很灿烂。

她把这三样物件放在我的床上，我看着它们。姨母站了起来，走向门口。她停下脚步。

"需要我做什么？"我问。

姨母耸耸肩。"也许什么也不用，也许这样没有意义。但无论接下来发生什么，我都希望你保存好它们。对于有些不便谈的事，人们常常装聋作哑，甚至权当那些事从未发生。这种做法或许是错的，人们不谈论，不代表这些事就不真实、不重要。"

"你想让我读这本书吗？"我看着小册子，皱着眉。封面上有两幅图案：一幅是女性生殖系统的线条画，当时我还不知道那是什么；另一幅图以前者为基础，增补细节，呈现出一张龙脸。封面底部写着："由一位不愿透露姓名的医生研究并撰写。"在这句话下面，有人写道："是亨利·甘茨博士。你骗不了我的，老头儿。"似乎是姨母的笔迹。当然，我不知道甘茨博士是谁，这本书看起来也很无聊。"我是说，我一定要看这本书吗？"

玛拉姨母笑了。"看你自己吧。你可以看那本书，看那些信，看那些相片，或者都不看。其中一封信是给你的，你也可以无视它——这些都不是非做不可的。我只想……"她打住了，视线飘向窗外。有那么一刻，月光映亮她的脸，她的眼里反射出外面的天空。姨母伸出双臂，紧紧抱了我一下。"这些东西对我很重要，我只是想找个安全的地方存放。你不用总想着这件事。真的不用。知道它们在你这里，我就放心了。你明白了吗？"

"嗯。"我回答，尽管我没明白。姨母又抱住我，我感到她的肩膀和胸脯都在颤抖。她松开手，笑了，眼底却湿了。她再没说什么。

就这样，姨母关上了门。

我把这些物件塞进衣柜中的夹缝，狠狠合上隔板。

我从未、从未告诉过母亲。即使后来响起警报，发生爆炸；即使后来巨大的长影掠过天空，而我们只能低头死盯地面；即使后来，灰烬覆满她的衣裙，烟尘飞落在比阿特丽斯的发间。姨母的宝贝就放在那里，无人阅读，无人触碰，无人提及。

这不是我的第一个秘密，也不是最后一个。但是，这是我最大的秘密，至今仍是。

9

母亲厌恶敏感的化龙话题,另一头,整个国家掀起了一场短暂的讨论,人们想厘清原委,却浅尝辄止。讨论很困难,化龙者似乎都是女性,而且大规模化龙事件也关系到母职的私密性。事实证明,尴尬比新知更有力,羞耻是真相的大敌。

然而,1955年的大规模化龙事件所涉及的人数之多、范围之广,其对国家的人口、劳动力、经济和家庭结构的影响之大,的确要求一场全国性的讨论。哪怕这讨论多么简短、错误和引人不适。在学校,尽管有教职工抵制,我们还是全盘按美国卫生、教育及福利部的课程方案授课,不论公立学校还是教区学校。然而,接下来的一年半内,课程方案经历了多次大幅修订,学生们时常得丢掉过时的课本(事实上,我们应该烧掉它们),代之以更新的课本,然后这些新课本又会被取代。大规模化龙事件后的最初几周一片混乱,我三年级时的老师玛加丽塔修女讲授的是最早的释义:龙,可能逃自地狱,也可能是在世界范围的正邪较量中,由邪恶力量(大概指苏联人)从恶魔之门释放出来的。龙吞噬了美国的一些母亲,其理由尚不得而知,也可能无从得知。毕竟谁敢质询一条龙呢?质询龙的想法自然是异想天开,但大多数人仍在那天带来的后果中挣扎——燃烧的建筑、遇害的丈夫、半毁的家园，以及街上因失去母亲而哭泣的孩童。新闻主播极尽所能地拼凑着人们的讲述，坚韧的记者再一次助美国摆脱困境。

卫生、教育及福利部的部分官员，乃至某些国会议员，更希望公众相信后来所谓的吞食理论，因为这样就无须追寻原因。我到现在也相信（特别是现在），倘若化龙事件的规模更小，那么当局封杀新闻的步调会更一致，早期散播错误信息的行动也会更坚决。毕竟，这做法曾经奏效。然而，任何宣传口径，无论多么强大，都难以招架百万目击者的力量。正因此，还是有极少数的事实冲到了大众面前，哪怕它们内容模糊、语境缺失。

在我读完小学四年级，也就是化龙事件后的一年多，新闻、课本和苦恼的老师们终于对该事件的真相给出了趋于一致的解释：具体来说，在某个平平无奇的 4 月下午，642 987 名女性并没有被龙吞食，相反，她们化身为龙。在同一时刻，所有人变成了龙。她们把一切抛在身后：婴儿车里的孩子，烤箱中的佳肴，晾衣绳上飘动的衣服。

化龙事件最开始的短短几小时内，发生了一些吞人事件。当时，已经变成龙的女人震惊于自己的变化，她们在慌乱中适应庞大、锋利、发光的龙身带来的欲求和形变，因而行事稍有越界。尽管电视机中的布道者始终声称被食者包括孩童，但其实没有任何孩童被龙吞食。相对地，共有 6 000 多位丈夫被吞，另有约 18 000 名丈夫在办公楼烧毁时被严重烧伤。死者中包括：552名产科医生、6 000多名各路宗教人士、几十名青年工人、来自9个州的27个家长教师协会的全体成员，还有几十名办公室经理、工厂主管、政客和警察（可见子弹显然不能伤到龙），甚至还有一大批退休教师和学校辅导员。

然后，就这样，龙离开了。

许多龙飞向群山，尤其是阿尔卑斯山，这给旅游业带去了永久的影响。许多龙定居大海，除非潜艇或雷达偶尔探知到它们，新闻很少会予以关注。也似乎是从那时起，她们就勉力保护如今已颇为繁盛的蓝鲸群。其他的龙，有的在荒无人烟的岛屿结伴成群，有的迁至南极，有的栖身雨林，还有的飞向天空，探索宇宙。

有几条龙仍坚持露面，哪怕姐妹已经飞走，它们也不愿离开家和丈夫。她们试着重新系上围裙，站在锅台边，忙着洗衣铺床、准备晚饭，等着伴侣在一日将尽时归家。不难想象，偌大的身形和剃刀般的利爪让家务变得非常难做。每次喷嚏和打嗝，她们都会吐出火焰。尽管如此，她们还在坚持，带着刚化好的妆容和新出炉的饭菜，试探性地问丈夫："亲爱的，今天过得怎么样？"一如从前。

可惜，这一类龙妻的丈夫，自然是那些不愿生活被颠覆的人。正如人们所想，那些大吼大叫、责备不断的丈夫是坚持不了多久的。不过也有少数丈夫，可以温和地和妻子讲话，告诉她们，他们都理解，他们会扛过婚姻中的千难万险，他们的爱不曾减退。这些丈夫的确已经尽力。然而到最后,龙妻已经做不来家务,生活也变得难过。她们发现自己的目光到处流转,越过房屋,越过庭院,越过梳洗打扮的琐碎日常。她们发现她们的视野愈加宽阔,容得下天空,也容得下天外。她们越是向外看,就越是渴望;她们越是渴望,就越要谋划。直到某天晚上,丈夫们回到家中,看到烤箱里的晚饭、冰箱里的餐食,以及餐桌上有些烧焦的纸条,上面写着:"亲爱的,谢谢你的努力。但是我们都明白,这样的生活已经无法继续。"

丈夫们徒劳地寻找着妻子,却一无所获。她们不会再回来了。

据统计,1955年大规模化龙事件带来的破坏令人难以想象,国家一时陷入困顿,全国被失落、惶惑与悲伤所笼罩。纵观全国,几乎所有人都至少认识一户受灾家庭。举国上下,空前哀痛。而上至国家,下至社区,乃至每个家庭,大家对化龙事件的态度整齐划一——虚伪、消极、冷漠。我们缺少指引,你明白吗?没有一致、可行的方案,也没有坚决的行动。这是不可言说的损失。许多人选择绝口不提。

我母亲自然是绝口不提的一个。那天之后,她再未提过她姐姐的名字,从未。她也不再提姐夫,他消失了,可能是被吞了。当然,母亲也从不讨论化龙事件。而我父亲只会说"那边的,声音小点",或者"我的袜子到底在哪儿"。母亲卖掉了家里的电视机,还"不小心"把咖啡洒在了收音机上。父亲一看完报,她就马上把报纸扔掉,不让我碰。我们家缺乏信息和解释。所有的真相,所有的情境,我只能自己发掘。

10

我们都背负有不属于我们自己的回忆。

又或许,我只是在说自己。我拥有不属于我自己的回忆。这本是不可能的,然而,却是真的。

童年记忆中的姨母玛拉,是一个高大的女人。穿着低跟靴的她比我父亲还要稍高些。她曾是占据我的生活最多的大人,直到她化龙、消失。我印象里,她套着阔腿裤,无袖衬衫系在腰间,修长的手指抵在眉前,目光紧随着划过天空的飞机。她下巴尖尖,眼睛大而深邃。她有强健的肌肉和灵巧的双手。对于如何完美地拼接零件,她有敏锐的直觉。

她爱我,她爱比阿特丽斯,可是在我眼里,她最爱我的母亲。我想,或许是母亲总能引走姨母的爱。在姐姐的心中,母亲是最亲爱的宝贝。

据我所知,姨母差点在工作时化龙。那天,她一直有所预感。

玛拉是汽修厂里唯一的女员工。她的老板是个驼背的男人,长着红斑的脸上总挂着紧张兮兮的笑。他不下二十多次试图解雇玛拉,想把这个职位留给一个顾家的男人。结果每次他都攥着那油腻的帽子,乞求姨母回去工作,因为没有她,他们玩不转。

（另外，他们都了解我姨父，知道他连遭解雇，知道他与酒瓶的缠绵。他们认为姨母不逊于任何顾家的男人。）

大规模化龙日当天，姨母蜷缩在休息室的木椅里，完全瘫在那里，双臂环抱大腿，两只手紧紧握住脚踝。她在挣扎着。目击者说，那一整天，她都攥着一张照片，直到相片被揉得皱巴巴的，浸透了汗水。那张照片上是母亲、比阿特丽斯和我，我们坐在家里的沙发上。平常，那张照片会被镶进蓝相框，摆在她的房间里。她有一位叫厄尔·科特基的同事，也喝酒，但人很不错，还善于观察。他说，他看到她从相框中取下照片，带在身边。他看到她把照片从口袋里拿了又放，有时将它按在心口。他看到她一遍又一遍地用拇指摩挲每个人的脸。

很多很多年后，我才有能力寻访姨母曾经的同事，寻访那些尚在世间的人，询问当年的事。过去这么长时间，许多人难以将他们的痛苦宣之于口，他们心里的伤太深了。他们爱玛拉，人人都爱玛拉。许多人只是抬起粗糙的老手，掩面哭泣。

我记录了每一次对话。我是科学家，知道数据的重要性。采访过程有些曲折，老人们说的内容偶有出入，然而，他们提供了一个关键事实：那天下午 1 点钟左右，玛拉从一辆旧卡车底下拉出工具推车，把她的修车工具整齐地摆在地上，手按着心口顿了一会儿。然后，她看向老板，说："叫你的小伙子们想拿什么就拿什么吧，我以后用不到了。"说完她就走出了门。

那些男人不懂她的意思。"我们以为是女人的私事，以为她还会回来。"她的老板阿恩·霍尔芬森在当地报纸对此事的唯一一篇报道上说。许多年后,阿恩·霍尔芬森对我说的是:"我看到了她的眼神。我向上帝祈祷,全心全意地祈祷,祈祷她还会回到我们的身边。但是她没有。这么多年过去,我仍然后悔,怎么没有求她留下。可能我们开口,她就会留下,也可能她会昏了神而吃掉我们,而不是她那白痴丈夫。不管怎么说,我都希望她知道,我们有多希望她能留下。"

直到如今,我脑海中还会浮现那天的姨母。我看到她把车留在汽修厂,大步流星地穿过街道,往家走去。我看到她停下,无情地望着焚烧的房屋一栋连着一栋,望着一位不幸的丈夫跑到院子里,跑到大街上;一条愤怒的龙在路中央低飞,紧攥着他和他被熏黑的裤子。

我看到她回了家。

我看到她送走保姆,温柔地告知她不用再回来。

我看到她抱起比阿特丽斯,摇晃着哄她睡觉。每次亲吻女儿的额头,她都会闻到婴儿头上的香味。

我不在场,我当然不在。但是我能看到,我能感受到。在脑海,在梦境。我的视线偶尔游移在脑海中的这些秘境里。这些记忆不是我的,又属于我。

在这份并非来自我的记忆中,我看到姨母流连于婴儿床前,手指拂过比阿特丽斯潮湿的卷毛,然后安静地关上婴儿房的门,蹑手蹑脚穿过走廊。我看到她停在客厅,手抵在胸前,抬头望向窗外。她脱去男式靴,脱去连体工作服,脱去贴身衣物,脱去皮肤,又脱去她的生活。她以尖牙、利爪和烈焰向丈夫致意，而后冲上高天。

我爱姨母。

我无处悼念她。

然后我失去她。

我的小表妹，比阿特丽斯——

对不起，我的口误。

我的妹妹，她一直是我的亲妹妹。我没有表妹，我没有姨母，更没有被吞噬的姨父。

看吧，当我们清醒时，说谎是如此简单。

但入夜后，我的梦境不会说谎。梦连着梦，那里有化龙的姨母，我看到她和其他龙一起生活，在大海，在高山，在雨林，在月亮。有时候，我梦见她和其他龙一起，翱翔天际，远及深空，双眼吞下整个宇宙。

比阿特丽斯不知情，我的母亲从未告诉过她。毕竟这不重要。我们是亲姐妹，我告诉自己。比阿特丽斯和我是亲姐妹，我告诉所有愿意听的人。

我们一直是亲姐妹。

我们永远是亲姐妹。

就是这样。

马里兰州，贝塞斯达

警察局

部门：_____ 巡警：_____

警员：<u>N. 斯科菲尔德和 B. 马丁内斯</u>

报告日期：<u>1957 年 6 月 15 日</u>

报告时间：<u>上午 10 点 25 分</u>

警员接到任务，前往玛丽戈尔德路 309 号执行当天早晨签发的逮捕令。一名警员负责接触一男一女两个人。该二人身着"垮掉一代"的服饰，经查实，二人非本区居民。二人试图阻止警员进入屋内，在双方发生短暂冲突后逃走。进入屋内后，警员发现了几个塞着文件的箱子，许多书架已被搬空。目前难以估计屋内有多少材料已被转移。另有六名疑似学生的年轻人企图阻止警员拿走剩下的箱子。随后，一名警员联系了<u>亨利·甘茨博士</u>，他是一名内科医生，曾在约翰斯·霍普金斯大学医院工作。他是我部门在案嫌疑人，曾多次接受警方的问问。警员向甘茨博士出示了逮捕令，表示有资格扣押相关证据。几名年轻人对此提出抗议，且对警方构成了明显的威胁，但局面因一位年长女士的出面而得到缓和。该女士是<u>海伦·吉津斯卡夫人</u>，她自称是威斯康星州的图书管理员。经该女士指引，年轻人平静地离开了现场。之后，警方在现场收集了相关物证，并以非法持有和传播淫秽物品的罪名逮捕了甘茨博士。图书管理员拒绝离开现场，警方被迫将她一并拘留。她放弃了保持缄默的权利，希望警方能将以下证词记录在案："先生们，生物学、科学研究及基本的事实并无伤风败俗可言。将求知的努力视作伤风败俗，你们是在犯傻。比无知更无耻的，只有故意的无知。你们应该逮捕你们自己。"

11

时光飞逝,转眼间我已经读到五年级。在外人看来,我家是一个平凡而完满的四口之家——一位母亲,一位父亲,一对姐妹。

没有人提及我的姨母,她是个禁忌。与此相反,人们赞美我和比阿特丽斯每天穿的裙子和羊毛衫,这些衣服都是母亲精心缝制而成的,饱含她的爱意。人们赞美母亲的精致与美丽,赞美她苍白的皮肤、娇红的嘴唇,还有轻盈的身体——仿佛一阵狂风就能吹走她。人们赞美她饰有手工蕾丝边和毛线花的帽子,还有光洁的鞋面。人们赞美正派、可靠的父亲,说他是家中的顶梁柱。人们赞美母亲种下的金盏花,它们沿着门廊排成笔直的一排。还有精心修剪的玫瑰丛,它们开在窗外的花箱。出门在外,母亲微笑示人,父亲也微笑示人,我和妹妹学着如何不动脑筋地面露喜色。在家的时候,母亲和父亲从未对对方笑过。我记得除非有要事,他们其实很少交谈。

在世界上其他地方,情况又发生了变化。化龙事件已经过去了很久,相关话题却再次成了不甚体面的禁忌。这种情况不仅限于我家。在所有语境下,龙都是人们讳莫如深的主题。相较于谈论龙,人们宁愿穿着内裤上教堂,或和邮递员聊月经，或在广播里谈论性事——虽然没有人真的这样做。

所谓外部邪恶势力（如苏联人、中国军队，以及在麦卡锡议员的听证会后漏网的激进托洛茨基主义者等）并非化龙事件的始作俑者。事实上，化龙似乎是一种发生在特定女性身上的生物变异，当时还不清楚此类变异有多普遍。当人们明白了这些后，任何关于龙与化龙的议论，以及对将来的务实思考，都变得更加令人为难。

当孩子们举手提问和龙有关的事时，大人会脸红。

化龙的话题突然从新闻节目中消失了。

那年9月末，老师圣司提反·马特修女告诉我们课堂里来了一位客人。他是安格斯·弗格森医生，留着浓密的胡子，有一双黯淡的灰色眼睛。当时还很暖和，他却穿着一件厚重的羊毛大衣。他一只手提着医疗包，另一只手提着大皮包——我们很快知道，那里面装满了教具。他向我们的老师浅浅鞠了一躬，然后高傲地扫了我们一眼，没有与我们对视。

我们被分成男女两队，男孩们留下与医生在一起，女孩被带到了家政教室，去制作桌面收纳盒，即一种用硬纸和布套制作的硬纸盒。我们把这些材料组成一个漂亮的盒子，其方形区域是放回形针的，长方形区域放铅笔，较宽的区域用来放剪刀、量角器等大件物品。老师要求我们每人制作两个，一个给自己，一个给"好朋友"。这里说的"好朋友"，就是班级里的男孩。我们每个人在做手工时都被安排了一个男孩。我已经记不得我的男孩是谁了，我只记得我故意搞砸了这个任务。

男孩们结束之后，换我们进入教室。排着队离开时，他们都不敢看我们的眼睛，脸红得像糖果一样。一个男孩在颤抖，另一个男孩在捂着嘴窃笑。

"好了，先生们。"医生站在教室前面一动不动地说。男孩们安静下来，鱼贯而出。

我以为他们也会被带去家政教室。可是没有，他们被带到了室外。他们得释放活力，修女老师边说着，边把他们赶到外面。

像老师吩咐的那样，我们规矩坐好，双手握在一起。医生什么都没说，他在等修女老师来。我们知道，未经允许，我们最好不要开口讲话。终于，圣司提反·马特修女匆匆走进教室。

"感谢您的等待。"修女老师对医生说道，她没有理会我们。大胡子男人严肃地对她点点头，然后瞥向我们。"噢对，"老师说，她的脸突然又红了起来，"小姐们，今天的主题是女性健康。弗格森医生是本地的相关权威。他的视角很不一样，他既是医学博士，又是哲学博士。所以，我们可以从实践和伦理两方面探讨你们将要面对的问题。"

修女老师停顿下来，清了清嗓子，手不自觉地理了理头纱。她皱起眉头，继续说道："我知道，你们中的一些人肯定听说过……变化，一些让你们感到好奇的……变化。"她舌头打结，双颊发烫，然后她单凭着意志，强行抹去了这片红色，代之以严厉的神情。她坚定地点点头，恢复成燕麦粥的脸色，世界重归正常。

我们坐在课桌前，双手紧握着。我和同学们之间交换着困惑的眼神。没有人叫我们举手回答问题，可是我想提问。困惑在教室中越积越大，像密闭车库中排不出的废气。姨母说过，如果任由废气累积，那东西会害死你。我举起了手。显然，其他女孩不会这么做。修女老师和大胡子男人交换了一个冷酷的眼神，我把手又举得高了些。修女老师耸耸肩，点了我的名字。

"嗯，亚历山德拉。"老师语气冰冷。

"是亚历克斯。"我说。

她短暂地闭上眼睛，舒张鼻孔深吸了一口气。"亚历山德拉，你想问什么？"这本该是个问句，听起来却像谴责。

"那个，"我清了清嗓子，"我听说，很多女孩子上了五年级，就要开始戴……用具了，我很高兴我们终于能……"

"提问到此为止。"修女老师迅速插话道。

"我就是想知道，我们要讨论的变化是什么……是女孩们的成长变化吗？还是……一些其他的变化？能烧坏房子的那种。因为……"

"你够了。"老师的脸颊涨得通红。我还以为她会在胸前画十字，但她并没有。

"课堂上偷笑的，罚四天课后留校；打断老师讲话的，罚停学；发言低俗的，"修女老师猛然看向我，"直接叫家长来校，面见我、弗格森医生、阿方斯先生，甚至包括安德森神父。"她继续提点我,"心有疑虑,就掏出你的念珠,专心祈祷十年、二十年,用这么长的时间好好思考。你会宽慰些,庆幸当年没把愚蠢的想法说出口。要诚心感谢圣母一再地阻止你出丑。现在,医生,您可以开始了。"她向讲台示意,骄傲地走到教室后面。

接下来的五十分钟有点模糊不清。我还留着所有的笔记,包括那天的。即使是那样的情况,我也还是一名好学生;即使是那样的情况,我也还把笔记记得很好。

我们学习了很多关于授粉的知识。"显然,你们能明白其中的关联。"医生说道,但我们并不明白。

我们学习了种子发芽的过程,以及花在植物生长周期中的作用。学习了雄蕊,它是花朵隐秘而复杂的组成部分,其花丝如屹立不动的哨兵;还有雌蕊,它幽暗的世界,还有被称为"柱头"的黏腻诱人的入口。说实话,五年级的我听不懂"柱头"这个词,还以为是"猪头"。我们还学习了自然中的变态现象:从蝌蚪到青蛙,从柳叶鳗到成年鳗鱼,从瓢虫幼虫到瓢虫成虫,从毛毛虫到蝴蝶。他向我们展示了各种动物骨骼的图片,复杂的人体内分泌系统图,以及一张女性生殖系统图。我想到了姨母送我的那本小册子,它还藏在我的衣柜里,它的封面是子宫和卵巢幻化成的龙脸。我还没有读那本书,也不确定以后会不会读。

医生短暂地合上眼,他举起了手。我了解到,在1955年的化龙事件发生后,他曾重返被烧毁的房子。他的家门上是火焰烧灼后留下的字句:"我想过吃掉你,可是我不想冒着消化不良的风险。多谢你干的好事。"街坊们对此避开目光，所有人都假装没有留意这句话，可是大家都看到了。

"小姐们，我想问问你们：蝴蝶会记得毛毛虫时期的幸福吗？蝴蝶会满足于树叶上的惬意生活吗？大概率不会。青蛙会记得蝌蚪时期的日子吗？会记得在某处僻静的池沼、在青蛙的呵护下无忧游荡的生活吗？我觉得不会。它们被迫经历变形，跳进禽鸟的血口，事实上，大多数蛙都死了。在自然界，个体生物的死活无足轻重。同样，自然界中的变态现象无可阻挡。毛毛虫或许可以决定横穿英吉利海峡，可以决定去跑马拉松，可它不能决定是否要变成蝴蝶。它受生物法则的支配。但是你们不一样。目前，科学上仍无清楚的解释，但是我们有理由相信，我所指的那种变化，同时受生物规律和自我意识的双重影响。有证据表明，这种变化是可选择的。如果是这样，我务必要再三强调，我恳请在座的女士们做出明智的选择。毕竟，邪恶的形式多种多样，有些形式更加显眼。我认为我们不需要再探讨什么了，我已经说得很清楚了。"

我们一头雾水，不知道他在讲什么。

稍晚些的时候，男孩们回到教室，和我们一起上数学课。下课后，正当我们准备去体育馆时，我的同桌女孩玛丽·弗朗西斯·洛津斯基站了起来，惊恐地发现她的校服背面沾满了厚暗的血迹。她和一旁的女孩发出了尖叫，后座的男孩被吓得昏倒在座位。修女老师马上赶来她身边，一只手臂搂住她，把她扶出了教室，一边走还一边柔声安慰她。

第二天，弗朗西斯走路的样子怪怪的，她避开我们的目光，提到了有关卫生带的事，但又不说清楚那是什么。第三天，她的脸上长了六颗大痘。

弗朗西斯变了，我们都看到了。但她仍是弗朗西斯，她也记得从前的自己。不同于弗格森医生口中的毛毛虫，她记得她自己，记得变化之前的生活。所以，医生在这一点上错了。他还说错了什么呢？接着更离奇的是，弗朗西斯的变化还在继续。她开始抱怨内衣的肩带，身上的气味也有所不同，脸上时不时冒出更多的斑点。每隔几周，她眼睛下方都会出现蓝灰色的半圆。她开始化妆，并因此惹上麻烦。她的上唇有了浓黑的阴影。她的身体胀得愈加大，校服衬衫眼看要被撑开，紧绷绷的接缝处像是要拼命拉住一切。走廊上，男孩子跟在她身后，就像一群小鸭子，步步紧跟着鸭妈妈。

每一天，她都会发生一点变化，她越来越不像我们此前认识的弗朗西斯，越来越像是我们将要认识的弗朗西斯。

我们非常清楚，任何一处变化，都不是她的选择。

12

在弗朗西斯令人震惊的变化后，我们班的每个女孩，都依次在接下来的两年中迎来了月经初潮。我们学会了在事情发生的时候，提前把女孩带去卫生间；学会了在校裙后面逐渐渗出暗红的血的时候，迅速将羊毛衫系在她的腰上。我们开始随身带着小包，多装一点东西，随时帮助有需要的女孩。我们带着阿司匹林，带着口香糖，可能还有一小沓纸巾。我们替彼此放哨。即使我们并不算很好的朋友，但我们都明白，这件事超越了友谊——它更深厚、更古老、更重要。我们明白，经历初潮的女孩，无论此前如何，都会在变化发生时感到惊恐，害怕疼痛，害怕血色，害怕血量，害怕每一个月不可阻挡的侵犯。我们明白，这种惊慌值得关照，值得理解。

六年级行将结束的时候，我的月经初潮来了。当时是在学校，两个女孩飞快地将我带进卫生间，像小鸟一样叽叽喳喳围着我转，体贴地安抚我，帮助我清理干净。那天之前，她们不是我的朋友，那天之后，我们也没有成为朋友。我还是不会和她们坐在一起吃午饭，她们也不会请我玩四方格游戏。我不在意这些事。我天生明白，关于初潮的互动要比友谊更深厚、更古老、更重要。一个女孩用冷毛巾擦拭我的脸,另一个女孩教我如何用鞋带和袜子做一条临时卫生带,好托住卫生棉,再在衣服下面打几个巧妙的结,把卫生带扎紧。这种策略并不舒服,却很有安全感。

"回家以后你应该告诉你妈妈。"其中一个名叫莉迪娅的女孩一边说着,一边补涂口红。学校不允许学生涂口红,所以她选了一个和唇色相近的色号,这让她看起来好像没涂口红。我问她为什么要告诉母亲,她说:"这是练习。"

"我一定不会告诉母亲。"我直言相告。我向她们解释,母亲有多擅长保持沉默。

莉迪娅想了一会儿。"那你有姨母或者姑母吗?"她问,"或表姐什么的?"

有那么一会儿,我发现我在想玛拉姨母。几乎是同时,我的喉咙肿痛,双眼发烫。我咽下嘴边的话,转过身去,皱起了眉头。玛拉姨母已经不存在了,我提醒自己。或者至少说,过去的玛拉姨母不存在了。她宽阔的肩膀,不存在了。她紧俏的卷发、娇红的嘴唇、英气的站姿和放肆的大笑,都不存在了。我记得我小时候,她大手一挥,就把我抱上她的腿。我还记得,她用起茧的双手轻轻柔柔地抚摸我。我还记得,在化龙前些天,她的眼睛变成金色。如果她的身体变了,变得无从识别,那么我想知道,玛拉还是从前的玛拉吗?她抛却了旧日的生活,迈入充满龙鳞和龙筋、遍布愤怒和烈焰的世界,她还会记得我们吗?我不知道。而且,说到这里,有了不一样的乳房和令人烦闷的痘痘之后,我还会是我吗?如果我不能控制自己,我的身体还是我的身体吗?

我摇摇头。"没有,"我说,"只有妈妈。我根本没办法和她提这件事。"

乔伊丝同情起我来。她是一个漂亮的女孩,全家刚从加利福尼亚州搬到威斯康星州(她无休止地抱怨着这里寒冷,气势像是要起家创业,尽管当时已是气候宜人的 4 月)。"恐怕没有别的办法。总得有人替你买这些东西。你需要更多卫生带,还有卫生巾。紧要的时候,你可以自己来,但最后你还要考虑洗衣服的事,你得在家和学校备着这些东西,妈妈就是能帮你的人。"她把手伸进她的钱包,那钱包很大,如果摆放得当,可以装下整个图书馆。她拿出三块长方形的白色卫生巾,侧面印着蓝色的文字。"我从医务室偷拿来的。校医把它们藏起来了,换作是我,我会藏得比她还好。我还能再拿到一些,但是你必须鼓足勇气,把这件事告诉你妈妈。"

"我会的。"我感到头晕恶心,小腹和后背在作痛。我真想这几天赶快结束。"回家就说。我保证。"

我没说,但是母亲不知从哪里知道了。那天回到家,我的床上多了一沓奶油色的卫生巾,还有手写的使用说明。我没有问她这件事,她也没有说。这差不多就是我们的相处状态。

比阿特丽斯打量着其中的一片——那侧面印着蓝色的花体字,还有身着礼裙的女孩的剪影。她好奇地看着我。

"这是什么?"她拿着那片卫生巾问道,明亮的眼睛眯了起来,"是玩具吗?"比阿特丽斯快四岁了,看什么都像玩具。

"不是。"我说。我对她比平时更不耐烦。

比阿特丽斯靠在我的床边,下巴放在交叠的手上,问:"是给我的吗?"

我摇头。"不,是给大女孩的。"

"我们都是大女孩呀。"比阿特丽斯说。她爬上我的床,又爬上我的肩膀,敏捷如松鼠。"我们是最大的女孩!"她兴高采烈地喊。我用手臂搂住她的肚子,一起倒在地板上,疯狂地咯咯笑着。这让我暂时忘记了腹部深处的痉挛。

"来抓我呀!"她尖叫着飞奔出门。

"你等着!"我回应她。

我拿起卫生巾和使用说明,把它们放到衣柜最上面的一格,好方便从各处看见。没必要隐瞒母亲已经知道的事。我的头嗡嗡作响。我在衣柜前徘徊,目光飘向那块可拆卸的隔板。我突然很想念姨母,强烈的思念像一把鱼叉刺进我的肚脐。过去了这么久,我依然没有碰过姨母留下的物件。我没有端详过姨母的照片,没有读过任何一封信件,哪怕是给我的那封信,也没有翻开过那本龙脸封面的小书。我不太清楚原因。有时候,我会梦到隔板自己弹开,里面的物件尽数涌出——姨母的秘密,我的秘密,还掺着父亲和母亲的秘密,在全世界广而告之。每次做这个梦,我都会在喘息和冷汗中惊醒。

但是现在……

我回头看着衣柜。我跪在地板上，一点点地挨近。

"亚历克斯！"比阿特丽斯在客厅大喊，吓得我差点断了气，"亚历克斯！我现在就需要你！"

母亲也在楼下，正冲她发出嘘声。"亚历山德拉现在不舒服，"她稍微提高了些音调，"可能要洗个澡休息一会儿，才能好起来。"这句话末尾的音调又高了些，以确保我听明白。妹妹开始尖叫，我知道母亲把她紧紧抱进了怀里，正摇来摇去。"宝贝乖，宝贝乖，宝贝乖。"母亲柔声地哄她，"我们去公园吧，好不好？"我听见比阿特丽斯雷鸣般的脚步声穿过房间。然后，她们在身后关上了门，留我一人在安静中。

我的心跳渐渐平缓。我在地板上坐了一会儿，盯着衣柜。

最后，我强迫自己移开视线，站了起来，去洗了澡。然后我回到房间，小心翼翼地挪开隔板，拿出姨母三年前留给我的包裹。我解开包裹，手指有些颤抖，纸张在手中沙沙作响。我把信件整齐地在地板上摆成排，将每封信放在信封上，用指背轻轻抚平。

我不知道我在寻找什么。我只是想找个人聊聊，即使她已经不在。

玛拉保存的这些信件中，有的字体圆润华美，落款是克拉拉；有的字体粗硬板正，落款是珍妮；有的字体烂漫活泼，落款是伊迪丝。有两封信的寄信人是甘茨博士，姨母在小册子上提到的那个名字。她指出了他的身份，还斥责了他。甘茨博士的字迹完全无法辨认，他的署名也极其潦草。我把它们放在一边，又拿起那本小册子。小册子页数很多，字体小得过分。显然，难以辨认的信和难以阅读的小册子都出自同一人之手，这叫我有些恼怒。我翻阅小册子，只看章节标题和插图。感谢五年级时来我们班的那位医生，让我对女性生殖系统的样子有了模糊的印象。但是我仍不明白，为什么要把子宫和卵巢画成一张龙脸。有章节的题目是"血与火的天赋权利：生物学的命运"，还有"女性之怒的潜在力量"，等等。书里面还有一些图标，以及数量惊人的拉丁语单词。我读六年级，阅读能力不错，但是这些单词实在超出了我的理解范围。

我的手指摩挲过信纸，沿着纸面窸窣作响。我的手停在了玛拉写给我的信上。我屏住呼吸，拿起这封信握了一阵，拇指按着姨母亲笔写的我的名字——亚历克斯。她从来不叫我"亚历山德拉"，我不记得她有过。我从未想过因此感谢她。信还封着口，姨母的模样忽然填满我的脑海：别着发卡的卷发，娇红的嘴唇，破旧的工装裤，沉重的靴子，还有洪亮的笑声。姨母左手抱着孩子，右手提着一桶工具。我想象着，姨母趁比阿特丽斯在左腿上睡着，抽出那张信纸，写信与我道别。不，我下定决心，我还没准备好打开这封信，更别说读它了。我需要姨母来帮我，可是我当然不希望她再一次离开我。于是，我拿起了手边最近的一封信。信纸很脆弱，写信的人落笔谨慎，力求每一笔的完美。

"我亲爱的玛拉"，信上写道：

似乎又一次发生了。这次，我飞了起来。噢！飞起来的感觉。身下的海是痛楚的蓝，如天的蓝，天空的中心却是热焰。在我的体内有一股热焰，一日猛烈过一日，有时甚至以小时计。我哪一处不是在被烧灼着？我的精神、我的心灵、我的身体都在思念着你。我的一位姨母，你知道，她也在经历这种变化。我们一家人心知肚明，却都避而不谈。你会喜欢她的。她养雀鸟，在家门口卖雀鸟。它们有多彩明亮的羽毛和美妙的歌喉。她的雀鸟生意做得红火，主要是卖给富人区里百无聊赖的家庭主妇。她们渴求这种能完全属于自己的可爱生灵。我的姨母自己赚了钱，可以不靠家里花钱，她的丈夫忍不了这一点。有一天，她回家，像回到了恐怖的兽穴。她丈夫打开了全部的鸟笼，拧断了每只雀鸟的脖子，将它们美丽的尸身扔在地上。他把死鸟放在婚床上。真是可怕的事、可怕的人。她哭着去找她的姐妹，她们同情她，却爱莫能助。她们告诉她，丈夫是一家之主，如果他不喜欢这个活计，就别再跟他争了。我母亲也用同样的逻辑去解释我父亲的罪孽。为什么女人要这么对待自己？为什么她的姐妹们不管她？我从不理解。我觉得我姨母也不理解。

总之两天后，他们家的房子着火了。官方通报说，是爆炸的燃气掀翻了屋顶。姨父摔在地上，断了脖子。我了解得更多些。我一直觉得，是姨母的怒气让她起了变化，或许也果真如此。但是我呢，是不会生气的。

不过，我觉得变化是躲不过的。自从第一次，我的手触到你的手，我的唇碰到你的唇，世界便只剩下欢愉，欢愉，没有尽头的欢愉。是欢愉点燃了我，是欢愉让我的脊背痛苦地生出翅膀，是欢愉让我渴望本真的自我。但是，是爱让我停了下来，是爱让我囿于此身和此生，我永远会为你飞回家。我最爱的玛拉，有种渴望正将我撕裂，一分为二，我不知道我还能坚持多久。无论未来发生什么，玛拉，请你，请你一定要等我。或者，跟我走。

伊迪丝

我盯着这封信盯了很久。这时的我不过十一岁。我没有成体系的知识去参考，我无法理解我读到的内容。当然，我肯定不能问母亲。我觉得我还没有准备好阅读其他的信。读过信后，我感到更孤独了。我捆好这些信件，塞进衣柜藏好，推回隔板，去浴室洗澡。

13

我不太确定母亲是什么时候决定侍弄菜园的。我对此没有任何清晰的记忆，菜园似乎是突然就有了。园子里有菜床和手搭的爬藤架，还有芳香馥郁的香草丛，那味道沾染在我们的衣物上，甚至飘到了街区的尽处。父亲不喜欢菜园，他说那里有太多的灰土和蜜蜂。菜园不对称，也缺少秩序。草地更干净些，家里的除草机也花了一大笔钱，为什么母亲不多加感激呢？为什么又要去折腾菜园呢？家里上上下下，还不够忙的吗？但是母亲从未问过父亲的意见，所以他也没法阻止。等到大家意识到母亲在照顾菜园时，已经有了土豆、蒜薹、挂藤的西红柿、枝蔓横生的西葫芦花，还有六排伸枝展叶的玉米。菜园的小棚似乎一直在那里（是母亲自己搭建的吗？一定是），还有院边成丛的芦笋和大黄。

"你什么时候开始搭菜园的？"某个星期六的下午，父亲问道，他拿着威士忌、雪茄和报纸走进院子。母亲交给他一把锄头，让他打理菜地边缘。父亲盯着锄头看了一阵，似乎想弄懂如何使用。最后，母亲失去耐心，自己动手。

"园里的菜，你已经吃了有一段时间了。"她说着，没有看他，"但我也料到了你不会注意到。"

父亲没注意到的事情有很多。他花在工作上的时间越来越长。我长得越大,他在我身边的时间就越少。每天早晨,父亲都会在敞开的大门前停下,亲吻我们的面颊,然后再去上班。那是一天中唯一的亲吻,就在外人可能看见的地方。他沿着街区漫步,一路哼着歌,曲调回荡在道路和房屋之间,缭绕在空中。待他转过街角后,一切又重归寂静。每天,母亲都会拼命把屋子收拾得干干净净,晚饭总是在6点15分准时上桌,母亲会为父亲倒好一杯黑麦威士忌,无论他那时是否到家。

总之,母亲坚持认为,菜园主要是为我妹妹建的。那时的比阿特丽斯,是一阵活泼喧闹的风,需要一些东西拴住她。春去秋来,她俩大多数时间都待在菜园里。母亲还给她穿上了手工缝制的连体工服——

我屏住呼吸,她太像我姨母了。

我在说什么?我没有姨母。我从来都没有姨母。比阿特丽斯是我的亲妹妹,一直是我的亲妹妹。

——然后,母亲让妹妹为一小块地除草,拔蒲公英,或者在院子里来回推着独轮手推车。母亲种了辣椒、西红柿、胡萝卜和豆子,还有香草、茄子和各种瓜类。

读完六年级的那个夏天,花园急剧扩张。母亲自己锄了新的菜床,搭了新的棚架。她不停地腌菜,不停地装罐。她把能做的都做成酱,胡萝卜和甜菜也不例外(这两款酱都出奇地美味)。

第二年,七年级即将结束,夏天向我们敞开怀抱,院子三分之二的土地都成了耕地。比阿特丽斯已经五岁,仍然是小小的身量，仍然像一阵旋风。她在我和母亲之间来回穿行，像只萤火虫，灵动着焕发光和热。母亲用柳枝做精巧的结，为豌豆搭了繁复的网架，还给瓜果编了篮子。黄瓜在巴沙木和金属丝网搭就的精致穹顶上生长。西红柿藤缠在结实的木架上。她还把木屑耙进沟里，上面摆了三条长凳，累了可以歇歇。她终日都在劳作，便顾不上屋里的事，尤其是每年夏天的时候。她的肩膀越发结实，皮肤也晒黑了。她的鼻梁上长了雀斑，父亲总是为此皱鼻子。

"天天待在外面，这对你不好。"他说，"我的午饭呢？"

他的午饭在冰箱里，上面盖着餐布。母亲又告诉了他一遍。他嘟囔着，说什么吃冷食对身体不好。母亲没有理他。

6月下旬的某个星期六，天气炎热。菜园刚进入收获的时段。我们还在吃着去年夏天做的酱、腌菜和干香草。当时我看不出这事有任何意义。母亲不知道菜贩吗？为什么我们要整天围着菜园转？

那天，我不自在地意识到自己身上的汗，更糟的是，我闻到了汗水的味道，此前的夏天从未这样。我知道我之前一定也出汗，但是我从未感到尴尬。腋窝下面湿透了，后背湿透了，内裤也湿透了。母亲同样大汗淋漓，她翻动覆盖在植物根部的烂叶，抱走一捆捆杂草，晶莹的汗滴顺着她的手臂流下来，两侧锁骨窝也盛着汗珠。我只要看着她便感到窘迫。

母亲给我列了家务清单，我需要做完家务，才能去朋友家。索尼娅，索尼娅·布洛姆格伦。就连她的名字都让我兴奋，这名字有隐藏的字母，有让我笑着念出它的魔力。

索尼娅，索尼娅，索尼娅。她和我不在同一所学校，因为她的外祖父母是路德宗的信徒。她从来不提她的父母，她从不说他们的事。但是我猜到了。

索尼娅的外祖父母曾住在苏必利尔湖南岸。他们俩都是艺术家，为儿童读物画些漂亮插图，或做些其他项目。他们搬到了我们这座小城，一是方便索尼娅自己步行上学，二是索尼娅的外祖父肺部有疾，需要常看医生。他们在我们小街的对面租了房子，就在街区尽头，和我第一次看到龙的那座房子相隔七栋（多年过去，那里仍然杂草丛生，被木板封住，只是鸡舍里还住着一帮被解放的快活野鸡，偶尔有野猫来猎杀它们）。

（第一天在一起玩的时候，索尼娅就问过那房子的事。她当然问过——那种众人默契的死寂，她不可能不害怕。我想告诉她，那里曾住着一位小老太太，她会送我豌豆、草莓和鸡蛋。我想告诉她，那迫人的炎热，欲来的暴风，和她冷不丁的一声"噢"。我想告诉她那之后的寂静，以及我可怕的失落感。可是我说："我不知道。"看得出来，她不相信。）

索尼娅发色浅金，双眼细长，眼距有些宽，暗褐色的瞳孔衬得皮肤更显惊人地苍白。大多数日子里，她是我唯一愿意交流的人。我不知道为什么，我只知道我想见到她，或是我需要见到她。事实上，见面的渴望总是藏不住。我无法用语言说清，我没有那套语境。我只是想见到我的朋友。

我挣扎在无尽的家务中，像酒后失意的人，幻想自己是推石上山的西绪福斯。在我小的时候，母亲常年因疾病而疲惫不堪，如今有用不尽的力气。她的园艺工作无休无止，一如她对我的期待。

"我可以收工了吗？"我说着，蹲在刚用手指挖的小沟边，把小得可怜的胡萝卜籽放进去。比阿特丽斯大步穿过园里的垄沟，向世界宣告，她是全世界玩得最开心的小女孩。

"就你最牛。"我嘀咕着。

比阿特丽斯没有注意到我的坏心情，她走到我身边，在离我很近的地方蹲下来，屁股贴着脚跟，双手叠放在膝头，指关节顶着下巴。她待了格外漫长的一分钟。我没有看她。我只是把小种子一粒一粒地放进沟里，咒骂那些粘住手的籽粒。我牙关紧咬，鼻孔大张，弯腰劳作，尽量不叫出来。比阿特丽斯扭头向我，脸蛋靠着指关节。她还是没有动。

终于，她问："这是什么呀？"

我发出声音，像咕哝，像呻吟，也像叹息。"胡萝卜。"我喃喃道。

比阿特丽斯探身，眯起眼睛看种子。"它们不像胡萝卜呀。"

我从手里小心翼翼地捏出一粒种子，规整地摆进沟里。"它们之后就是胡萝卜。种子看上去安安静静，没有生命，只是一个小黑点，但那是它们在骗人，它们想成为另一种东西。很快，它们就会破皮，发芽，然后变得……更大。"尽管天很热，说这段话却让我起了一身鸡皮疙瘩。我想到了姨母。我努力不去想她。想到姨母对我没有任何好处。

"种子为什么会这样？"比阿特丽斯问。她站起来，爬到老树桩上。有时候，个子小让她烦恼。

"万事万物都这样，都会发生变化。先是一种模样，然后变成另一种模样。活着就是这样。你也和从前不一样了。我记得，之前的你特别小，我都可以把你放进口袋。"

比阿特丽斯想了一会儿，说："我是种子吗？"

"有可能。"我说。我捏起小撮泥土，小心盖住种子，以免把它们埋得太深。

"我会变成什么呀？"比阿特丽斯问。

"胡萝卜。"我答。

"不，"她摇头，"我不要。"

"好吧。"我种完一排胡萝卜后站了起来，肩膀有些酸痛，"那你会变成大象。"

比阿特丽斯笑起来。我擦干脸上的汗水，也跟着笑了。她一笑，我的心情总是会马上变好。"我不要！"她叫喊着，然后爬上了我的后背。我背着她打转，直到我俩一起倒在草地上。

我从口袋里掏出家务清单——我还要翻动肥料，采摘豌豆。我叹了口气。

"好吧，那如果你不想变成胡萝卜，也不想变成大象，那么唯一的选择是变成……"

我停顿片刻，烘托气氛，比阿特丽斯却失去了耐心。

"一条龙！"她声嘶力竭地喊道，"我要变成一条龙！"她回到树桩站好，张开双臂，仿佛那是翅膀。

她很快就尝到了苦果。母亲二话不说，起身大步走来，只手抱起比阿特丽斯，把她带回屋里。比阿特丽斯被吓得忘了哭泣。我望着她们远去的身影，嘴巴也忘记合上了。

这段记忆被我封存起来了，我当时不知如何看待这件事。这是一段激烈而危险的回忆。我记得泥土的气味，记得蜜蜂飞过菜园的嗡鸣。我还记得远处野鸡的咯咯声，我的邻居曾住在那边，却无人再度提及，仿佛她从未存在。我记得家家户户门口的榆树，记得在树上鸣叫的山雀、红雀，以及零星的乌鸦。我记得我有多么不舒服——皮肤在刺痛，在撕裂，身体冷热交加。仿佛我的躯体不再适合我，有些事变了。

我爱我的妹妹。我的表妹。我的亲妹妹。

她长得像我的姨母。我没有姨母。我想念我的姨母。

我想见到我的朋友，我的索尼娅。我的索尼娅，索尼娅，索尼娅。为了不可名状的理由，一想到她，我的皮肤就焕发光泽，我的心怦怦跳，时快时慢。有朋友真好。

朋友。

那一天，那个瞬间，我知道"朋友"一词不足以解释我的感受和她之于我的意义，但是我没有其他的词语来解释自己。我缺少语境。这是另一件不能提的秘密。

母亲在屋内和比阿特丽斯对喊。我想去找索尼娅，可是母亲的怒火把我死死困住，我没有办法走开。

有些时候，大地之骨可以感受到，它们遭到了未经允许的打破重组。我莫名地生气，我此前这么愤怒过。我在书上读到过"盛怒"这个词，但是从不知道它的感觉。我骨头发烫，我腹部发烫。我把小石子踢进草丛。

母亲走出来,脸上带着不可思议的神情。她站在我之上。她看起来变大了。这不可能,一定是我记错了。我母亲身量很小。但是那一刻,她如一座将倒的高塔,脸上蒙了层阴影。

"不合适。"她压低声音冲我说。

"可是,妈妈。"我开口。

"不合适,"她重复道,"不许在家里这样。"

"可是,我还没——"

"还要我再说多少遍?"她深深地吸了一口气,然后打了我。一次,手掌刮过右脸。不痛,却很吓人。母亲从未打过我,从未。我望着她,张口结舌。"不合适,不要再那样了。"

可是母亲说的是哪件事?比阿特丽斯提到龙的事?她才五岁!她肯定不是有意的,而我什么都没有做。当然,母亲肯定意识到了自己是多么不可理喻。为了换个话题,我想给她展示一排排整齐的胡萝卜,每排都用固定在地上的绳子做了标记。眼前的场景却并非如此。不知为何,绳子的结散开了,绳子也成了碎段。此外,豌豆的爬藤架也变得松散,豆藤凌乱落了一地,本该托着南瓜的吊篮也掉在地上。所有东西都散开了,甚至还有我口袋里的结。

我检查过了,所以我知道。

我注意到母亲也在检查。她面色煞白,神情紧绷。她合上眼睛。

"好吧,看起来又要忙一阵了。"

我们已经忙了好一阵。

那天,我没能去找索尼娅。

公元785年，一个名叫安格斯的年轻神父来到拉斯兰岛的基尔帕特里克渔村，定居在当地的教堂。他是村里第一位会写字的教区神父，因此他有职责仔细记录这段在遍布岩石的荒凉海岸上度过的日子。他并非熟练的写作者——他的笔尖在盖尔语和拉丁语之间游走，偶尔掺杂了一点古诺尔斯语和威尔士语。数种语言纠缠在一起，极令人费解。尽管如此，他的记录依然重要。这既是维京人来袭后，该岛唯一留存的文字记录，又是安格斯本人围绕这场灾难的罪己书。

在岛上的时间，安格斯潜心研究绳结技艺。在一个处处都需要绳结的渔村里，钻研绳结并不是件稀奇事，既是为了实际生活，又是为了神秘活动。绳结可用来制作渔网和保护牲畜的围栏。绳结也可以固定索具，让渔船在几乎无休止的风暴中得以幸存。渔民将外套和斗篷的羊毛编织成结，好在出海时御雨保暖。基督徒们知晓并认可绳结蕴藏的魔力。女人们打绳结，是为了提高捕鱼的效率，保护出海的船只，驱赶海上的鲨鱼。女人们打绳结，还为了祈求风和日丽，祈求子宫安宁，祈求邂逅真爱，祈求驱散仇敌。每个家族都有自己的标志性绳结。按照习俗，年轻的新娘会把丈夫和自己家族的绳结结合起来，设计一个新的绳结，以示新家庭的组建。她们也会为每个儿女设计特定的绳结。女人将这些绳结系在腰间或衣服里面，永远随身携带，一辈子不解开。

传说中，一群水龙守护着当时的基尔帕特里克。它们居住在港口和附近的水下洞穴。据传，水龙之间存在亲缘关系，每年都有一些青春少女走向海边，化身为庞大的野兽，潜入海浪，不再以少女之姿返回。人们时不时看见她们在海上冲浪、戏耍，照看父兄或前未婚夫的船只。她们留心大海，保护沙滩免受海盗的劫掠，免受希腊人、不列颠人和嗜血的丹麦人的偷袭。诗人为水龙作歌，设法将其刻于坟冢和城墙上，或作教堂壁画及彩绘文字的题材。安格斯如实地记录这些内容，如描绘海鸟和泥炭沼泽的细节那般。

其中的一则故事，讲述了一位拜访神父的失意青年，他叫莫伊。他爱上了一个女孩，希望成为她的新郎，却遭到拒绝。女孩的父母告诉他，女孩的姐姐已去了大海，将她的皮囊留在了岸上，女孩也会走这条路，事情就是这样。莫伊捶胸痛哭。他告诉神父，他心里没有其他人，她是他唯一的爱。如果她走入海浪，那他也会跟随，哪怕必死无疑。安格斯担忧青年的安危，也怕他的灵魂会永远坠入地狱，便将他送回家中，告诉他上帝将指明前路。安格斯翻看了他此前关于绳结的研究，经过了一个月的认真钻研（辅以详尽的笔记）后，他去到了青年的家。他教会青年一种绳结的系法，这个结一旦偷偷地系在女孩身上，便可以阻止她变身。她无法解开这个结，这就是绳结的力量。

绳结起效了。当周，二人结婚。

根据安格斯对婚礼当天的记述，可爱的年轻女孩泪眼婆娑，目光始终不离大海。她的纯真和对命运的高洁姿态，给神父留下了深刻的印象。安格斯成功挽救了一个心碎欲绝的莫伊，这一消息传开后，掀起了求结的热潮。男人们从岛上各处的村庄，甚至从更远的岛屿赶来，希望求得绳结，阻止变化发生。还有人求结以确保纪律，确保安宁，确保和顺，确保服从，确保举止间的幸福。最重要的是，求得一个绳结，让持有者找到海中的水龙，抓住她，拥有她，带回她。男人们成群结队跳进海中。不久，这里再不见鳞片闪闪的水龙嬉戏，再不见望向天边的明眸，再不见为渔船护航的狰狞巨口。有史以来的第一次，这个港口毫无设防。

公元 795 年，维京人入侵拉斯兰岛。那是一场迅速、残忍，几近完全的毁灭。火焰将基尔帕特里克夷为平地，原来的教堂与神父所住的小屋也不复存在。几乎无人生还。或许是奇迹显现，安格斯的笔记得以幸存。最后一条笔记完全由拉丁语写成，语言糟糕，但是内容可读。将死的神父写道：

"自认拥有力量，约束不该被约束的，选择不该被选择的，改变不愿被改变的心，是我的狂妄自大，完全是我的狂妄自大。我的错，是我的错，是我犯过的最严重的错。我想，愿为人们受苦的主，也不愿在来生忍受我的存在。或许本该如此。我将用我在这片大地上的最后瞬间，向我伤害过的人承认我的罪，祈求她们的原谅。对不起！海波上熠熠发光的女孩们，对不起！生出龙爪龙牙的女孩们，对不起！生出龙筋龙鳞的女孩们，迅捷、智慧而强大的女孩们！原谅我或记恨我，都已无甚差别。愿我最后一次悲伤的呼吸能成为证词，证明我对你们犯下的罪孽，证明男人的鲁莽与无耻。"

——选自《化龙简史》，作者H. N.甘茨教授，医学博士。

14

比阿特丽斯长得越来越大,母亲的不安也越来越大。似乎没有什么不会惹恼她,尤其是我的父亲。

"你女儿和你说话呢。"父亲走神时,母亲总这么说。

"啊?"父亲应声。

我的父母是从什么时候开始吵架的?很难说。只记得开始以后,似乎从未休战。父亲要不要给比阿特丽斯读睡前故事?他们为此吵架。父亲要不要辅导我的家庭作业?他们为此吵架。拍拍头就足够了吗?他们为此吵架;父亲是否该出席我的校园活动?他们为此吵架。父亲出差的次数越来越多,他们为此吵架。最后,母亲搬进了我和比阿特丽斯的房间。她有时候蜷在比阿特丽斯的床上睡,有时候在我的床上睡。不过多数时候,她都蜷在地板上睡觉,面朝窗户,眼里是星光。

每过一年人们都说,母亲更显年轻了,甚至更像个孩子了。她的手似乎变小了,脚在鞋中晃晃荡荡。比阿特丽斯和我长大了,母亲却在变小。那时我以为,是因为她和我们一起睡,才变得越来越像我们。等我知道真相,为时已晚。

每天晚上,母亲都会在我们的每只手腕上缠一根绳——绕三圈,在掌根正下方、两根骨头中间地方打一个复杂的结。这些绳结是麻花结、螺纹结和连环结串就的小小奇迹。有时像花，有时像星团，像物理课本上描绘时空的插图。母亲试过一个又一个结，不同材质，不同款式，不同手法。她查阅写满验算和图示的笔记，翻阅成堆的编结书稿——每一本都卷了边，画了线，空白处涂满了潦草的笔记。她说，她想找到一种方法，让绳结的效力至少维持一周。我发现手绳躺在地上，挂在床边，系在比阿特丽斯的头发上。母亲曾经一尘不染的家，如今到处都是碎绳。

"妈妈，"某天早晨，愤怒冲上我的头脑，"非要这样吗？"醒来时，我嘴里叼着手绳，母亲还坚持着为我的手腕系上新的结。我要抽回手，她却笑着，握得很紧。

"你不觉得这些结很美吗？"她将三圈手绳扭在一起便结束了，根本没有回答我的问题。

"是，"我说，"可是为什么要打结？"

母亲打了个复杂的弯折，然后编出了几片三叶草叶子，每一片叶都嵌在前一片叶上。她聚精会神，舌尖搭在唇边，鼻孔微张，开口时，她更像是在说给她自己听："我的曾曾祖母从爱尔兰移民过来时，腰上系着一个袋子，里面装着家族里每对夫妻的婚姻结，可以上溯十二代。绳结是奇迹。"她眯起眼睛，把手绳的一端绕进结的底部。她无意回答我的问题。不知道为什么，这件事让我心烦。母亲继续说："绳结把夫妻系在一起，你明白吗？新家庭也是一样，每一环，每一线，每一卷，汇在一起，有了形状，可以挡住任何磨难。绳结的力量很神奇。"

"我不想戴，妈妈。"我说，"如果对你来说没差的话。"

"你要戴着。"母亲说，她的眼神僵住了一瞬，又变得柔软，"就把它当成爱的绳结吧。"她用大拇指指肚按了按，"因为我爱你。"她穿过走廊，往楼梯走。

我看向比阿特丽斯的手腕，她的绳结已经散了，那是几秒前刚系好的。"好吧，有点不妙。"我嘟囔着，不让母亲听见。

我的疑问没有阻止母亲打更多的结。我再没问过这件事。我自然也不会问她为什么睡在我们的房间。在我家，提问是无用的，到处都没有答案。

那年秋天，比阿特丽斯也要上学了，母亲拿出针线筐和卷尺，小心翼翼地改制我的旧校服套衫，以适应比阿特丽斯的小身板。和同班同学相比，我的个头很小，不过，比阿特丽斯更娇小。她又轻又快，爱跑爱跳，动起来像安了弹簧，生了翅膀，蟋蟀似的在每间屋子蹦跶。

（噢！回忆总会戏弄我们，不是吗？母亲希望比阿特丽斯能静静待在一个地方，好让她能缝衣服。但比阿特丽斯在屋里蹦来蹦去，不管母亲的要求。我想到那个词：蟋蟀。那一瞬间，我发现回忆钉住了我，不，淹没了我。那是四岁时，我在门外偷听，姨母为母亲的伤疤擦油，母亲讲了提托诺斯的故事，那个故事关乎被遗忘的爱，关乎干瘪、枯萎、皱缩成壳的健康与青春。我记得母亲低沉的呻吟，记得润肤油、香水和病痛的味道。姨母的指肚在母亲身上来来回回，她背部的肌肉随之张弛。姨母提到，想把母亲变成蟋蟀，永远保护在她的口袋里。我摇了摇脑袋,试图驱散这些回忆。然而,它们牢牢扎在那里,过去与现实交缠,无情地扭成了不可破的结。无论如何拉拽,也无法解开它。)

"我一定要上学吗?"比阿特丽斯闷闷不乐。

"对。"母亲回答,一边缝制校服,"还有,别再闹了。"

"我真的要去吗?"比阿特丽斯还在问。

"对。"母亲说着,嘴里衔着别针,拇指勾住比阿特丽斯的腰带,试图拉住四处跑蹿的妹妹,"每个人都得上学,这是规矩。求你了,安静一会儿。"

"我安静,"妹妹说着,又扭又跳,"我最安静啦。"她继续蹦蹦跳跳。

校服裙需要改短两英寸[†],还要大幅收腰。我懒得问母亲,为什么不能买一件新校服给比阿特丽斯。父亲的薪水很高,母亲常说,他很能养家,但是他不喜欢母亲把钱花在妹妹身上。

八月尾声,潮热难忍。学校将在半月内开学。父亲又出差了。母亲拒绝提这件事。我们两点出发,去学校参加为新生举办的柠檬水聚会,比阿特丽斯将在那里见到她的老师。聚会应由全家人参与,请柬是送给格林先生和格林夫人的,上面用粗体字写着要全家出席。

"爸爸呢?"我问,心里感觉不满。我也不想去。我想去图书馆,母亲最近一直不允许我去,至于理由,她不想

[†] 1英寸约合2.54厘米。

说，我也不能问。前几年，我可以在图书馆想待多久就待多久，来去随心。去图书馆的路不远，我也认得路。母亲想培养我的兴趣，此外她和图书馆馆长——老得不可思议的吉津斯卡夫人私交甚好。有时候，我看见她们站在图书馆的角落里，深入聊着政治学、逻辑学和几何学。我自学了数学课程，母亲和吉津斯卡夫人都鼓励我。有人说我该为大学做更多准备，但当时我不知道那是什么意思。我喜欢这里的声音，我喜欢数学，喜欢学习。最重要的是，我就是喜欢图书馆。我喜欢手指滑过书脊的感觉，喜欢把看不懂的书带回家，希望有朝一日能看懂它们。我还知道，索尼娅在每个周末下午都泡在图书馆。想到她，我肚子里似有蝴蝶在扑腾。有朋友的感觉真好。

但是后来……图书馆越发成为禁地。我只能在有人陪同时前往，不能停留过久。母亲和吉津斯卡夫人似乎闹了矛盾。又或许，是母亲单方面不情愿。她被沮丧和怨恨绑住了，而馆长似乎没有留心这点。她像对待其他人那样，如常向母亲问好，在忙里忙外时展露出短暂的和善。

聚会的时候，我一个人坐在一边，有些不舒服。手腕上的结已经松开了。我把它藏在羊毛衫的袖子下面，不让母亲看见。我不想和校长说话，也不想和我的老师说话。我只想去图书馆。我看了看母亲，她远离众人，独自站在一旁啜着柠檬水。其他母亲和母亲凑在一起，其他父亲们也凑在一起，老师们在群组间穿梭。修女老师有点像喜鹊，其他老师有点像褐色的小麻雀。比阿特丽斯在孩子堆中疯跑，成了一道糅合了速度、力量与色彩的虚影。她比所有人都更迅捷、更灵敏，其他孩子要追她很是费力。

快结束的时候，比阿特丽斯的裙子脏兮兮的，发辫也散开了，明亮的发丝在头顶飞作一团，仿佛光晕。

母亲叹了口气。

"好吧，"她说，"至少我们试过了。"我们正准备离开时，校长不知道从哪里冒了出来。

"格林夫人，感谢您的到来。"校长阿方斯先生说，"格林先生没能参加，有些遗憾，或许可以下次再来。我们非常高兴能收您的……您的小女儿做学生。"他的话里微微有点犹疑。

"当然。"母亲面无表情地说，她迟缓地眨了眨眼。一下子，气氛变得冷却、紧张。阿方斯先生的脸变白了，丢了神色。他往后退了一步，母亲站在原地，再次缓缓眨了下眼。我从未见过如此危险的眼神。阿方斯先生紧张地清了清嗓子，缩起肩膀。母亲身体虽小，却看起来压他一头。我抿住嘴唇，脖颈的汗毛如士兵般挺立。"我很难相信，已经走到了今天。"母亲无视了校长的不安，继续说道，"毕竟，时间过得飞快。"她平静地笑着。阿方斯校长张开嘴，好像有话要讲，但什么也没说出口。母亲叠着双手，依然面无表情。我感到我的后背开始冒汗。

阿方斯先生空泛地比画了几下，咕哝了几句天气，然后就走远了。他和其他父亲们握手，拍拍他们的背，纵声大笑。远离了我母亲后，他如释重负，仿佛有股热气散出了他的身体——我站在原地就能感觉到。

母亲没有流露一丝情感。她站在原地,双手交叠,看着校长的撤退。又是一次缓慢的眨眼,她的唇边泛起一抹微笑。

我们一路沉默着往家走。走到通往图书馆的路时,我突然站定,双手插兜。我看着母亲。索尼娅在里面,我能感觉到。

"求你了,"我说,"就去一小会儿,我很快就回家。"

母亲扬起下巴,不是看我,而是望向图书馆。吉津斯卡夫人站在门口,正和一位老先生聊天。那天室外很热,但老先生还是穿了一身棕羊毛的夹克和长裤。他们的上衣翻领上都有纽扣,但我看不清上面的字。他们和紧张地走进图书馆的人打招呼,四下张望着,似乎在看这些人是否遭到跟踪。图书馆的门口贴着一行标语——"会面日!"我不知道是什么样的会面。母亲眯起眼睛,我看到她引起了吉津斯卡夫人的注意,后者向她点头微笑。

母亲面如冷石,她摇了摇头。

"求你了,妈妈。"我说。

母亲转过身去,我察觉气氛里升起一股寒意。"今天不行,"她说,"你也不能自己去。"她牵起比阿特丽斯的手,继续向家中走去。

她不解释,我也不问。我问与不问,并没有差别。我的手捏成拳头,插进口袋,跟上她们。怒气在我身后盘旋,如积聚的云。

15

与谈论金钱、女性的私处、特定的疾病一样，谈论龙被视作无礼的行为。然而，种种迹象表明1955年的大规模化龙事件并非麻烦的终结。尽管学校试图使学生相信他们的说辞，尽管对化龙事件的叙述已不再有多少争议，尽管新闻媒体拒绝报道其他化龙事件，也就是大规模化龙日之后的化龙事件。

然而，尽管存在着文化的禁忌和含混的措辞，还是有一些自发性化龙案例，打破了表面上的沉寂，进入了公众的视野。

例如，1957年的夏天，有一对姐妹带领九名女童子军前往佛罗里达大沼泽地，进行为期两周的探险活动。九名女孩都是十三岁，都是迈阿密的富家女儿。两姐妹未婚未育，共同抚养失母的外甥，他的母亲——她们的妹妹——消失于1955年，从此再未被提起。毕竟，人们不会聊起这类往事。十五岁的外甥热衷于童子军活动，虽然其性别不符合女童子军探险的要求，但这个男孩经验丰富、身体结实，能在危险的旅途中提供帮助，这让很多女孩家长备感安心。

探险队没有归来。搜救队在荒野中仔细搜寻，却一无所获。倒是在几个月后，有一群渔民乘平底船探索沼泽，某天一早，他们被一声来自密林深处的惊叫吵醒。他们发现了一个男孩，赤身裸体，饿得半死，在水边胡言乱语，不知道一个人待了多久。

"消失了！"他一遍遍重复，尖叫声弱了下来，变成痛苦的嘀咕，"全都，全都消失了。"

他没有独木舟，没有装备，没有帐篷，没有救生工具。他身上一丝不挂，只有一双被奇怪地当作了手套的袜子。巡逻的人试图问出一些信息，好找到失踪的女孩，可是男孩瞪着大而无神的双眼，嘴里凑不出完整的句子。他被送往医院，住院的六个月里，他无休止地喊着母亲。

一年后，某队巡逻员在做每年的鳄鱼数目清查的时候，发现了一处遗迹，他们认为那可能是女童子军最后的营地。那里杂乱而偏僻，距离他们的计划路线很远。根据官方报道，即最终透露给媒体的内容，他们发现了一堆焚毁的帐篷撑杆，三艘被砸凹的独木舟，另有两艘被撕成两半的纸糊似的独木舟。他们还找到了女孩们用厚皮革缝制的野营椅，上面绣着每个人的名字。

官方报道中没有提到，而我后来才知晓的是，每个女孩的背包里都有一本日记。这些日记原本是童子军活动的一部分，女孩们将之装订成书后可以换取活动的奖章。至少有几个月，每个女孩都写得很认真，她们工整地记下日期，用小字勤勤恳恳地描述每天发生的事。每本日记的日期都始于1956年12月，止于1957年5月14日。此后，女孩们没有在本子上留下任何文字，而是开始画龙。巨龙，幼龙，摧毁高楼的龙，与鲸同游的龙，在针尖舞蹈的龙，畅游于银河系旋臂的龙，课桌上的龙，汽车里的龙，洗碗碟的龙，击落导弹的龙，横行于军队、政府或家政课教室的龙——没有文字，没有解释，没有写明目的，只有龙。

没有人确切地知道女孩们出了什么事。不难想象会有些猜测，而提出猜测的人也受了不少批评。有人说他们在讲死者的坏话，有人说他们的想法太过阴暗。其中一些人甚至因此丢了工作。毕竟，大规模化龙事件已经成为历史，大家都应该走出阴影了。女孩们仅仅是失踪了，这个说法省事得多。

新闻播音员说："全世界的父母都应吸取教训。"然后，这件事就此翻篇。

1958年的冬天，女孩们失踪一年多后，亚拉巴马州南部某大型渔业公司的黑人女性雇员组成工会，罢工了数个月，要求管理层保障薪资公平，提供安全的工作环境，终止种族歧视的行为。公司的领导者们渐渐对负面的新闻报道和员工们的坚持感到疲惫和恼火，便纠集了一些已卸任的执法官员和当地其他愤愤不平的男人，以警示罢工者。他们要瓦解工会的意志，好在签协议时使对方服帖。

"她们以为自己是谁？"领导说着把信封分发给大家。信封里是免责承诺书和满满的现金。"先生们，我相信大家，一定能掐掉问题的苗头。"

信封的分量令人愉悦。男人们一面说他们愿意无条件帮忙，一面笑嘻嘻地把钱塞进口袋。

罢工者用路障和帐篷封锁了一条进出工厂的路。她们在帐篷里商量策略，组织祷告，分发食品和物资。她们单独留出一个帐篷，用于临时照料孩子。帐篷内的桌子堆满了家烤的面包和罐装的烤豆子，还有一个不断补充的大桶，里面是热气腾腾的炖菜，方便大家随时盛走，带给家人吃。女人们日夜守卫着帐篷，以棍棒和正义武装自己，她们坚信公道终将胜利。她们已经准备好随时发起必要的罢工。

公司雇来的男性打手们决定在平安夜发起攻击。他们想，那时候的人更少，而且没有什么比即将到来的假期更让女人分心——这是常识。

"小菜一碟。"他们计划着行动流程，发出大笑，"就像从大孩子的手里抢糖吃。"他们喝下几瓶威士忌，气势汹汹地走入黑夜。

此后，无人见过他们。

有人传言听到了枪声。还有人说发生了异常的地震，楼房摇晃，碗盘摔落，道路塌陷，震感据说从赫伦贝蔓延到了蒙哥马利。

第二天早晨，帐篷已经焚毁，桌子掀翻在地。数月以来，炖菜桶第一次变冷。地上散着酒瓶的碎片、细枝一样被折断的猎枪，以及男人的鞋。另一头，罢工队伍却还维持着，且壮大了。周边教区的女人们来帮助清理现场，修补物件，并将武器存放在街对面坚不可摧的街垒中。

公司则否认见过失踪的男人们，否认知晓他们的计划，否认那些信封、金钱和免责承诺书。最重要的是，公司否认了罢工起初的对抗,声称"只是沟通不善"。公司召集媒体,大张旗鼓地签订新的合同,他们坚持要媒体留下西装革履、面带微笑的白人男子大度地与穿着工装的黑人女子握手的照片,只因他们全盘同意了罢工者索求了数月的条款。

照片中的女人们没有微笑。她们的脸微微上扬,一道突如其来的光遮住了她们的眼睛。

此外,在1959年的5月,洛杉矶某家酒吧的顾客说,在一场半正式的变装舞会中,发生了一件奇事。三名妆发精致、衣着靓丽的舞者上了台,称这是她们人生最重要的表演。色彩与光芒交相辉映,她们蜕下漂亮的皮囊,惊呆了面前的观众。舞台上,崭新的龙的身体舒展开来,一个接着一个,多彩的龙鳞在灯光下闪烁。她们仨都很迷人,观众屏住了呼吸,一些人跪倒在地,更多的人哭了。那个时候,许多变装表演者尤其擅长在困难、暴力甚至古怪的环境中进行艺术创作,没人阻止她们的表演。音乐继续,舞蹈继续,变装后的龙踩着每个节奏,唱着,跳着,在雷鸣的掌声中结束了表演,又谢幕不下十次。然后,她们穿过天花板的漏隙,消失于夜色。酒客们抬头,看到她们列队飞走,庞大的身躯越发渺小,如坚硬、持久的光刃割破夜空,消隐于众星之中。旁观者说,这是他们见过的最美丽的场景。

最终,在1959年的新年前夜,在全国各地的六百多场假期聚会中,狂欢者们报道了一到两次化龙事件。没有破坏,没有混乱。只有叹息,只有颤抖,只有渺小的身体变得庞大后,突然发出的喜悦呐喊。

每个她都看向天空。

每个她都没有回头。

媒体没有任何报道。再一次,无法被提及。世界的目光只能投向地面。

16

索尼娅和他的外祖父母住在一栋神奇的房子里,至少在我眼中是这样。他们搬来之前,这房子用的是镶灰边的白墙板,屋顶是黑色的,在街区毫不起眼。房东是个粗枝大叶的单身人士,住在小城的另一头。只要他们按时交房租,房东就不太在乎他们把房子刷成什么颜色,或怎么处置这栋房子。他们搬来不到一个月,房子便焕然一新:白墙变成黄墙,每扇窗都镶着不同颜色的窗框,门上画了花朵;房内,有的房间画着童话森林,有的房间画着挪威的草场,有的房间画着精灵蛰伏的山峰,还有的房间画着湖岸,似乎是苏必利尔湖——他们深爱和想念的家乡。索尼娅的外祖父母各有一间工作室——外祖母拿下了主书房,外祖父在车库里添了柴炉,给地板刷了明亮的漆,装了宽敞的窗户,还放了把安乐椅以供静思。他们欢迎我们参观他们的工作室和工作过程(这同我父亲形成了鲜明对比,我从未去过他的办公室,不知道看他工作是什么感觉)。

同索尼娅一样,她的外祖父母也有深褐色的大眼睛;同索尼娅一样,他们的头发也曾是浅金色的,只是随着年龄的增长而花白了,同粉红的头皮一起散发出淡淡的光。

在我的多次拜访中,从没人提起过索尼娅的父母。整座房子里，只有一张他们的合照——一张存放在普通相框里的六平方英寸快照。厨房的照片墙上都是家人的照片，这张照片就被挂在底部的角落。索尼娅没有提起这张照片，她的外祖父母也没有。但是我知道，那张照片上是她的父母。照片似乎拍摄于索尼娅第一天去幼儿园的时候，她牵着父母的手，咧嘴大笑，嘴里缺了颗牙。她的父亲穿着木工的工作服，手里提着一桶工具；母亲穿着漂亮的高跟鞋，平整的裙子，合身的夹克，发髻上固定着檐帽。我后来才知道，她的母亲是威斯康星大学某心理学教授的研究助理，地位显然很高。索尼娅分别握着父亲和母亲的手，但我注意到，她还伸出两根手指捏住了母亲的夹克外套。父亲慈爱地望着她闪闪的金发，母亲却看向天空，脸上露出向往。

索尼娅和我抓住一切时机待在一起。比起去我家，我远更喜欢去她家。在她家的时候，她的外祖父母给我们画纸、画布和颜料桶，教我如何按自己的意愿运用画笔，如何从开阔平面上的一条线看到整个世界。在我家的时候，母亲教我们针织的技艺（索尼娅比我更擅长这些），还有按照《妇女家庭杂志》上剪下的食谱做菜。母亲很喜欢索尼娅。比阿特丽斯对我这位朋友的态度摇摆不定，或是明晃晃的嫉妒，或是热盈盈的喜爱，没有中立的时候。索尼娅为比阿特丽斯讲挪威的故事，那是她外祖父母的出生地（尽管他们幼时就已移民，对挪威印象寥寥），还有她父亲的家乡。事实上，她父亲的小船最后一次被人看到，是在冰岛和挪威之间的水域，人们推测小船就长眠在那片水浪之下。

"他去那里做什么?"有一次我忘乎所以,脱口问了索尼娅。

索尼娅把手指放在唇边,停了一会儿。最后才开口:"去找某个人。"然后是一阵沉默。

索尼娅还教比阿特丽斯画画,教她理解面部的结构,教她用铅笔涂画眼睛的技巧,教她画树,画鸟,画小型的哺乳动物,乃至画仙女和精灵。(我注意到,母亲对此并无异议。我还注意到,每次妹妹想要画龙,索尼娅都会将画纸揉成团扔掉。"现在不行,小忙人。"索尼娅说。说这话的时候,她没有情绪,没有责备,没有羞愧。妹妹不能画龙,这是无可争议的事实,就像下雨时必会淋湿一样。)

刚上八年级的时候,我在学校数着分钟度日,只等放学铃响,就能再见到索尼娅了。我的课堂作业做得不好(不过家庭作业还不错,成绩在班里依然名列前茅)。我分心,我走神,我画画。我给索尼娅写字条。我草拟计划,期待有朝一日与她一起探险。老师们先是发火,后是发愁。终于在10月的第一周,我的家长被请到了学校。

只有母亲来了。我记得她的面容更显苍白。大家围坐桌旁,我的英语老师安杰莉卡修女和校长阿方斯先生坐在母亲对面。我单独坐在一头,两条胳膊紧紧抱在胸前,脸拧成一团。

我的母亲,天啊,她带着文件来了。她解释我在家里有多努力，她展示了我 9 月完成的所有卷子、课题和作业，全都拿了优秀的成绩。她说我在图书馆看了大量数学和物理的课程录像，授课老师清一色是哈佛、牛津等远近闻名的学校的大学者。她还带来了一封由图书馆馆长签名的信，信中说我最近一直在琢磨数学书上的问题集，难度比课堂上教的大得多。信里还推荐我去参加一个我不甚了解的项目——母亲其实还没有同意这件事，不过她认为今天有必要给老师展示一下。我没说什么，但还是把这事挂在心里了。她请老师们看了我在课余时利用馆际互助借到的课本所完成的课业。

"如果她上课走神，"母亲语气温和，"我觉得我们可以想想，是不是因为她在课上感到了无聊，她是否需要更多挑战。我上学时也有过类似的问题。我被允许进大学学微积分时只有十四岁，和我女儿现在差不多大。高中毕业时，我已经学完了数学专业的一大半课程。我们或许应该考虑，我女儿是不是也在走这条路。"

听我母亲讲话时，安杰莉卡修女和阿方斯先生一脸的包容，仿佛在听一个孩子在努力解释她为什么仍然相信仙女的存在。

"夫人，您的数学学位对主妇的生活有什么帮助呢？"安杰莉卡修女说。

房间内的气氛降至冰点。母亲的眼睛仿佛两块黑石，嵌在大理石般的脸上。我屏住呼吸，感到口袋里的结稍有松散。

"更何况，准确地讲，我们讨论的根本不是你，格林夫人。当然，每个人都为你的成就而自豪。但是你也看到了，这也是一个问题。我们不得不停止公布考试成绩，因为男孩们看到她在课堂上游手好闲，却仍然拿到了最高分，这根本没顾及他们的感受。我问你，人们会如何对待一个漠视他人的女孩呢？"

"也会……漠视……她。"母亲缓慢开口道，似乎这几个字有千钧重。她的双眼似乎睁大了些，也变长了些。这或许只是我的想象。她两手握在一起，变尖的指甲尖嵌进了手背的皮肤。

"还有这个。"安杰莉卡修女紧抿着薄薄的嘴唇。那是一个文件夹，里面的东西见证了索尼娅不屈的努力，她花了许多小时来教我如何成为一名更好的艺术家。我有很多画着索尼娅的画：沙发上的索尼娅、凳子上的索尼娅，还有花丛中摆弄发梢的索尼娅。索尼娅在水上舞蹈，索尼娅伫立山巅，索尼娅翱翔天空。我的绘画技法拙劣，我也没有艺术家的眼睛。但是我画得很真诚、很热情，我拼了命地想提高画技，渴望留住一些可爱、诚挚、真实的时刻。我喘不上气来。我受不了我的画在安杰莉卡修女的手里，我受不了任何人看它们，甚至碰它们。就算其他东西不属于我，这些画也是属于我的；就算我道不明理由，这些画也是为我私有的。我尝试用不同字体在画上写下她的名字，施展不同的风格。"索尼娅，"我在画上写着她的名字，"索尼娅，索尼娅，索尼娅。"

无意识地，我的喉咙发出一声哽咽。

"索尼娅,"安杰莉卡修女说着,尖刻的眼神投向我,"是谁?"

<hr />

我不太记得那天后来发生的事。我的脑海一片空白,我的心里一片空白。世界云雾弥漫,我既尴尬又羞愧,却不知缘由。我多希望身在索尼娅的家中,或是她在我家中。我多希望我们俩划着一艘小船远去,远去,划向更宜人的彼岸。

一只拳头砸向桌子,我吓得回过神来。"小姑娘,你在听我讲话吗?"阿方斯先生咆哮,颈间的褶皱随着洪钟般的音量颤动。

我打了个激灵。"什么?"我没有听他说话。

阿方斯先生叹了口气。安杰莉卡修女的目光更犀利了。母亲的表情好像荒茫的山坡,我全然不知道她在想什么。"道个歉就行,"阿方斯先生说,"当人知道自己犯错时,就应该道歉。"

我看着母亲,她无动于衷。我身体里有些发烫,我做错了吗?我一点也想不明白。但我是一个守规矩的孩子,一个本分的孩子,而且我不喜欢惹上麻烦。

"好吧,"我说,"对不起。"不知为何,我的皮肤泛起红,肚子里一阵翻涌。不过,修女老师和校长似乎对我的道歉感到满意。他们草草向对方点了下头。母亲不发一言,只是起身牵起我的手,和我走回家去。

邻居埃弗利夫人在我家照顾比阿特丽斯。所谓照顾，就是她坐在厨房里，抽着我父亲的烟，喝一小杯他的威士忌，留比阿特丽斯在客厅听广播。刚踏上家门口的台阶，母亲忽然抓着我的手，神色僵硬地看着我。

"我的女儿，你要小心行事。"她低声说。

"小心什么？"我说。她无征兆的紧迫感令我困惑。我不知道自己当时是愤怒，是恐惧，还是想哭，或许三者皆有。

母亲深吸一口气，神情缓和下来。有一瞬间，我好像看到她的眼睛边缘有一抹泪光，然后她眨眨眼，泪水消失了。我好奇这是否从一开始就是我的想象。终于，母亲开口："这世上我们能拥有的、能留住的东西是有限的。紧抓着那些你无法承受失去的东西不放，不是好事。人就是这么垮掉的，你明白吗？"她叠起双手，指节托住下巴。"你真明白吗？"

"明白，妈妈。"我说。

我不明白。但似乎这样回答会让她满意。她转身走进屋内。

三天后的晚餐时间，父亲坐在桌旁，在威士忌和饭后烟的间隙，他望向天花板，做了一件在晚餐时从未做过的事：他说话了。

"今天，阿方斯先生来办公室找我了。"他说这话时并没有对着谁。然后他走进书房，翻阅余下的报纸。

我看着母亲，她的面容极苍白，但这不是新鲜事，近来她总是如此。

周复一周，事情慢慢平息了，或许只是我以为平息了。我极尽所能，在学校表现得更投入。我仍然努力在试卷、作业、测验和考试上做到最好。有时候，我的试卷底部会出现一句评语，写着"学业上的卓越不是简单地炫技"，或其他类似的表述。我注意到这句话并非老师的字迹。我无法证明，但可以肯定它出自阿方斯先生之手。

10月将尽的某个夜晚，狂风乍起，愈吹愈烈，仿佛要把房屋刮倒。第二天是星期六，之后再过两天是万圣节。星期六一早，我跑出门外，看看是否一切安好。我在门前的台阶上站了一会儿，享受清鲜的凉意，潮湿的树叶在晨光中渐渐腐败，散发出温暖的气息。太阳仿佛宽广青盘上的一颗蛋黄。斑斓的叶子被吹离枝丫四开的大树，落在地上聚成多彩的大叶堆。我从门廊的挂钩上抓起夹克，踩上鞋，向索尼娅家跑去，想和她一起耙落叶。

我们扫完她家的院子，便跋涉回我家，一路放声高唱。我们这是怎么了？街坊邻居透过窗帘打量我们，摇摇头，咂咂嘴。我们的手臂揽住对方的肩，脑袋倚在一块，脸颊几近相触。我不是什么歌手，但我高唱所有我知道的歌曲，感受旋律沿着我的骨骼振动。索尼娅的手臂滑到我的腰边，紧紧搂着我。这感觉如此美妙，如此美妙，我想，有朋友真好。

索尼娅在前院等着，我去工棚里拿耙子。跑回来时，我的心愉悦得怦怦响。我家侧院有一棵魁梧的橡树，门前还有两棵槭树，因而堆了层厚厚实实的落叶。穿着橡胶靴和针织毛衣的比阿特丽斯走了过来,她抱着满怀的落叶,把它们扬向天空。我们堆起的落叶足足有一辆福特卡车那么大。

"跳进来!"比阿特丽斯喊道,但她开始打喷嚏了,母亲叫她进屋。每每有什么危及比阿特丽斯生命的情况发生,母亲总会劝诫她。

索尼娅和我看着叶堆。她的发丝在10月的阳光下闪烁。"准备好了吗?"她说着,把手掌滑进我的手心。微风拂过,空枝轻吟,地上的落叶飘起,在脚边轻舞成旋涡。空气甜美、湿润,充满苹果、泥土和令人愉悦的腐烂气味。曾经的万绿脱离枝干,任自身坠落在地。我屏住呼吸,无法形容此景。我只是紧握住她的手,和她飞跑、跃动,落在色彩、尘埃和日光组成的如纸的柔软中。

我应该如何铭记这段回忆?我应该如何存储它、处置它?对当时的我来说这是无解的,对现在的我来说,这仍是无解的。

这是我所记得的:

天空蓝得令我心碎。世界有股初生的气息。我们着陆于如枕的叶堆中。落叶藏在她明亮的发间,勾勒出她的脸庞。空空的枝丫托住天空。我记得,她倚向我的时候,树枝如王冠围在她的头顶;她抓住我的手臂,说我已被她俘虏。噢,索尼娅,我多甘愿做你的俘虏!我记得,我们在叶堆中打滚,身下的落叶在摩擦中低吟,索尼娅洁白的手臂蹭着我手臂上的泥土,她精巧的葱指碰着我粗鄙的短指,她的脸颊贴着我的脸颊,她的发丝缠着我的发丝,她的嘴唇拂过我的嘴唇。噢,索尼娅,索尼娅,索尼娅。

然后,她尖叫起来。

我的父亲,俯视着我们,抓住她的上臂,猛然将她拉起来。

我记得索尼娅被拉走时的面容。刺目而铁青,混合了震惊、恐惧和痛苦。我伸手拉她,父亲却太过迅速,我扑了个空。

"她该走了。"父亲说。

"可是——"我开口。

"该走了。"父亲重复,大步跨过院子,索尼娅踉踉跄跄在身后。

父亲送走了她。

那天的余下时间,我被禁止探访索尼娅。第二天也是,后来的许多天也是。

"什么时候能看她?"我哀求道。

"永远不能。"父亲说,他的回答迅速而决绝,像一个耳光。

"为什么?"我问。屋子转了起来,我的双眼被泪浸没,呼吸急促起来,胸口的起伏也变得沉重。

"等你长大就会明白。"父亲说。母亲低头盯着自己的双手。

父亲把我送回了房间。

17

父母禁足我两个星期。母亲每天早晨送我上学,又每天晚上在校门前的台阶等我放学。我闷闷地挪着脚步,两手插在口袋里攥成拳头。我不看母亲的脸。她从未打算引起我的注意,这让我更加愤怒。我们走过学校时,其他的孩子都会停下脚步看我们。其他孩子都不用母亲接送。毕竟,我们已经读八年级了,我们真长大了。他们知道,母亲接送我的唯一理由,是我犯了错,但没人想得出是什么错。

我也想不明白。

回到家后,母亲布置了艰巨却无意义的家务:擦洗地板的水泥缝,打扫地下室,擦亮镀铬的器具,把窗户擦得闪闪发亮。她还要我抛光从未用过的银碟银盘,真不知这家务有什么意义。

母亲在我的手腕上系了新的结。她丢掉了此前的纱线,改用细长的皮绳。皮绳更硬,系起来更费时间,闻起来也更怪异。我皱了皱鼻子。固定皮绳需要努力和毅力。似乎它注定要停在那里。

"为什么要系它?"我问母亲。

母亲耸耸肩:"一个绳结而已。"

"我能摘下来吗?"

"不能。"

"那为什么要系它?"

"它很漂亮,你不觉得吗?看,比阿特丽斯也有。"比阿特丽斯有些不安,手绳似乎让她发痒。她显然是想取下来,但还是忍住了。如果说她在这世上爱谁胜过爱我,那这个人就是我的母亲。

我是说,我们的母亲。

随后,母亲教我如何打花结。她送了我一本极古旧的书——《西尔维娅女士的编绳艺术》。母亲也有一本同样的书,写满了她的笔记、算式和符号,书页里还夹着手写的纸条,但她不允许我翻那本书。母亲给了我一篮纱线,让我一次又一次地练习打结。我每天花上好几个小时,去缠绕、扭曲、系紧这些纱线。

"我为什么要做这个?"手指磨得生疼后,我向母亲追问。

"为了把你留在这里。"母亲语气温和,没有看我的眼睛。

"我已经在这里了。"我吼道,父亲不在家,我才敢如此,"我被你们困住了,你忘了吗?你为什么这么对我?"

"总有一天,你会明白。"

我知道这话不是真的。

比阿特丽斯,还是比阿特丽斯,费尽心思分散我的注意力,逗我开心。她根据索尼娅讲给她的故事精心编排了短剧,有山间精灵、林中怪物,还有河里的水妖福瑟格里姆，悠扬地拉着小提琴，放出不可抵挡的歌声，连大树也随他连根起舞。我确信，母亲以为这些故事来自比阿特丽斯的想象。倘若她知道故事来自索尼娅，她一定会阻止比阿特丽斯。比阿特丽斯为一些故事情节画了配图，比如林中怪物在偷走婴儿后逃之夭夭，或是福瑟格里姆不情愿地教年轻女子拉琴，即使他知道这会为她带去厄运：当她所爱之人听到她拉响琴弦，便会不停舞蹈，直至死亡。每个故事都加重了我对索尼娅的思念。比阿特丽斯只是想逗我开心，我怎能告诉她，每幕戏其实都如压在我心头的磐石一样沉重。

比阿特丽斯挥手鞠躬，结束了她的故事。她在等我鼓掌。尽管我的双手、身体、整个世界都在作痛，我还是鼓了掌。然后，她再次鞠躬谢幕。

"你开心点了吗？"她观察着我的表情，"我是不是让你好受些了？"滑稽的笑点亮了她的脸蛋。我不由自主地笑了。

"和你在一起，我怎么会不开心？"我答应道。这是谎言，却无比真实，谎言和真实同时成立。

两周后，我得到了解放。母亲拿走了那一篮纱线。无尽的家务恢复到了平常的工作量。我又能摆脱母亲的陪伴，独自上下学。

我想到了索尼娅，梦到了索尼娅。我没法让自己大声说出她的名字，但母亲却有所察觉。

"规矩还是规矩。"晚饭时，她言有所指。父亲不发一语，只是对着炖肉和土豆出气，似乎这些东西惹恼了他。

"我会守规矩的。"我说着,低头握紧拳头。

"亚历山德拉。"母亲说。

"是亚历克斯。"我小声嘟囔。

"规矩就是规矩。"她没有说规矩是什么,但我显然是清楚的。我狠下心要打破它。

第二天放学后,我直奔索尼娅家。

我在她家的门廊站了许久,惊讶到忘记合上嘴巴。我记得我没有哭。但我已经没法自然呼吸,每吸一口气都仿佛在吞刀,每呼一口气都仿佛在呛水。

索尼娅家那神奇的色彩不见了。墙面被涂成难看的白色。窗户溅上了星星点点、条条块块的白漆。从前,花床种满了产自挪威的植物,像是鼠尾草、毛地黄、雪毛茛和虎耳草。如今,花圃全被挖空,填满了木屑。院子中央钉着一张告示,页角在微风中轻轻扬起,上面写着:此房出租。

告示的底部印着父亲所在的银行的标志。

我以极慢的速度靠近这座房子。刺鼻的油漆味令我作呕。我贴近窗户,双手抵着前额,注视屋子里面。山林、精灵、苏必利尔湖、挪威的风光,多彩的景致悉数被厚实的米白色涂料盖住了。索尼娅和她的外祖父母消失了。我在门前的台阶上站了一个多小时,身子抖个不停,不敢相信自己的所见。最后,我跌跌撞撞地回到家,躲进衣柜里,没有下楼吃晚餐。

第二天早晨,我背着书包,带着未干的泪痕默默地坐在客厅里,数着出发上学的时间。比阿特丽斯不知道发生了什么事，她坐在我的身边，握着我的手。母亲来了，在我面前站了很久。

"这可能是最好的结果。"她终于张口了，但不愿看我的眼睛。

母亲为我装好午饭，打开屋门。那是 11 月，突降的寒意直入骨髓，叫人发抖。天色如粉笔灰一样死白。我紧了紧衣领，牵起比阿特丽斯的手，走进晨光中。

我们都是听话的孩子，我们的目光牢牢锁在地面上。

1960 年 3 月 12 日
H. N. 甘茨博士于众议院非美活动调查委员会所做证词

主席：听证会现在开始。今晨，众议院非美活动调查委员会将重启听证会，聚焦以瓦解、破坏、扰乱美国人的生活方式为目标，使用美国绿卡作为旅行证件的关键问题。

阿伦斯先生：甘茨博士，据我了解，您为参加一场在布拉格举行的科学会议而申请护照，对吗？

甘茨博士：是的。但是我需要指明，这与共产主义无关。该会议一直在苏黎世举办，准确地说是在中立国家瑞士举办。但是，很多其他国家的科学家都不便出席。这些国家不如美国自由，他们担心科学家会变节。会议主办方认为，在更容易被接受的国家举办会议，有益于科学的发展和知识的交流……尽管这些国家理论上不如我国自由。

阿伦斯先生：但是你的护照申请被拒绝了。

甘茨博士：是这样的。

抄写员记录：会场停顿了几分钟。

主席：证人花了很长时间去讲他的想法。

甘茨博士：唔，还需要更多解释吗？我申请护照，是非常正常且合理的行为，不过只是一位公民向他的政府申请旅行用的文件。但这个政府拒绝了申请，却未提供充分的解释。在整个职业生涯中，我致力于科学与卫生事业的发展，始终与我的国家站在一起，这是爱国主义的行为，这背后是对美国体制的爱。即便由于某些貌似不便公开的原因，我被迫从国立卫生研究院的岗位上离开，这份爱也从未消去。

阿伦斯先生：主席先生，证人还在大发言论，没有直接回答问题。

主席：甘茨博士，你不是街垒旁的革命者，你只需要回答这个问题，别再长篇大论了。

甘茨博士：对不起，先生们。你们得明白，这个局面让我很不安。我的实验室遭到洗劫，学生和患者都受到联邦当局的质询。一个可怜的女人被陌生男子塞进没有牌照的汽车，当着她孩子们的面被带走。当着她孩子们的面，先生们。她被拘留了一天半，真是不可接受。没有任何人做出过合理的解释。我的申请被拒绝，只是长期以来我国政府对个人自由一系列恼人的侵犯的又一个标记。这让我不禁质疑，我们的自由在美国这片土地上的价值与健康。

阿伦斯先生：先生，这里是自由的国家！请您尊重些！

甘茨博士：是吗？你确定吗？你不读新闻吗？就在我们说话的时候，小石城和格林斯伯勒的市民正在组织起来，捍卫那一点宪法赋予的基本权利。然而，这个所谓的委员会却在不存在的国家威胁上纠缠不休，对执法部门的行为视而不见，这些行为不仅违反法律，还背离了美国精神。类似的事正发生在美国的城市、美国的实验室、大学、社会服务机构，以及为所有人伸张正义的团体的办公室里。

阿伦斯先生：主席先生，证人表现出敌意和冲动。

主席：甘茨博士，你最好记得你现在身处何处。

甘茨博士：我当然知道。我坐在一帮人中间，他们委托我研究自发性——

主席：甘茨博士。

甘茨博士：自发性化龙现象，然后，他们摧毁了——

主席：甘茨博士！

甘茨博士：他们还莫名其妙地宣布，我的研究既不存在，又属机密，这是对真理和事实赤裸裸的攻击。

主席：律师，请约束你的委托人。请向他解释一下，他不幸被判处藐视国会的罪名。

抄写员记录：会场停顿了几分钟。

阿伦斯先生：甘茨博士，你申请护照的时候，你被要求签署一份宣誓声明，保证你此前不是，现在也不是共产党员，此后也无加入共产党的意愿。你还被要求签署了另一份声明，保证你此前不是，现在也不是双足龙研究协会的成员，此后也无加入该协会的意愿。你是否记得收到过这些文件？

甘茨博士：我记得。

阿伦斯先生：然而，奇怪的是你的护照申请材料中并无这两份文件。

甘茨博士：没什么奇怪的，我只是没有把这些文件放进去。

阿伦斯先生：你知道这些文件去哪里了吗？

甘茨博士：我把它们扔进了垃圾桶。

阿伦斯先生：你承认了。

甘茨博士：自然。

主席：记录显示，证人承认篡改联邦政府文件。

抄写员记录：又过了一会儿。证人在摇头时，他的律师向他低语。

甘茨博士：我不清楚，为何你们对此震惊。这些声明是我的文件。文件的抬头清楚地写着它们仅做补充之用。我查阅相关的法令，了解到我并无签字的义务，除非美国法院强制我签名。法院并未强制，因此我认为，我有权利忽视这些文件。没有法律阻止我把它们丢进垃圾桶。

阿伦斯先生：你或许会感到惊讶，这些文件在我们手里。

甘茨先生：并没有。你们读过我的记录吗？

主席：记录显示，在明确放弃共产主义的声明的顶端，证人写下："想得美，浑蛋！"因此，我们有必要增加一条亵渎指控。鉴于你在另一份声明上写下的文字涉及机密，它不会呈于本委员会面前，但是将被递交给国内外威胁处理附属委员会，以判定是否属于侵略行为。

甘茨博士：你知道这很荒谬。委员会就是耻辱，就是笑话。

主席：证人充满敌意。我们据此认定其藐视国会。

18

冬日降临,世界冻结。

然后消融。

然后化水。

然后,温暖和绿意再次席卷世界,芽苞紧绷,花朵绽放,生命丰盈。我的情绪太过糟糕,对这些全无留意。那一年的夏天也来得早些。早在5月初,我们在教室里就已热得难耐,汗水浸透了我们的校服。每天结束课业时,我们都涨红了脸,散发着汗臭,渴望着6月的解放。最终,伴随着无休止的屈辱、伤痛和被压抑的倦怠,八年级结束了。校门开了,我们有序离开初中的生活,离开初中的自己,期待着一些新的东西。比如高中,或是其他什么。尽管变化可能并没有那么大——我们大多数人都要去一个地方——但这种转变似乎很重要。我们将一部分的自己留在了过去。

天空似乎也有所察觉,沉重地等待着。

我想念索尼娅,我非常想念她。想到她,我的胸膛就感到滞重,骨头就开始作痛。

我学习着如何交朋友,交一个真实的、真正的朋友——学校从不会教孩子这件事。他们并不是对我不好,他们只是……淡漠,因为我很淡漠。那年夏天,我没有见任何同学。我不想念他们，他们也不会想念我。我说这些并非出于自怜，我只是在陈述事实。

那年夏天，母亲的菜园前所未有地多产、丰盛。我后来才意识到，那是菜园的回光返照。绝大多数时间，母亲都在屋外。我注意到她穿上了姨母的旧工作服。为了合身，工作服上的名牌被撕掉了，衣袖也被裁下，裤腿被改短了五英寸。每天晚上，母亲会在洗完澡后穿上长筒袜，为裙子上浆，收拾餐桌，等待父亲回家。如果他回家，母亲会为他端上晚餐，倒一杯威士忌。

我注意到，母亲开始为皮带打孔以让它合腰；我注意到，她用来遮盖黑眼圈的厚粉底；我注意到，我的餐盘盛得满满的，而她却吃得越来越少。我记得，我注意到了这些问题，却不知该如何处理，我只是记下了它们。我是个孩子，拥有孩子的自私，以孩子们的眼光相信万事万物都是不变的。母亲就是母亲。她从我身边消失，是以后的事。童年的时候，去想以后的事是很难的，童年只有当下。

我想念索尼娅。我写信寄到她旧日的家，在信底写上"请转交"的字样。读八年级的一整年，我每周都寄信给她。6月初学校刚放假不久，我寄出的信都被扎成一捆，交回我的手中。在索尼娅的名字上，盖着"无转寄地址，寄回寄件人"的邮戳。她的外祖父母的姓氏不一样，但是我不知道。我无法找到索尼娅。

我接过信，用牛皮纸和绳子打包好，把它们藏在衣柜的隔板后，以防万一。

那年夏天，母亲常常需要躺下歇歇，一到这时，她便让我照顾比阿特丽斯。她休息的次数越来越多。比阿特丽斯已经六岁，仍像一团活跃的旋风。她爬上树干，又从树枝跳下。篱笆是她的平衡木。她爬上车库顶，在瓦片上晒太阳。牵牛花架是她的梯子。

我追着她跑进防风的地窖，跑进邻居家的院子，一路跑到街道的尽头，那里只有繁茂的灌木丛分割着居民区和废弃的铁轨。每天放学后，我都得把她扛在肩上跋涉回家。她在我的肩头号叫，或许因为兴奋，或许因为愤怒，或许因为喜悦，我总分不清是哪种情绪。

8月初的某天，趁我不注意的时候，比阿特丽斯逃跑了，我找了她好几个小时。母亲不知道，她正在休息。我到处找妹妹，头一个小时，我感到恼火；第二个小时，我感到发狂。我责备自己没有把她看紧点，思考着该如何向母亲解释这件事。

我穿街过巷，走到脚痛，心生恐慌。我瞥向邻居家的垃圾桶，害怕她藏在里面，睡在里面，或发生更糟糕的事。就在那时，我听见了比阿特丽斯的笑声。我追着她的声音而去，在那栋被木板封住的房子前突然停住。杂草攀上篱笆，荆棘丛在老花园里绞缠。绿树掩映下，我几乎看不清那栋老房子。

野鸡在杂草中啄食。野猫在墙板脱落后的缝隙中眨着眼睛。比阿特丽斯躺在一丛常春藤里，卷曲的藤蔓缠住她的四肢，在她脏兮兮的身上打了许多浅绿的结。

"你在这里做什么?"我吼道。我跳过黑莓丛,跪在她身边。她转过头来,眨了眨眼睛,露出暖暖的微笑。

"噢,嗨,亚历克斯。"她说。仿佛这个世界上,没有比消失了几个小时、在废弃花园里打盹更正常的事情了。她挣脱藤蔓的纠缠,用小拳头揉了揉眼睛,打了个哈欠。"你知道这里有鸡吗?"

我前额抵着膝盖,叹了口气。"知道,比阿特丽斯,"我摇摇头,"我知道这里有鸡。"

"还有小猫,"她上气不接下气,"有好多小猫。"这时,两只似乎还没有断奶的小猫慢慢走到她脚边。比阿特丽斯捞起小猫,用鼻子蹭蹭猫毛,小猫挣扎着哀叫。它们不太习惯人类。比阿特丽斯吻了吻小猫的后背,把它们轻放在地上。

"我也知道有小猫,"我耐着性子说,"或许我们该走了。"

比阿特丽斯忽略了我的话。"为什么我们不能养小猫?它们可以和我睡在一起。"她补充道,好像在表示她已经考虑过此事了。

"爸爸讨厌猫,"我解释道,"所以我们不能养小猫。"

"爸爸真坏。"比阿特丽斯生气地跺脚,怒目圆睁。我从未听她说过父亲的气话,自她出生以来从没有过。而她现在看起来愤怒得想踹人。

我抿了抿嘴唇。"妈妈不喜欢听别人这样说话。"我没告诉她,妈妈其实没有说过,但是什么都逃不过比阿特丽斯的眼睛。她盯着我看了一阵,然后使了个眼色。她回到花园,告诉我蓝莓长在哪儿,鸡把蛋藏在了哪儿。她跪在缠结的灯笼果面前,剥掉干裂的外皮,像弹弹珠那样,一个接一个地把果子送进嘴里。她咧开嘴笑,嘴里塞满了灯笼果。

比阿特丽斯显然不急着离开,所以我在她身边坐了下来。院子里色彩斑斓,背景是鲜亮的绿。那个小老太太在花园里种下的植物都变成了野生的后代。这些植物扩散、繁殖,和园内其他事物融为一体。一丛南瓜藤缠绕着角落的土堆自由生长,长着黄花和外观不尽相同的瓜果。我所见到的最怪的黄瓜蜿蜒生长在破落的鸡舍的一旁。那些黄瓜是圆形的,呈浅黄色,上有绿斑。到处都是野生的莓果。山莓的荆棘挡住了房子的侧边,无法通行。

比阿特丽斯伸手去拉百里香的茎。她用指甲掐住花梗,让小小的百里香叶落入掌心。这个世界充满了绿植和肥料的味道。两只小鸡似乎很勇敢,它们靠近我们,在周边的地上啄食,同时用警惕的眼睛偷瞄我们的动向。一只猫藏在南瓜丛里,盯着它们。

"我喜欢这里,"比阿特丽斯打着哈欠说,"我们应该每天都来。"

"以前我每天都来,"我告诉她,"那时我很小。有位老奶奶住在这里,总是给我小礼物。"

比阿特丽斯有了兴趣。"什么小礼物?"她问。

"嗯,"我开口,打算借此机会让她起身回家,"就是老奶奶会给的那种礼物。饼干啦,胡萝卜啦,鸡蛋啦。有一次,她给了我一袋甜豌豆,里面还有可以吃的花,味道像胡椒。"

"我想尝尝。"比阿特丽斯环顾四周,寻找可以吃的花。

"我们让妈妈种一些。不过我不知道那些豌豆叫什么。总之,我曾经很喜欢来这里,但是有一天,小老太太消失了,我就没再来过。"

"她去哪里了?"比阿特丽斯问。

我已经很久没有回忆起这段往事了。男人的喊声,女人的叫声,抓挠声,挣扎声,喘息声,还有那声"噢",然后是——

我摇了摇头,我甚至没法去想这件事。每当有龙闯进我的脑海,我都要强迫大脑放空。

"我不知道,"我说,"她就是消失了,或许是搬走了。"

我们停在后门前。比阿特丽斯转过身去,环视院子,目光如炬:"或许龙知道,她在哪里。"

听到比阿特丽斯的话,我的身体出现了生理反应。那种感觉至今仍难以描述,更难以解释。从脚趾到头顶,我的皮肤猛然感到刺痛。我的视线也变得模糊。我突然听见了自己的心跳。脑海中飞速闪过不同的画面,仿佛失控的放映机。我无法理解这些画面。我扶住门框,以保持平衡。

"你到底在说什么?你疯了吗?"我说,尽量保持声音的平缓,"不会再有龙。龙都离开了,不会再回来。所有人都知道。没有人想念它们。学校的手册上就是这么写的,那可是科学家写的,是为政府工作的真正的科学家。所以肯定没错。"

比阿特丽斯皱眉:"唔,曾经有一条龙生活在这里。"

"别犯傻,"我本能地说,"话说回来,你为什么这么说?"

"唔,"她耸了耸小小的肩膀,"看着就知道。"

我真的看了看。眼前是荒废的房屋,残缺的外墙如漏风的牙齿。一个坍塌的鸡舍。一栋依靠着古老的槭树树干、暂时免于倒塌的棚屋。

"我只能看到一片狼藉,"我说,"回家吧。"

比阿特丽斯没有动。"龙喜欢这样的地方,龙还喜欢小猫,还有小鸡。大家和谐相处,龙最喜欢这样。"

"真的吗?"我半信半疑,"我觉得你只是在说你自己。据我所知,龙喜欢谋杀和骚乱,喜欢烧毁人们的农场和村庄,破坏人们的家庭。反正故事里都这样讲。来吧,我们回家。母亲要着急了。"

其实我在骗她,母亲可能还在睡觉,她最近很累,而我正处于只会生气的年纪。我太过自我,不知道如何顾及母亲。

"那些故事很傻。"比阿特丽斯说,"那些写龙的故事的人,从来没有见过龙。龙喜欢家务清单,喜欢分享,喜欢读书俱乐部。人们都知道。"

"唔。我第一次听说。"我领着比阿特丽斯走出大门。

"是真的。"比阿特丽斯想说服我,"要不然,你以为谁在看管院子,把鸡喂胖,逗猫开心,吓走那些老鹰?"

"你好像什么都懂。千万别告诉其他人。"我说。比阿特丽斯蹦跳着回了自家的院子。

然后,不知为何,我停了下来,又转头望向小老太太的院子。那里散发着丛生的杂草的气息，夹杂着泥土、腐木和常年的猫尿味。我的视线落在墙上的缺口，那是厨房窗户下的位置，墙板已经没了，或是因为腐烂，或因为风吹雨打。这个缺口似乎直通屋内，仿佛一扇窗，背后是张着血盆大口的黑暗。缝隙里有一双眼睛在眨，在暗处发光。我歪头，那双眼睛又眨了眨。

"嘿，猫咪，小猫咪。"我说。

那只猫——我假设那是一只猫——喷出鼻息。墙壁微微晃了晃。

我向前一步。"乖小猫，过来呀。"我又向前一步。它又眨了眨眼睛。我发觉，它是比猫庞大许多的生物。但那铁定是一双猫的眼睛。什么猫的体形那么大？它们的眼睛不是在发光吗？

我再次向前一步。我感觉到脚下的地面在隆隆作响。仿佛猫的呼噜声，或是引擎的发动声，或是其他什么声音。"随便吧。"我转身走开，关上了身后破旧的门。

19

我高中一年级那年的3月,母亲得知她的癌症复发了。一开始她还瞒着我们,她可能想一直瞒下去,然后在某天趁我们不注意,再毫无征兆地离开。然而,4月中旬的一个晚上,母亲刚把烤土豆和罐装豌豆舀到我们的盘中,就突然倒在地上,鲜血从她的口鼻流了出来。父亲那天晚上也在家,他痛喊一声,从座位上跳起来,马上赶到母亲身边。他把母亲抱在怀中,絮絮地低语,仿佛父亲不是她的丈夫,而是她的母亲。

"噢,亲爱的。"父亲哭了,他紧紧地抱着母亲。我从没见过他这么跟母亲说话。他扶起母亲,发出了惊恐的哀吟:"噢不,亲爱的。你怎么这么轻?"父亲的声音脆弱而缥缈,仿佛只剩单薄的壳。

母亲挣扎着保持清醒,她的脑袋无力地左右摆动。父亲紧紧抱着她,然后松开她,去检视她的脸,又抱紧了她,胸口不由自主地发出痛苦的哀吟。

"你为什么不告诉我复发了?"父亲对着母亲的脖子喃喃道。他喘不上气,咳了几声。"唉,老天,你为什么不说啊?"

父亲爱母亲吗?那天之前我还不敢肯定。绝大多数时候,我不相信他爱。然而,在这个时刻,我觉得他是……爱的。当时，我努力想把这一刻留在记忆里，想久久看着这一刻，以把它写下。我想，在那个时刻，在他抱住母亲，扶起母亲的时刻，他深爱着母亲。

我默默地站在那里看着他。比阿特丽斯走了过来，牵起我的手。我们跟着父母走过门廊，到门口时才停住脚步，再也动不得。

父亲将母亲扶进副驾驶座，动作轻柔、细致，我之前从没见他这样，此后也未再有。他捋顺母亲的头发，抚过她的脸颊，亲了亲她的额头，然后关上车门。他拍拍身上的口袋，突然大惊失色。他回头，看到站在门口的我，大睁的双眼透露出强烈的恳求。

"钥匙！"他对我喊道。

我急忙冲进屋，找见钥匙，又跑回屋外。父亲已经坐进驾驶座，握着母亲的手。他两眼通红，嘴唇痛苦地抿成一条线。他的呼吸声起起伏伏，每吸一口气都格外困难。

"亚历山德拉，"他说，我无意再纠正他，"照顾好你的……"他话到一半又咽了下去，摇了摇头。"照顾好那个小的，我拿不准什么时候回来。"母亲把手指抵在苍白如桦木的嘴唇上，送给我一个飞吻。只这一个动作似乎就让她筋疲力尽，每一口呼吸都要耗费巨大的努力。我的手麻木了，脸麻木了，整个世界也麻木了。我这才猛然意识到，她已经病得很重了。她病了多久了？我之前怎么没看出来？为什么没有人告诉我？

"你什么时候回家？"我挤一句话。我在看我的母亲，而不是我的父亲。

"锁好门，按时做早饭。"父亲说，"你很可能要自己过一阵子了。"

"妈妈？"我说，声音颤抖着，又或许是脚下的大地在颤抖，是整个世界在震荡。我还小的时候，母亲消失过一阵，但大人们没有解释，没有安抚，也没有提供来龙去脉，让我明白发生了什么。你瞧，我当时是个孩子，我应该听话懂事，我应该看着地面，我什么都不需要知道。他们希望我会遗忘。"妈妈？"我又说了一遍。我的手伸进车里，越过父亲。

"我会没事的。"母亲说。

父亲驱开我的手，发动汽车，沿街疾驰而去。

我感觉手腕上有东西在蠕动。低头一看，我发现皮绳上打的结松开了。我愣在原地，看着它松弛，散开，掉在地上。我没有捡起它，而是在街上寻找父母的车，但是它已经不见了。

那天晚上，我的父母都没有回来。第二天也没有。我和比阿特丽斯独自度过了五天五夜。

医生说已经无能为力了，只能让她过得尽量舒服些。

直到1961年6月5日逝世，母亲一直待在医院。我和比阿特丽斯在每天放学后都会去看她，父亲那时还没有下班。我们陪在母亲身边，安静地写作业、读书、画画，直到护士在五点时把我们赶走。之后我们会步行回家。我做晚饭，打扫房间。父亲下班的时间越来越晚。有时候他甚至洗完澡，换好衣服，在第二天早晨才回家。他付钱给当地的杂货商，配送食物和日用品到家。他不做早饭（我做），也不准备午饭（也是我做）。取而代之的，他拍拍我们的头，仿佛我们是一对拉布拉多犬，告诉我们要听话，认真祈祷，听老师的话。然后，他转身离开，哼着歌去上班。

我问母亲，为什么父亲总是不来看她。母亲说，父亲每天都在午休时间过来。但是我从未看到过。据我所知，我唯一一次在医院见到父亲陪在她身边，是她住院的头五天。此后我从未在医院见过他。多年以来，我试着替他找理由：或许是他承受不了这些；或许对他来说，亲眼见到母亲离去实在过于痛苦；或许他没有被培养成一个坚强的男人；或许父亲爱她爱到无法失去她。或许这些理由全是真的，而我对父亲的其他描述要更清晰，也更不友善……或许这些也是真的。或许所有人都是如此，最好的自我、最坏的自我，以及无数个平庸的自我，同时存在于一个纷纷杂杂的灵魂中。总而言之，我注意到，每当母亲细数父亲的体贴，护士都紧抿着嘴。我爱母亲，但是我明白她的话并不可靠。

那几周，我躺在医院的床上，蜷在她的身体旁。她只剩下冰冷的手和冰冷的脚，脸颊的地方凹成暗淡的空洞。她轻如尘灰，仿佛正被吹散。比阿特丽斯在我和母亲中间躺了一阵，然后她跑到椅子上蜷成一个小球，很快睡着了。我的妹妹小小的，集聚着热量、潜力和隐秘的可能性，就像枚鸡蛋。母亲常说，这个小姑娘刚好可以放进她的口袋。每次她这样说，声音都会哽咽。

在她离世的那天，那些最后的时刻里，她叫我为她朗读丁尼生那首关于提托诺斯的诗。这没什么特别的，因为在住院期间，母亲几乎每天都要求我为她读这首诗。我不知道这次会有所不同，我不知道这会是最后一次。我怎能知道呢？母亲的手滑至我的掌心，眼睛化作两片昏暗的云。

"再读一次吧。"她说。她的声音干涩、微弱，像被遗弃许久的蝉壳。

她不必说读什么，我对此已经心里有数。床头桌上放着一本皱巴巴的丁尼生诗集，书签停留在某一页。我翻到那一页。比阿特丽斯坐在我身边的椅子上打着鼾，她双颊发红，嘴巴微张。就连她的呼噜声都很可爱。我清清嗓子。

"林木枯萎，林木枯萎倾颓。"我读道。

"水雾哀悼逝于大地的重担。"

母亲张开嘴叹了口气。我继续读。

"人来，耕地，地下长眠。"

"多年夏天以后，天鹅于此逝去。"

这首诗还未结束。我想，提托诺斯受到了不公平的对待。众神是自私且冷漠的。将生命强加于视死如归的人身上的确非常残忍，这剥夺了他们永恒的安眠和应得的回报。然而，若我可以像女神一样大手一挥，让母亲永生，那该有多好。哪怕她将干枯、委顿，哪怕她将变成蟋蟀的大小。若我至死都能紧紧抱着她，若母亲能永远在我身边，即使如眼前这般。当然，我知道这不公平。但如果说我没有动这个念头，那就是撒谎。

我看着母亲。我读完诗很久后,她依然一动不动。我开始慌了。

呼吸。我望着母亲想,似乎这想法能改变什么。

呼吸,妈妈,求求你,呼吸。

我盯着她的胸口,手探到她的唇边,寻找空气流动的迹象。突然间,母亲狠狠地抽了口气,然后握住我的手。她的手指如冰一样冷。她直直地看着我,虽然我不清楚她还能看到些什么。她的双眼覆满云翳。

"嘿,妈妈。"我的声音小到难以置信,像小孩的声音,"你要我再读一遍这首诗吗?"

"停下。"她发出刺耳的声音,手指在我手腕的皮绳结上徘徊。她捏了捏绳结。

我不知道,母亲想让我停下什么事。"你需要药吗?"我问。

"停下。"她重复道。她的手抬高了几寸,又坠回床单上,她似乎已无力承受这个动作的痛苦。我拾起母亲的手,握在我的双手间。她的手指握住我的手指,尽其所能地抓紧,但力道却不大。

"好的,妈妈。我停下。"我仍旧不明白她的意思。但我的话似乎起了效果。母亲显然放松下来,微微叹了口气。

"我本来也可以做到,你知道的。"她的目光涣散了。我很肯定她已经看不见我。

"本可以做到什么?"我问。她的手很冷。

"我本来也可以的。我们每个人都可以。我却选了——"母亲深吸了一气,话音却不再继续。我等待着下一口呼吸,我等待着她说下去。我等待了很长时间。然后,她的手指松开了。她放开了我,放开了……

母亲又呼吸了一下,然后再没有呼吸。

母亲的病房里有四张病床,两张空着,另一张床住着个老妇人,她睡得很沉。比阿特丽斯也还睡着。母亲死了。我是唯一醒着的人。走廊里人来人往,但是我没有喊人。我没有足够的词汇去描述刚刚发生的事,我没有成体系的知识去理解眼前的情景。你如何能讲述母亲的死亡呢?我不能。那是不能讲述的。

我走到椅子旁边,抱起比阿特丽斯,把她放在我的膝盖上抱了很久。她小小的身体散发出绵密的热量,传导到我的皮肤,温暖我的骨骼。我的母亲很安静,随时间的流逝渐渐变冷。我没有呼叫护士,我没有打给父亲,但我却想到了姨母。我已经很久没有想起过她。我幻想着玛拉冲进病房,像重新发动老汽车那样,重新启动母亲的生命。我幻想着姨母痛打那些辜负我们的医生,我幻想着姨母飞到大楼的一侧破窗而入,碎玻璃飞溅满地,她的眼睛闪烁如红宝石,龙鳞光彩夺目,和医院内微弱的灯光形成对比。她的肌肉在灵活的骨架中泛起涟漪。惊人的光与热,惊人的暴烈的智慧。想到这里,我倒吸了口气。

我摇了摇头。她不会来,她当然不会来。任何一个理智的人都明白龙不会回来。龙永远不会回来。这是不言自明的事实。然而,我发现自己还是瞥了一眼窗外。

比阿特丽斯没有醒。她在睡梦中时而叹气,时而低语。她的体温暖遍我的全身,仿佛我怀抱着普罗米修斯的火种,将其安全地由天堂带回家。而后,天神的愤怒如雨落下。

※

母亲离世一个月后的那天,父亲早早地叫醒了我和比阿特丽斯,嘱咐我们穿好衣服。他将我们带下楼。那天真的很早。一个女人坐在我家的沙发上。她穿着剪裁随意的家居服,勉强遮住她微微隆起的腹部。她与母亲毫无相似之处。她个子很高,满头金发,胸部丰满,大腿粗壮。她涂着姨母玛拉那样的红唇。她斜倚着沙发,单手扶着脸颊。我记得她的指节陷在柔软的脸颊,周围的肌肤荡漾开来。她很美,好似一桌丰盛的食物。父亲饥渴地看着她。母亲是脆弱而冷漠的,似冬日窗户上的霜纹。她与母亲没有一点相似。

"孩子们,"父亲说,"还记得吗,这是奥尔森小姐。"女人似笑非笑。

不用说,我们不记得她。奥尔森小姐是父亲的秘书,如果父亲允许我们在他上班时见他,我们或许就见过她了。可父亲没有。当然,我们听到过她的名字,从父母卧室传来的紧张、愤怒的低语中听到过。

"很高兴见到你,亚历山德拉。"她说,"你爸爸总是夸奖你。"她没有理会比阿特丽斯。我牵起妹妹的手。我等待一个解释,但无事发生。

父亲向奥尔森小姐扶帽致意,跟她说自己很快就回来

（我本应该注意到，他说的不是"我们"）。然后，父亲带我们去了母亲的墓。我们在母亲的墓前待了很久，父亲和我坐在长凳上，比阿特丽斯偷偷在草丛和花坛中潜行，引诱松鼠吃她手中的松果。最后，她放弃了，跪在母亲的墓前，将一张纸覆在母亲的墓碑上，用一支没有包装纸的蜡笔涂色，纸上渐渐显出母亲的名字。

伯莎·格林，纸上显现道。我不自觉地念叨着母亲的名字，词语翻滚于唇齿之间。我从未大声地念出她的名字，她的名字只是"母亲"。我心想，除了名字之外，她还被夺去了什么？

那之后，我们没有回家。父亲带我和妹妹去了一座小公寓，距离比阿特丽斯的小学只有三个街区远，距离我的高中只有一小段自行车车程。他停车时一言不发。他在示意我们进楼走上楼梯时也一言不发。那间公寓在三楼。一楼是一家波兰小超市，旁边是专门接待讲波兰语客户的会计办公室——我后来才知道这些。我看不懂那些标签。两个男人抬着箱子进进出出，有的箱子贴着"女孩们"，一个箱子贴着"书"，一个箱子贴着"厨房"，一个箱子贴着"文件"。他们在那个小房间里放了张比橱柜大不了多少的床，又塞进了一个梳妆台，随后搬来了我的书桌。

我盯着父亲，想不出合适的词语。我应该从哪里问起？比阿特丽斯牵着我的手，等待着。一股安静的热情从她的身体散发出来，似乎这只是寻常的一天。

"另外一张床放在哪里？"抬着第二张床的人问道。

父亲环顾四周。"放在那个角落吧。"

他们放好第二张床。很快,这张床也淹没在箱堆中。

其中一个是西尔斯百货的箱子,里面装着一套桌椅的零件和说明书。我还从未自己组装过任何东西。我凑近去看,发现侧边有一张写着我们的地址的标签。桌椅是邮寄到我家的,邮戳上的日期是两个月前。父亲计划了多久?

比阿特丽斯没有说话,我也没有说话。父亲没有解释,他没有讲述来龙去脉。他只是把事实摆在我们面前。

一个箱子上写着"比阿特丽斯"。

一个箱子上写着"床上用品"。

一个箱子上写着"冬天"。

两个箱子是日用品。

还有四盏台灯和一沓毛巾。

父亲付了钱,两个男人离开了。水槽在滴水,冰箱在呜咽,走廊里有一男一女在吵架。父亲看了眼手表。

"嗯,"他拍拍口袋,摸出钥匙,"人们都说'哪儿都不如家好',希望你们喜欢新家。"他顿了顿,又补充道,"这里并不便宜。"

这里看起来很廉价,我想。

"你的箱子呢,爸爸?"比阿特丽斯问。她抬头望向父亲,脸上没有一丝的担忧。她没有理由去猜疑任何人。"你睡在哪里呀?"

我仿佛吞下了一块石头。

父亲清了清嗓子,最后望向我的眼睛。"你肯定明白。"

他说。

我不明白,我也这样告诉了他。我的耳朵开始嗡嗡作响。

"呃,"父亲说着,朝着门的方向后退一步,"毕竟,有一个小宝宝要来了,我们要考虑周全,每个人都要尽自己的一份力,对吧。总之,亚历山德拉,你已经出色地证明了自己的能力。我不知道还有什么问题。"说完,他又退了一步。

我需要平复呼吸。父亲似乎突然离我很远,仿佛我在透过拿反的望远镜看他。地板,甚至整个房间,好像都在以不可思议的角度倾斜,前后摇摆。我仿佛晕船了一样,胃里翻江倒海。我闭上眼睛,努力稳住自己。"你不能这样,爸爸。"我哽咽着说,声音诡异,我无法憋住这些话,"我没法撑起一个家,也没法抚养一个小孩。"我显然没有办法。我想大喊。"我是说,上学要怎么办呢?"

父亲从我的身上移走了视线。他看看布满铆钉和裂缝的天花板,他看看自己的鞋,他看看小厨房的柜台和碗橱——那里脏兮兮的。他厌恶地噘起嘴角。我们站着,父亲、比阿特丽斯,还有我,站在那间公寓里。房间很小,狭窄的窗户外是街道。我记得门的声音,哀鸣着开启,又猛然被撞上。我记得走廊里的脚步声。我记得其他房间传来的厚重而油腻的味道。我的思绪开始飞跑。钱要从哪里来?我们怎么吃饭?我在哪里学习?谁来照顾我们?没有人。父亲想让我靠自己。我无人可依。我想坐下,但是没有椅子。

"你妈妈就能,也没有人教过她。你的……你妈妈的姐姐也能,在你外祖父母过世后,她独自将你妈妈抚养大。这不是什么大事,每个人都能做到。就是……你明白,自然而然就会了。"父亲又看了一眼表。那些箱子还没有打开,他不打算帮我们放好东西。"人们都说,你们有这方面的天赋。"

"我出生的时候,妈妈已经是大人了。"我盯着他,"她读过大学,别的也都会。而且她还有你,还有我的——"即便到那时,我仍不敢说出姨母玛拉的名字,我已经习惯了那些谎言。我摇了摇头。"她也是大人。我不能靠自己,爸爸,我才十五岁。"

"所有人都说你很成熟。"他再次看表。

仿佛一阵强风吹过,我向后倒去。"学校呢,爸爸?我是班里的前几名。我还要补课,我爱上学,我爱学习。以后我还要读大学,还要——"

父亲嘴唇皱了起来,仿佛嘴里含着醋。"收拾卫生间,准备晚饭,都不需要大学学位。孩子大部分时间都在学校,照顾起来不会太难。我总是这么告诉你妈妈。家里大事小情,都是你妈妈来操心,哪怕是她得了癌症,病成那样。没你想的那么难。说实话,这能有多难呢?"他清了清嗓子,看向窗外。有那么一瞬间,我大胆地幻想着,漫天的龙在烧掉房屋,烧掉高楼,吞掉所有男人。我幻想着再来一次大规模化龙事件,甚至规模更大。每一座城市,每一处小镇,每一个街区,天空都布满乌黑的龙翼,尖锐的龙颌和明亮的龙鳞。我幻想着,自己挣脱枷锁,不受束缚,拥抱自由,爆发出热量、愤怒和沮丧。我的骨骼在发烫,皮肤在紧绷,肺里的空气咝咝作响。

不行。我告诫自己,闭上眼睛试图驱赶那些画面,使自己遗忘。毕竟,遗忘也会带来一种自由。过去的事都不重要,不会再有龙,它们不会回来。人人都明白这些。我试着放慢呼吸,平静脑海。我捂住脸,手指压进皮肤,停留了一会儿,让自己回过神来。

我转向父亲,坚定视线,迫使他看着我的眼睛。父亲朝门口后退了两步。他停下来,向后斜着,重心放在脚后跟。他又退了一步。

我摇摇头,不敢相信。"我不能只靠自己,爸爸。"我说。我不是爱哭闹的孩子,从小就不是。但那一刻,我几乎要哭出来了。我紧咬牙关,调整表情。

"你不是全靠自己。我每天都会过来,看看你们怎么样。养家的钱,全部由我来出。"

"你保证?"我呼吸急促。比阿特丽斯伸出手,紧紧攥住我衬衫的一角,捏成小拳头。她抓得很紧,没有说一句话。

"我保证。"父亲说。他的声音单薄、含糊,像一缕烟。我不敢相信他。

他和我握手,仿佛我们是商业伙伴,而非父女。然后,他离开了,关上了门。

父亲是个骗子。我依旧独自一人。他一次都没有看望过我们。

他最后一项承诺倒是真的。每月都会有一笔生活费自动打入我名下的账户，充裕而丰厚。他每年一次性付清大笔房租，并根据房东的要求酌情多支付一些。他在他的银行以我的名义开设了新的账户，付我们的学费和其他支出，还安排其他职员管理这些账户，以免他亲自操心。几乎每个周日，父亲都会打来电话，尴尬地问好，叫我和妹妹要听话。之后差不多有三年，我没再见过父亲。他偶尔会来公寓，把一些邮件、包裹、日用品放在门口，但都是在我上学的时候。

我快要忘记父亲的模样。

但我清楚地记得父亲的钱的模样。

宾斯利工厂成立于1675年，是英格兰赫里福德郡的一家玉米加工厂。1744年，宾斯利工厂被改造为最先进的棉纺织加工厂，是首批使用约翰·怀亚特发明的革命性的滚筒纺纱机的工厂之一。尽管比起机械方面的尝试，怀亚特先生在诗歌方面的努力要更有名。他设计的滚筒纺纱机，其运作需要八头驴、一头牛、一条河，以及约二百二十名非常年轻的女人或女孩（有些只有十二岁）。这样如果机器卡住，她们就可以钻入狭小的空间修理。

怀亚特先生在酒馆向朋友们吹嘘，他之所以能生产出市场上最精美的布料，秘诀是女孩们的纯洁与美丽。他坚持让女孩们身着全白，每周日用石灰水洗衣，以清除罪恶的污垢。她们居住在狭小无窗的宿舍里，距离工厂有数里地。每日睡前，女管家为她们朗读《圣经》，教她们明白，好女子如果忘记分寸，失去体面，会落得什么下场。等到十八岁，趁着面庞未糙，美貌未减，她们会被送走，但去处无人知晓——抑或是知晓却不说。

城中无人见过那些女孩，因为怀亚特先生从不允许。他安排篷车，将苏格兰和威尔士最偏远之地的女孩运至工厂。有传言道，其中还有不信神的爱尔兰姑娘。人人都想一瞥女孩们的真容。怀亚特先生赶走了门边的窥探者，还让警察带走了那些试图闯进女孩宿舍的好奇小伙子。然而，有传言道，有人通过楼顶的通风井，看到女孩们的脸。她们的面色苍白如棉，因为偶尔用沾染上色的手指抚摸嘴唇，她们的嘴唇也染上了靛蓝色。"她们是高塔中的公主，"酒馆的男人们说，"为国王裁制新衣。"这是他们的原话，还是他们对怀亚特先生的引用——他常在醉酒时为女孩们创作华丽的颂歌——仍不得而知。总之，在那场大火之后，争论此事已毫无意义。

那场大火发生在 1754 年。火灾仅破坏了小部分建筑，女管家及时疏散了那群女孩，帮助她们脱离危险。大火让北墙塌了一小块，石灰墙面被烤焦了，但部分外屋尽毁。这场火灾损坏的建筑很少，因此，人们不清楚那些外屋为何毁于一旦。火灾仅烧坏一台机器，是怀亚特先生最出名的纺织机。警方记录："怀亚特先生花费头脑和心血制造出的最出色的机器蜷缩在中央。仿佛蛇发女怪戈耳工或山怪曾经过此处，错将其当成舒适的座椅。如此了不起的造物竟沦为碎石破瓦，真是可惜。"怀亚特先生近乎破产，他来到酒馆，高喊着龙的事。他靠着顽强的信念，冷静地打了几番草稿，为在场之人完成了一首史诗，讲述了一位精明的商人，以工业和现代化为利剑，誓死对战大自然的怪物。读到诗歌的结尾，在场许多人为之落泪。

那天晚上，警方从宿舍附近的居民手中拿到几份确凿的证词，他们声称听到了鞭打和女孩哭泣的声音。但是无人帮助她们，因为门一如既往地锁着。

随后两年发生了数次火灾，或是破坏建筑，或是破坏机器。每次火灾后，怀亚特先生都会在醉酒中颂诗——至于他是为了讨好老主顾，还是摆脱追债人，谁也说不清楚。据当地记载，一场可怕的大火吞噬了女孩们的宿舍，当夜晚些时候，另一起大火席卷了工厂。宿舍和工厂皆被完全烧毁。女孩们消失得无影无踪。女管家得以幸存，但是尊严尽失，一队人马提着水桶冲向火场，看见她一丝不挂地在城中飞奔。人们推测，应该是大火烧光了她的衣服，但她的皮肤离奇地完好无损。最后，她在精神病院中度过了余生，生前一直在说有关龙的疯语。无独有偶，怀亚特先生在破产的听证会上声称遭到了龙的伤害。考虑到他以诗人自居，人们都认为这不过是一种比喻。

在狱中，怀亚特先生完成了另一首史诗，讲述一位勇敢的工程师单枪匹马地制服了潜伏在女孩心中的野蛮本性，培养她们基督教所求的品质：纯洁、勤劳、顺从、良善。尽管他不懈努力，自然的怪力依旧占了上风。他的诗歌读者寥寥，可喜的是也无人批评。一家报纸打趣道，毕竟"债务人的胡言乱语跟他的钱包一样空空如也，缺少价值，脱离实际，很容易被遗忘"。怀亚特先生死于狱中，葬于简陋的木十字架下。几个月后，十字架被烧成灰烬，无人目击。

——选自《化龙简史》，作者 H. N. 甘茨教授，医学博士。

20

我要如何讲述之后的两年？坦诚地说，我难以记起全部，甚至已经忘记了大多数事情。当我试着回忆，只有洗衣物、课本、碗碟、清单、信件和令人窒息的烦扰如旋风般袭来。我照顾比阿特丽斯。我为她读睡前故事，我为她洗衣，为她洗澡，为她熨烫被单，为她梳理头发。她生病的时候，我为她测量体温，为她备药，为她担心。我操心她的学业，为她制作记忆卡，检查她的作业，帮助她准备拼写考试。我学习做饭，喂饱她的肚子，保证她的安全。每一天，我睁眼后想到她，闭眼前想到她，我的脑海中几乎全是她。

比阿特丽斯是我的全世界。

我确保她每天能准时上学，仪容整洁，发辫扎好，衣服干净得体，鞋子擦洗洁亮。父亲明确跟我说过，不要让任何人注意到我们生活里的异常。他不希望有人在周围探听隐私。我从不拉开窗帘，从不把收音机开大声。我教比阿特丽斯压低声音，以免打扰邻居。比阿特丽斯睡着后，我不停学习，常常熬到后半夜。我趁着在洗衣店等待的当口为考试抱佛脚。多亏了图书馆的一个项目，我通过函授方式学习了大学课程，在高中时期就积累了大学学分。

因为我不在意父亲的那些话。无论如何，我一定要读大学。还有一个原因，我越是钻研数学、物理和化学，越是接近自我，世界越是接近本真。对于那时的我来说，学习就像吃饭，而我饥肠辘辘。

母亲的旧友——图书馆馆长吉津斯卡夫人似乎特别关照我。她说服我参加大学的函授项目，并坚持下去。我从而得以在图书馆自学高等数学、历史和物理，通过邮件获得大学教授的指导。吉津斯卡夫人总是跟我讲，她对我的未来寄予厚望，这也让我对自己的未来有了厚望。她给我看世界各地的大学照片，递给我奖学金和一些项目的资料。她监督我的考试，在视听室为我播放35毫米胶片录制的课程视频，并保证我手边有每堂课的参考资料。

父亲安排当地的杂货商每周六早饭前在公寓的大厅为我们放置一箱食物和日用品。他告诉杂货商，这是他的慈善事业，我们是他的"帮扶对象"。他知道，如果我经常独自去超市，人们就会开始好奇，开始提问，而那些问题有时会指向他，让他不适。我不在意。对我来说，送货上门不过意味着无尽的任务清单上少了一项工作，使我在每周多了一小时的学习时间。

一个人能如此迅速地适应绝境，对恐慌渐渐习以为常，真是很了不起。父亲在每周日早晨9点打电话过来，他叮嘱我不要追着男孩们跑，没有人喜欢跑得快的女孩，但我对男孩丝毫不感兴趣，所以这不是问题；他叮嘱我一定要上速记课和听写课，这样我高中毕业后就能找到一份工作去领薪水；他叮嘱我要做一个好女孩，好让他一直为我骄傲。除了简短的问候,他不和比阿特丽斯聊天。比阿特丽斯也不在意。这栋楼里还住着其他孩子,大家在巷子里玩刺激的踢罐子游戏。毕竟,和一个你几乎记不得的大人聊天,没过多久就会感到无聊。比阿特丽斯跑过走廊。

我的比阿特丽斯,她放纵地奔跑。我没有理由去束缚她。在街坊里,她跑得最快,爬得最高,喊得最亮。她乐于助人,勤勉认真,心地和善,成绩也很不错。我认为没什么可操心的。

所以,在我升入高三的两周前,当我被再次叫到校长室时,我还颇感惊讶。这一次是因为比阿特丽斯明显犯错了。我不清楚比阿特丽斯做了什么,但想到我们在开学前就被叫去,事情应该非同小可。

"我觉得你应该在我们出发之前,告诉我你做了什么。"我说着,同时第五次浏览阿方斯先生的信,"这样我们才能统一口径。"

比阿特丽斯摇摇头,举起她空空的双手。"亚历克斯,我不知道,我真的不知道。"我不清楚她有没有说谎。她喝了一大口牛奶,然后龇牙咧嘴,一滴牛奶坠在下巴上。看得出来,牛奶又变质了。我倒空她的杯子,记着回来的路上要去超市买牛奶。我在想杂货店的老板是否故意提供了过期的食物,好将差价收入自己的腰包;我还在想这是不是父亲的意思,因为这样他可以省些钱来抚养我们。二者都有道理。

我坐在厨房的桌边,挨着比阿特丽斯,托着额头以遏制愈加严重的头痛。我叹气道:"你怎么能不知道呢,比阿特丽斯。你心里肯定有些数吧。"我有些生气了。我还有很多事要做，我的暑假作业还没完成（老师们在每年 6 月布置的作业越来越多，我们甚至纳闷为什么他们当初还要费心设置个暑假）。同时，我的函授课程也已经开始。我还要写申请大学所需的论文，这件事令我焦虑得只想躺下。明年怎么办？我怎么照顾比阿特丽斯？我不知道。这个世界上，我唯一想做的事就是持续学习，用我的大脑囊括全宇宙。一想到可能无法继续上学，我就感觉自己好像被拦腰斩断了。

"我不知道，亚历克斯。我发誓我没有干坏事，我觉得他只是不喜欢我。"萨苏家的男孩们在外面咆哮——他们住在巷子对面的公寓，家有六个男孩。比阿特丽斯命令那些男孩做什么，他们就做什么。她喜欢对他们发号施令。比阿特丽斯绝望地望着我，从口型上看好像在说：求求你。

我摇头。

"我一定要去吗？"她问，手埋在她的乱发间，"能不能只有你去，告诉我哪里需要道歉，我可以写道歉信。"

"如果我要去，那么你当然也要去，我不能独自见那个男人。"比阿特丽斯噘起嘴巴，我看得出来她只是做做样子。

我让她穿上母亲缝制的水手裙——这件裙子本来是为我做的，那时的我比现在的妹妹要年幼得多，但裙子依然合她身。我琢磨，如果比阿特丽斯穿得可爱些，更像个孩子，会面应该更加顺利。这是一个低级伎俩，但是我不介意使用它。

这不是第一次，我需要回到曾经的小学。作为比阿特丽斯非正式的监护人，我跨进那大门的次数远超我的意愿：为了去听圣诞节音乐会，为了观看拼字比赛，为了欣赏比阿特丽斯在其中扮演绵羊的校园剧。每次，我都要确保自己能体面出席。穿上看不出污渍的熨烫过的衬衫，穿上用黄油微微抛亮的皮鞋，穿上前一晚小心地除了毛球的羊毛衫。我的脸和平常一样洗得干干净净，微微反光。我梳上短发，别在耳后，再用头带固定住。这套装扮让我看起来比实际年龄还要年轻，但我偏偏又和母亲一样身量瘦小。我永远不及母亲的美丽，但遗传了她的形体，比如窄窄的肩和细长的手腕。母亲几年前系在我手腕的皮绳已被抻长，很难再固定。它很恼人，但是我还留着它作为纪念。我希望变得高高的、宽宽的，像姨母那样。我希望自己能占据更多的空间，根据情况需要，用我的双肩托起世界，或是从高处俯瞰它。在我认识的所有人中，我的姨母最懂得如何占据空间。

（我真傻，我必须一遍遍告诫自己，我是没有姨母的。她从未存在过。比阿特丽斯是我的亲妹妹，她从来都是。我抓住这个想法，像抓住惊涛中的救生圈，母亲的谎言是唯一阻止我沉入水底的手段。）

我曾经的老师们见到我时全都微笑着，抑或只是部分老师这样。他们询问我父亲在哪，但是不会好奇到追问得太多。在我小时候，是我母亲在和学校打交道，父亲从不露面。现在，为了比阿特丽斯和学校打交道的人，是我。

"他肯定会来的，"一位老师说，"那可是圣诞节的校园剧!"抑或是各种家长会、唱诗班演出和年终弥撒。

"他出差了。"我告诉他们。

"我父亲的工作太忙了,很辛苦,我尽我所能去分担。"

"当然,他从来不说,但我母亲的离开一定让他很难过。"

"他有些感冒,您也明白。我很愿意搭把手。"

"噢,"老师们说,"你真是个好姐姐。我想你们这个年纪的女孩,更喜欢和朋友们出去玩,或者和追你的男孩出去待一晚。你最近在和哪个男孩子交往?还是说男孩子太多,你没法选择?"

我用微笑敷衍过去,然后离开去找自己的座位。我知道他们是好意。但我没有朋友,当然也没有任何男朋友。我哪里有时间?我的心里只有学习,只有未来。我还要照顾比阿特丽斯,让她不饿着、脏着,盯着她写作业,每周六带她去图书馆,在她生病时照顾她。比阿特丽斯是我的全宇宙。我们的生活中只有彼此。我和比阿特丽斯,我们征服世界。

但是这次去学校不会有这一类友好的交谈,有的只是惩戒。学校来信,请我去学校——准确地说,是请我的父亲去学校。

"尊敬的格林先生,"信上写道,"我校多次尝试联系您,然而,您的妻子与秘书似乎都不便代为传达。我需要与您会面,谈谈您的女儿比阿特丽斯在课堂的行为。我非常希望能在开学之前完成这次会面。否则,我只能暂缓她参加圣阿格尼丝小学的课程,直到见到您为止。请您联系我校秘书,安排本次会面时间。"

学校的信件都被寄到父亲的家中（当然，无人知晓我和妹妹被奇怪地安排到了另一处公寓），所以我无法直接看到校长的信。父亲将打开过的信件投进我的公寓信箱，信封上有他潦草的字迹。

"希望你来管这件事。"

我当即打通学校的电话，商定在开学前的星期三会面。

"你们的父亲也会一起来吧？"秘书问，"阿方斯先生一定要见他。"

"当然，"我撒谎，"他一定不会错过。"

8月末的威斯康星州是无情的。白天闷热，夜晚炎热，风儿也不会给我们任何抚慰。我和妹妹慢慢地朝着圣阿格尼丝小学走，在每一处阴凉歇脚。空气厚重、闷热、潮湿。我们的身体试图排汗，却并不顺利，毕竟在桑拿浴中已没有水分可蒸发。学校的砖墙在热气中闪闪发光。

"快过来。"我说。

我抱着强烈的决心和意志踏上学校的台阶。比阿特丽斯不顾热气的侵扰，跳着过来，感到无聊了就单脚蹦上楼。她踩空了一个台阶，摔得四脚朝天，逗得自己哈哈大笑。

"能不能专心点？"我咬牙切齿，"这件事很严重。"

比阿特丽斯歪头。"怎么会呢？"她问，"我记得你说过，这是件蠢事。"

"早知道我就不该说那么大声。"我叹了口气，坐在她身边，"你真的想不起来是因为什么事吗？请家长的信、急迫的口吻，这搞得每个人都很紧张。"

比阿特丽斯耸耸肩，她看上去真的很困惑。"亚历克斯，我真的不知道。"她说，"我觉得我是个好学生，大多数时候我都很听话。我有时闯些祸，但其他人也这样。或许我们都要去见校长。"

我拍拍她的背，亲了一下她的额头。

"别担心，妹妹，我保证不会有事，走吧。"我拉她起身，和她一起推开楼门。

楼栋里飘浮着地板清洁剂、油皂和樟脑丸的味道，夹杂着夏日的尘土气息，还有成年人的汗味。我皱了皱鼻子。我们的脚步声在瓷砖上回荡。老师们在办公室里，开窗通风，收拾杂物，在库房和图书室之间推着手推车穿梭。我紧紧握住比阿特丽斯的手，穿过狭长的走廊，来到总务处。秘书是上了年纪的梅金夫人，她的目光越过镜框的上缘，打量着我们。

"噢，"她说，似乎并不意外，"是你。"她看看比阿特丽斯，又看看我。"你们的父亲呢？"

我已经准备了一套说辞。"他在开会，"我说得很流畅，"他让我认真记下校长的嘱咐，回去转达给他。他还说如果会议结束得早，他会赶过来，我希望如此。我的继母本想过来，但是小宝宝生病了。"在我数不清的借口中，小宝宝总是生病。这个小宝宝，我还从未见过，我猜是弟弟。他还有一个哥哥或姐姐，我也从未见过。

梅金夫人眯起眼睛。"信上说得很清楚，"她严厉地看了比阿特丽斯一眼，"这个小孩……"目光又回到我的身上,"做出了一些失当且令人难以容忍的举止,你们的父亲必须管管。"

"他会的,"我说,"他总在顾及我们。您也知道,我父亲也不想失去他的妻子,我和比阿特丽斯也不愿失去母亲。但是我们已经竭尽全力,坚定、从容地克服生活的磨难,正如我们在这所优秀的学校接受的良好教育所说的那样。"

这是我的惯用台词,我承认有些滥用它了,但它总能完成任务。人们似乎很乐意夸赞我的勇气。我向她送去了一个动人而高贵的微笑。

梅金夫人紧紧抿起双唇,口红加深了她的唇纹,让它像一架亮粉色的手风琴。她用指甲敲敲桌子。她看穿了我的把戏。

"嗯,"她的话音温柔而尖刻,"大家都喜欢勇敢的孤儿。你们怎么不坐下呀。"她伸出染了粉红指甲的手,指了指旁边的硬板凳,然后继续看她的杂志。

我们坐下后,比阿特丽斯焦躁不安。在家的时候,我为她编了法式辫,好约束她乱蓬蓬的卷发,但是现在多数头发已经散开,在她的头顶炸成火环。我把手伸进包里,拿出她的绘画本和铅笔,让她有事可做。

阿方斯先生迟到了。这很反常,他极其看重时间,也希望学生们守时。我试着放松心情,但是目光却飘向时钟,盯着时间。

比阿特丽斯摆弄着裙子下摆的刺绣,那是一只蜻蜓,用金线和红色、粉色、绿色的彩线绣成。小时候我很喜欢蜻蜓，母亲便在裙摆处绣了它们逗我开心。和她为我做的其他裙子一样，等我穿不下这身裙子的时候，母亲会小心地把它洗净、熨烫，同迷迭香的干花枝一起，用绵纸包好，放进箱子。箱里还有我那一年穿过的其他衣物——全由她亲手缝制，口袋里放置了特殊的绳结，衣角或袖口都有一小块刺绣，或是一大片盖住整件衣服的刺绣。母亲爱美，她希望到处都有美。现在，我的衣服都是从二手商店买的（我还没法下决心去穿母亲的旧衣服），没有一件能体现出一点点美感。我经常让比阿特丽斯穿母亲为我缝制的旧衣服。那些衣箱在我家以前的地下室里，上面有母亲细致的字迹："亚历山德拉，七岁。""亚历山德拉，八岁。"每到比阿特丽斯的生日，父亲都会寄来对应年龄的衣箱，另置一张贺卡，简单地写着"生日快乐"。上面甚至没有比阿特丽斯的名字。他不会为她准备其他礼物。

等待阿方斯先生的时间里，比阿特丽斯一只手摆弄着蜻蜓刺绣，一只手画画。去年，圣司提反·马特修女过世，接替班主任工作的是特蕾泽修女，她曾是比阿特丽斯的幼儿园老师。大家都喜欢特蕾泽修女，因此我猜，让她当班主任并非阿方斯校长的意思。毕竟，修女老师可以随心所欲。

"别玩了。"我告诉比阿特丽斯。

终于，我听见走廊中传来阿方斯校长和特蕾泽修女的声音。他们沉声交谈着，脚步声短促。

"当然，找到替代的人不难，有很多和你一样的修女。"我听见阿方斯先生说。

"伦纳德，修女可不是从树上长出来的。"特蕾泽修女回击，"恕我直言。"

修女对普通人讲话时，可以不使用得当的称呼。我曾见过类似的场景。我也喜欢她的声音。我听见她的脚步声，小小的脚配轻便的鞋，嘎吱嘎吱地走远。

阿方斯先生大步走进办公室，径直走向梅金夫人的办公桌，身子前倾，双手撑在桌面。

"又有一个……小事故。"他说。

梅金夫人没有说话，目光暗暗投向我和比阿特丽斯的方向，谨慎地暗示我们的在场。然而，阿方斯先生没有领会。

"教师休息室，她还在那里，起码我离开的时候她还在。我们损失了一扇窗户，目前为止其他都还好。打电话给消防局，没有起火，但是要通知他们。"

"比阿特丽斯·格林和她的姐姐在这里。"梅金夫人脱口道，止住阿方斯先生的话。

阿方斯先生凝滞片刻，猛然转头看向我们。他面色依然通红，但他懂得使人们知道一切在他的掌控之中。他靠近一步，威严地逼了过来。

"你们的父亲呢。"他开口，却并非询问。

"在工作。"我回答，"他这几天很忙，抽不开身，不过没关系。我带了速记本，我也很擅长速记。"在学校里，所有女孩子都必须参加秘书培训和家政课程。我没有说谎，我极擅长速记，记得又准又快，可以精确地传达人们的话。尽管学这些课程时我满心抱怨，但我不得不承认，速记这门技术让我一生受用。

"我的信写得很清楚——"

我点点头,表示理解。"是的,"我同意道,"您说得完全没错。当然,我的父亲应该过来。他也是这样说的。如果他没有出差的话。但很抱歉,恐怕他今天无法到场。没有人比他更感到遗憾。我们可以开始了吗?"我拿出纸笔,表示我已经做好准备。

"嗨!阿方斯先生!"比阿特丽斯愉快地问好。她兴致盎然地坐在椅边,双手静静地叠放在大腿上。面对大人,她从不害怕。哪怕是遇到了棘手的事,或者说尤其是遇到了棘手的事。"特蕾泽修女来了吗?"

梅金夫人坐在原位,手指悬在电话上空,焦虑地望着校长。"现在就打电话吗,先生?"她说着,暗示性的目光再次投向我和比阿特丽斯。

"当然,当然。"阿方斯先生嘟囔道,"告诉特蕾泽修女,没有她,我们也会开始,就这样。"

然后,他把我们领进他的办公室,用后脚跟关上了门。

那次会面之后,我明白了世界上有各种各样的人。比如,阿方斯先生就是一位故意为访客准备短腿椅,且尽可能地加高他的办公椅的人。我相信,他觉得此举会让他更显权威。我猜到他的意图,却选择照做,让他更显荒谬。不仅如此,也让他更像个恶霸。我扶着比阿特丽斯坐下,稍稍往后拉了下她的椅子,往前挪自己的椅子,使之形成一条斜线,然后才落座。我坐在椅子的前缘上,挺直腰背,下颌微斜,用我的身体扛住阿方斯先生无休止的怒视,以免它沾染比阿特丽斯。我注意到,我彼时的怒火表现得出奇平静。我用鼻子缓慢地呼吸,殷勤地微笑,暗暗打磨我的唇舌。

阿方斯双手合十,抵住下巴,沉默了一阵。他在等我开口。我不愿让他得逞。毕竟,我是我母亲的女儿,我懂得等待。终于,他说话了:

"比阿特丽斯和你说过会面的原因了吗?她有没有说过她做了些什么?"消防车的鸣笛声由远及近,阿方斯先生的眼角开始抽搐。

"我觉得她也不清楚会面的原因。"我说。

"不可能,"阿方斯先生说,脖颈的肌肉微微凸起,"我非常清楚她在学校最后一天的所作所为。她知道,但是她没有告诉你,这也很常见。整个夏天,我都在努力安排与你父亲的会面。我再问一遍,你们的父亲到底在哪里?"

我双手叠在膝上。我效仿母亲,缓慢而审慎地眨眼。我转头看向妹妹,问:"你知道是什么事吗?"

"不知道!"比阿特丽斯轻快地喊。

"那么,既然这样,如果比阿特丽斯完全不记得这件事,我想我们可以排除任何恶意的可能。真是松了一口气!"我用笔点了几次速记本,表示这件事已被准确记录。

第二声鸣笛响起,然后是第三声。另一个房间里,梅金夫人发出粗重的喘息,随后突然传来清脆的声响,好像有把椅子倒在了地上。"克莱尔修女。克莱尔修女！今天不行！深呼吸，放平静。"我们听见有脚步在奔跑，然后是摔门的声音。

我扬起眉毛，看着阿方斯先生。

"不关你们的事。"他说。他明显绷紧了下巴，做了次深呼吸，看似在竭力保持镇定。最后，他把手伸进桌子，抽出一份文件。厚厚的一沓，都是略微发皱的纸张。他将文件重重地摔在桌面上。

"你知道这是什么吗？"阿方斯先生厉声问道。一辆消防车的警笛已经停在学校附近。我听见了人们的叫喊。

"不知道。"我说。

"上学的时候，你的妹妹画了很多不合适的画。她使用学校的工具画了这些不合适的画，而且画在了校报上。她让老师们失望了，让其他学生失望了。最严重的是，她自轻自贱，使自己的思想盘旋在禁忌的地方。"他愤怒地俯视着我们。我看看比阿特丽斯，皱起眉头。比阿特丽斯皱着眉头看回来。她很困惑，不过全无反驳的意思。比阿特丽斯经常越界，但骨子里并没有无礼的品性。

我转向阿方斯先生。"或许您可以说清楚点她画的是什么，实话说，我俩都有点不知所以。"我希望他能打开那些文件。但他没有。

阿方斯先生双臂交叉在胸前。"唔，"他一本正经地说，"我不确定想不想说，一半一半吧。"他的脸涨得通红。

有点意思，我想。"是……脏话吗？"我追问道。

"我不写脏话，"比阿特丽斯抗议，"我都不知道好多脏话怎么拼。"

走廊里传来撞击声。我想,应该是两辆手推车碰在了一起。不同声音相互交缠,一些人在急促地讲话,我能模糊听见一个女声,语气似在恳求。阿方斯先生的脸又红了。

"您听,"我说,"好像有事需要您处理,或许您应该出去看看,不如允许我和妹妹私下聊聊,这样我们就能自己弄清问题所在。"

阿方斯先生点点头,快步跨出办公室,没留下一句话。我看着比阿特丽斯,她耸耸肩,我也耸耸肩。办公室外的走廊传来阿方斯先生低沉的声音,但是听不清内容。我拿起文件,在膝上摊开。

我想,在一个人的一生中,会有些天翻地覆的时刻。人际关系、未来、集体,乃至整个世界。

依照我们的经验,时间是线性的,而实际上,时间也是环形的。它像是一根纱线,每一段都与另一段交缠,构成一个复杂难解的结。其中的每一段都无法脱离整体被单独看待。一段接触一段,一段影响一段。每一处环,每一处弯,都在相互作用。处处相连,合为一体。

但每隔一段时间,总有些特定的经历会把其他时刻分割开,鲜明地区别"此前"与"此后"。这些时刻孤立存在,不属于时间的某一线结,甚至不属于时间这根线。无法被牵引、被松动,系成或可爱,或盘错,或精美的图案。它们不与生命的布网无缝交织。它们完全是另一种东西,不受时间束缚,不与生命的模式或进程同步。这样的事,我经历了许多。比如,在小老太太的花园里第一次见到龙的那一刻。还有母亲编的绳结在家中自行散开的那一刻,比阿特丽斯成为我的亲妹妹的那一刻,父亲带走索尼娅的那一刻,以及母亲呼出最后一口气,而后归于死寂的那一刻。

然后,是与阿方斯先生会面的此刻。

此刻之前,我和比阿特丽斯相互依偎在这世界。我们有相同的想法、相同的目标、相同的心灵。无论面对什么,始终是我们两个人。比阿特丽斯曾是我的妹妹,比阿特丽斯就是我的妹妹,比阿特丽斯永远是我的妹妹。

但是在此刻……

她变成了……

别的。

我开始浏览这些画。第一页是一座有四个房间的房子。一楼有一间厨房,另一间似乎是起居室。二楼的一个房间里,一男一女并肩站着,目光望着相反的方向。另一个房间里,一个小人和一个更小的人坐在大床和婴儿床中间的地板上。房顶是一条龙。

"哦耶。"比阿特丽斯说。她不觉得尴尬,她看着那条龙,似乎那只是件普通的旧物,如一只鞋或一棵树。那条龙体形庞大,通身发红,眼睛闪烁微光。她画这条龙的笔触精准而细心。她为这条龙花了时间。

我的皮肤发烫。尽管我认为人们对龙的普遍反感是愚蠢的。化龙事件已经发生了,没有理由为之尴尬。然而,我不喜欢看到龙,我不喜欢比阿特丽斯对龙的关注。它的形貌太令人羞耻，太女性了。我感到羞愧，却说不清楚原因，仿佛她画的是裸露的乳房，或是染血的卫生巾。"是我画的。"比阿特丽斯高兴地说。

"我知道。"我说。我嘴唇发干，声音刺耳。我闭上一会儿眼睛，试图驱散这幅画的印象。

"然后拉尔菲发出了难听的喊声，伊内兹开始哭，克莱尔修女让我到角落罚站。"

我消化她的话。"我知道了。"我说。

我翻到下一页，一条龙盘踞在校车的车顶。

我翻到下一页，一条龙在森林中野餐。

我翻到下一页，一条龙穿着芭蕾舞裙，站在舞台中央。

我翻到下一页，一条龙被关在动物园的笼中。

"你想看看我最喜欢的一张吗？"比阿特丽斯问。我感到困惑。她为何没有一点不适？我只能让自己不逃离这间办公室。

"不，谢谢。"我回应她，声音小得近乎耳语。

比阿特丽斯皱眉。她两手托住我的脸颊，担心地说："亚历克斯？我不想让你生我的气。"

我向后仰头，凝视天花板，试图整理思绪。"你知道这些画为什么被没收吗？"

她的手举至肩膀，朝上的掌心稍稍前倾。"老师说这些画不合适。"比阿特丽斯实事求是。我看着她，她强作温顺，望向地面，双手交叠。但我注意到，她的目光偶尔上抬，似乎在观察我的反应。我猜，她平日里在学校就是如此。难怪她陷入了麻烦。

"你知道那是什么意思吗?"我向她解释,"你知道什么叫不合适吗?"

"不知道。"她露出期待的微笑。

"噢,真的吗?"我冷漠地说。

她瘫坐在椅子上,双臂交叠。她太清楚"不合适"的意思。比阿特丽斯是聪明的。那么,她为何故意显得愚钝?

我翻到下一页。

一条龙在修理汽车。

一条龙在沙滩。

一条龙带领一队孩子过马路。

一条龙睡在一张床上。

一条龙在喝汤。

"克莱尔修女每一次都惩罚你吗?"

"多数时候,"比阿特丽斯说,"她罚我站在角落,或者罚我抄写,或者找我爸爸来学校。"

"她给爸爸打过电话吗?"

"不知道。"比阿特丽斯转头看墙面,那里没有窗户,反而贴着一张阿方斯先生的反苏海报:男人们与苏联军人陷入拳斗,身后是熊熊燃烧的烈火,醒目的字体写着"赴死胜过流血"。阿方斯先生将很多事物视作共产主义的威胁,可能还包括比阿特丽斯的那些画。

我正要安慰比阿特丽斯。我正要跪在她身边,握住她的手,告诉她一切都会好起来。我正要别有用心地取笑阿方斯先生，再和比阿特丽斯笑个不停。

可是，我翻开了下一页。

这一页没有图像，写满了文字。后续的十页都是如此。不同的手写风格和字体，不同的颜色，不同的大小，相同的文字。

我是龙。我是龙。

我是龙。

我是龙。*我是龙*。**我是龙**。

一条龙。一条龙。**一条龙**。

我的头迷迷糊糊，脸颊滚烫，皮肤刺痛，汗珠沿着脊背流下。房间开始变形。我倒在地上，感到极度眩晕。我打起精神，一只手抓住办公桌，一只手抓住椅子。我试着呼吸，却难以呼吸。

"亚历克斯？"比阿特丽斯问，她的声音很小。"亚历克斯？你怎么了？"

此刻的我当然明白，当年的我正在经历一场恐慌发作。当年的我不懂这样的词汇，没有相关的背景知识。我只知道我的心脏在怦怦直跳，周围的空间开始收缩，呼吸变得异常吃力。我腿上的文件无比沉重，胸口像灌了铅。我只知道，那一页上的词汇——更严重的是其中蕴含的心愿——十分危险。我用力吞咽，以免呕吐。我将那些画倒扣过来，一拳捶在办公桌上。

比阿特丽斯跳了起来,然后静静地一动不动。在那之前,她未曾怕过我。但那一刻她怕我。我看得到她的恐惧,严酷如死灰,压进她的面容。我无法从记忆中剔除这一刻,又一个分割"此前"与"此后"的时刻。

我记得,母亲第一次出院回家,姨母搂住母亲的腰,带着她回到卧室。我记得,姨母事无巨细地照顾母亲,喂她吃饭,按摩身体,每时每刻地关照她。然而,她不愿留下。她蜕去身体,退出生活,离开了。然后,母亲独自一人。然后,母亲去世。如今,我和妹妹相依为命。

母亲不愿听到任何与龙有关的话语,有她的理由。

"你。"这些记忆隐隐浮现,我的内心深处传来一阵微弱而颤抖的声音,"你离开了我们。你抛弃了我们。"我不知道它在对谁说话。是我的母亲、我的父亲,还是我的姨母玛拉?或许它在对他们所有人说话。一股我不曾知晓的怒火在我体内燃烧。我感到我的皮肤开始为之沸腾。

办公室内的空气仿佛通了电流。

"亚历克斯?"比阿特丽斯胆怯地开口。我把文件夹和那些画塞进书包。我猛然看向妹妹。我无法形容当时的感受。灼热、尖锐、凶暴。

"不合适。"我咝咝地说。

不要离开我,内心深处的声音说道。我忽略了它,我不愿再想它,我假装没有它。

"但是——"

"不合适。"我的声音锐利又沉重。

请不要离开我。你不能离开我。我们只有彼此。

"但是,亚历克斯。"

"你写的,不是真的。"我站起身,在房间内踱步。我觉得我这具躯壳似乎不再合身。我不知道是什么让我烦躁。我只确定我在烦躁。

"我知道,但是——"

"永远,永远不是真的。"我脱口而出,语气坚决,声音尖利。像一记耳光打中了她。"不可能是真的。"

比阿特丽斯开始哭泣。"亚历克斯,我不是想——"

我抓起比阿特丽斯的手,走出了办公室。我想惩罚她,我想控制她,我想倒转时间,不再体验这种感觉。我重重关上门,梅金夫人吓了一跳。我冷冷地瞪了她一眼。

"他还没回来。"她结结巴巴地说。我举起了手。

"烦请告知阿方斯先生,我看了很多画,非常同意他的说法。这种行为必须制止。告诉他我正在制止。"我严厉地看了比阿特丽斯一眼,"立刻制止。"比阿特丽斯抽泣着。我没有理会她。"这件事不会再发生了。"

"但是,你不应该——"

"我马上就离开这里。"我大步走向门外,冲进走廊,比阿特丽斯被我拽在身后。

"小心!"梅金夫人喊道,但我只听见一半。走廊的人们急忙地交谈着,消防队员围成半圆,封锁了通往教师休息室的门。我几乎没看到这群人。我拉着比阿特丽斯,往正门走,冲出昏暗的校园,走进光明。

21

当然,我并不好受。我从未如此与母亲相像。从我的口中流出的,几乎是母亲的声音。

我和比阿特丽斯回到小小的公寓,待在房间的两个相对的角落里默默生气。一小时后,我们找到了各自的借口,来到房间中央。我的愤怒化成了歉意和疲惫。我坐在地板上,握着她的手。

"对不起。"我对她说。

"对不起。"她回应道。

我说不清楚我在为何而抱歉,比阿特丽斯亦然。我找不到话语去解释自己的感受。比阿特丽斯枕着我的大腿,她的眼泪立刻打湿了我的腿。"我们继续做朋友,求求你,亚历克斯,"她说,"我不会再做错事了,我保证。"

我已经将那些画扔进垃圾箱,但是那些形象在脑海中挥之不去。我无法移开注意力,永远不能,我对自己说,一遍又一遍地说。苦闷深植心底,持久不散。我同比阿特丽斯一样,无法理解这种感受。

我慢慢扶她坐起来,看向她的眼睛,轻轻地握住她的手,依次亲吻着每一个指节。

"我们只有彼此。"我说。

"我们只有彼此。"她回答。这是我们的咒语,是唯一的真相。

"我们是比阿特丽斯和亚历克斯,我们统治一切。"比阿特丽斯咧嘴笑了,拥抱住我。那一瞬间,一切都好了起来,至少不算差。

为了补偿她,我打包了晚饭的食物,带她去公园野餐。

那是一个美丽的夏末傍晚,只见深绿与金黄。野菊花开满林荫道,钻进郁郁葱葱的孔隙,花粉慵懒地飘在空气中,让人们红着眼睛,流着鼻涕。鸟儿们群集在橡树和榆树上,在夏日的热气里讨论迁徙的计划。微风阵阵,让湿热尚可忍受,也预示着暴风雨欲来。乌云在地平线积聚。我猜,它们入夜后就会赶来。

"看我多快,亚历克斯!"比阿特丽斯喊着,在草坪上飞跑,"看看!多快!"的确,混杂着热量、动力和可能性,比阿特丽斯成了模糊的影。她不受控制。那一刻,她的势能转变为动能。我可怜她的老师。我不知道,她们怎么让这样的孩子温驯地待在安静的队伍里。她们怎么能让旋风般的她学习长除法?可是她们的确这样做了。然后,那些画页打断了我的思绪。

我是龙。那些画说道。

不,你不是。我的心坚持道。

我是龙。我摇摇头,驱逐这个想法。比阿特丽斯远不是个完美的小孩,却极其诚实。她不会写下那些词语,除非她深信不疑。

不，你不可以是龙。这件事成了我心上的针。我无法解释。我需要她。比阿特丽斯是我的妹妹。偌大的世上我们相依为命。母亲有姐姐，她的姐姐消失了，而且再未归来。母亲有丈夫，有孩子，死时却孑然一身。这也是我的结局吗？

我摇摇头，赶走这些想法。比阿特丽斯就是比阿特丽斯，她永远是比阿特丽斯。我们是家人，这就是事实。这件事会过去的。我看着她奔跑，双脚几乎不沾草地。暮色低垂，为她镀上一层明光，光落在她的皮肤上，黄色、橙色、金色交相辉映。她的卷发闪烁着，像飘在头顶的蓬松的云；她伸出双臂，像展开翅膀。

我是龙。她写道。

"比阿特丽斯？"我喊道，声音突然收紧，透出恐慌，"比阿特丽斯！"

她停下，单脚旋转，摆好姿势，露齿而笑。

我在颤抖。天气炎热，我的皮肤却又湿又冷。"来吃饭，小宝贝。"我说着，强迫自己放松下来。我在毯子上摆好晚餐。

她过来了，我们仰面躺下，望着天空，静静吃着三明治。过了一会儿，比阿特丽斯伸出手，手指温柔地拨弄着我耳后的一根卷发，让它缠在她的指节。

"我们只有彼此，"她说，"对吗，亚历克斯？"

我握住她的手，紧紧捏了一下。"我们只有彼此。"我说。

这是唯一的真相。

后来，我去公园的楼内洗手，看到一张贴在灯杆上的传单，画着一条龙。那幅画是古画的复刻，似乎是中世纪木版画。这条龙有蝙蝠一样的双翼与蛇形的脖颈，尾巴缠绕着高塔。传单的顶部写着"以为结束了？"，而底部写着"再想想"。这行字下还有一行极小的字："双足龙研究协会：我们知晓他们不会告诉你的事情。"

我盯着那张传单看了很久。我之前听说过这个组织，但是记不起是在哪里看到的。

"那是什么，亚历克斯？"秋千上的比阿特丽斯喊道。她小小的腿在空气中来回摆荡，前后摇曳，在晚上的光线中发亮。乌云又近了些，我知道，我们很快就得回家了。

"没什么，宝贝。"我回答，"接着玩吧。"

我伸手撕下传单，把它揉成纸团。

我把它扔在地上，没有回头。

❦

第二天，我准备早餐，整理、缝补衣物，打扫房间，列出比阿特丽斯和我开学前的准备事项，还有长长的必需品及其采买方式的清单。我打开了收音机，想分散一些注意力。比阿特丽斯仍在熟睡。她张着嘴，打着鼻鼾，毯子乱作一团，红发如火一样围绕着她。她是我的唯一。我如此爱她，甚至忘了呼吸。在收音机开始播放新闻时，我拿出了她需要缝补的校服、袜子与羊毛衫。

新闻播报员提到了圣阿格尼丝小学，我仿佛被冻住了一样。

"昨日,消防队接到报警,前往圣阿格尼丝小学。据悉,教师休息室的卫生间管道因气体积聚发生了小型爆炸,震碎一块窗户。有两位修女老师负了轻伤,二人将提前办理退休手续,而不只是停止参与新学年的教育工作。现转播该校校长的发言,内容如下:'我希望接下来的内容能止住毫无根据的谣言。有些理论家和煽动者试图闯入我校,证实他们荒谬的论断。如果他们再次进入我校,我将上报相关部门。圣阿格尼丝小学,无甚可看,一切如常。'"

那不是阿方斯先生的声音。那是新闻播报员的声音,在读着阿方斯先生的发言。但是,在每一句话中,我都听得出校长夸夸其谈的语气。我想知道,为什么?那天在办公室,他的脸为何涨得通红?

我摇摇头。提问对我来说没有任何好处。还有太多的事要做。新学期就要开始,比阿特丽斯还需要照顾。我要做好一日三餐,完成作业,还要计划……我再次摇摇头。考虑未来是痛苦的。我毕业后的前途还是空白一片。我们会怎样?我如何在抚养比阿特丽斯的同时继续自己的学业?我知道两边都是必做的,但是方法仍是谜团。我甚至没有一种语境助我幻想,我也不掌握任何信息。就像宇宙的黑洞,不仅存在真理,也吞噬了我的生活。

平心而论,我很害怕。

我还是小女孩的时候,他们说,要一直低头看地面;他们说,不要过问焚毁的房子;他们说,学会忘记。我们是好孩子，我们遵守规则。

如今，我明白，遗忘中蕴藏着自由。

或许，至少蕴藏着类似自由的感觉。

不提问题，是一种自由。

不受坏消息牵累，是一种自由。

有些时候，一个人必须竭尽全力，抓住她所能得到的任何自由。

本文行至此处,我想是时候向大家承认了:我曾是双足龙研究协会的成员之一。这是一个由研究人员、科学家、医生、图书馆员等组成的秘密地下组织。顾及法律原因,该组织的科研工作隔绝于主流的科学界。我们的成果讨论及评审,皆在暗处进行,因此,无法助力解决生物学、生殖科学、生理学、航空学等领域的难题。恐惧、文化禁忌或民众的惊慌所导致的对自然的回避或遮掩将贻害科学。我不后悔与这个团体共事,亦不后悔我们所取得的进步。我遗憾的是,我们只能隐蔽、匿名地传播自己的研究成果,没法为我们的发现在更广泛的科学交流中寻得一席之地。

1948年秋天,我出版了一本小册子,名为《关于龙的基本常识:一位医生的阐释》。遵循协会惯例,本书采取匿名出版的方式。但由于研究结果具体而广泛的适用性,我极尽所能为之宣传,没有如往常那样做好防备措施,且动用了协会以外的关系网络。这些行为并未得到团体的支持,造成了后来的分道扬镳。我这些关于龙的研究数据得自偶然。第二次世界大战伊始,我受美国陆军资助,对女子航空勤务飞行队进行了研究,并得到了一系列意外发现。我最初的调查研究与龙无关,当然无关!军队甚至不愿提及他们招了女兵,更何况敏感、亵渎的龙的话题。上级派我监测女飞行员的生理机能，可能是找借口以阻止她们服役。如果是这样，他们就要失望了，我找不到任何可以阻止女性服役的证据，我的研究对象表现得都很出色。然而，科学研究如一头难以捉摸的怪兽。任何优秀的科研人员都会告诉你，我们所发现的通常不是我们欲证的事实。一位卓越的科学家，必须保持好奇、开放、谦卑的心态，最重要的是，服从数据，尊重事实。

我所研究的那些女性，年轻、健康、坚韧。每个人都如明亮的火花。她们的飞行能力足以震撼上级，更不用说那些男同事。她们在每天早晨飞上天空，在夜幕降临时失落地凝视它，再返回营房。我的研究进行了一个月后就发生了意外——一位女性化龙了。她是一位叫斯特拉的十九岁女孩，来自艾奥瓦。她的化龙过程与双足龙协会多年来记录的其他案例高度一致。据称，她在极度愤怒的状态下化身为龙。四名空军人员当场死亡。在场的第五个人是老机械师卡尔，他是唯一幸存的目击者。卡尔说，他看到一群男人围着斯特拉，他说那是在"争吵"。他听见她喊着让他们别打扰她，便跑过去帮忙。然而，他又听到了她的尖叫，随即看见她在爆燃的火焰中化身为龙。当时的冲击力很强，逼得他后退了十几米，大地震得好像遭到了轰炸。那些男人被炸得四分五裂。目前尚不清楚，化龙及那群男人的死亡是不是有意的。卡尔对此持否定态度。龙恢复神智后，看到吓得浑身湿透的卡尔正盯着她，她拍了拍他的头就飞走了。

后来的两起化龙事件就不那么有代表性了。第一例事发时,当事人正在执飞。我与她通过无线电保持联系,每隔十五分钟采集一次呼吸、排汗、视觉、听觉、语言能力和认知推理能力的数据。我将她的回答记录在日志中。这些回答显示,随着时间的推移,她的乐观和愉悦程度持续上升,达到了一种诡异的狂喜。她绕着基地飞行了两小时,随后停了下来,说:"抱歉,医生,飞翔的感觉……太美妙了,这一切……太美妙了。"我问她那是什么意思,随后便听到了紧急释放和飞行员弹射的警报声。我们担心有坏事发生,就跑到门外,以为会看到碎片如雨落下。然而,我们看到她在尚未完成化龙时就已关闭了发动机。她以龙爪钳住飞机,展开翅膀,带着飞机飞回停机坪。她的外形令人难忘,暗绿的龙身,腹部闪烁金色,体形出奇地大。她光彩夺目,使人无法直视。通常,军队的对策是见龙即射杀。这一做法不见得有益,反弹的子弹总是会导致人员伤亡。然而,那天极不寻常,士兵们只是惊讶地看着她轻柔地将飞机放在跑道,暂留片刻,然后她飞向天空。那场景我记得很清楚:沸腾的议论,跑来跑去的男人,一队女子航空勤务飞行队的新兵在外面站成一排,她们凝望着天空,脸庞被晨光照亮。

第二起化龙事件发生在一周后。这一例讲起来有点微妙,我必须说得委婉些。女子航空勤务飞行队的新兵里有一对好朋友,用她们的话讲就是"同气连枝"。我从未见过她们离开彼此。她们之间的爱显而易见,像是亲姐妹,又胜似亲姐妹,是一种亲密关系——哎,或许亲密得有些过分了。我可以说的是:某个星期二,我为她们进行常规检查,记录体重、心率、基础体温和血压等数据，采集血液以供研究，询问她们的精神状况和生理期情况，并检查视力。前一周，她们二人还一切良好，但我的确注意到其中一位叫伊迪丝的女孩心率较高。为预防疾病发生，我将她的症状记录下来。她们结伴离开我的办公室。那天她们俩休假，二人备好毯子和野餐，好享受私下的时间。当天晚些时候，只有另一位叫玛拉的女孩回到了营地。她陷入了巨大的悲痛，但我还是采访了她。她的证词不是都有帮助，从中可以感受到一位痛失所爱的女人的全部特征。然而，我还记得她在报告里说："伊迪丝是幸福的，她很幸福，不应受拘束。"伊迪丝化龙的原因是什么？时至今日，我仍无法断言。相关的数据矛盾而模糊。这件事之后，为安全起见，全部女飞行员暂时停飞了几个月。如果不是军队急缺合格的飞行员，她们将无限期停飞。第二天，军队就终止了我的研究，将我送回了家。

军方通知我，我的研究成果属于机密，并没收了全部资料。我之所以仍有这些记录，是因为我这辈子的习惯，即每份资料和笔记都有一份副本。而相关人员不会搜遍我工作地点的每个角落。美国国立卫生研究院和我的大学皆质疑我对化龙现象的研究，鼓励我去钻研更为重要、更体面的事物。双足龙研究协会禁止我传播研究成果，它们认为这将使协会陷入危险。但我不同意。我的研究表明，化龙现象远比人们所想的更常见，且发生的频率正在增加。当年晚些时候，我出版了《关于龙的基本常识：一位医生的阐释》。我将这本书寄给了美国和欧洲的所有医学院，但它立即遭到了封禁和审查。

我不知道这个国家将要发生什么,也不知道1955年的我们将通往何方。但是我知道,我们唯一的希望,我们克服困难的唯一途径,是恢复对提问、检测、观察、得出结论这一套方法的敬重。我们必须成为数据的仆人、事实的伙伴。我坚信,科学是人类唯一的希望,我信任科学,今日如此,永远如此。

——选自《化龙简史》,作者H. N. 甘茨教授,医学博士。

22

新学期始于连番的折磨。

再坚持一年,我告诉自己,但想到此,我更觉得窒息。我正加速驶向悬崖边缘,不知道等待着我的是什么。是一座桥?一架梯子?一串绳索和登山镐?虚空?还是必然的毁灭?或许是一双翅膀……

我驱走这些想法。担心解决不了问题,这是母亲常说的话。当然,担心也不会帮助我度过这一年。

开学第一天,我送比阿特丽斯走路上学。她抱怨说她已经大到可以独自上学了,但我坚持送她。她同往常一样,全程牵着我的手。我另一只手推着自行车。我们在学校门口的台阶上见到了阿方斯先生,他的手臂僵硬地抱在胸前,面部异常浮肿。由于是新学期第一天,比阿特丽斯非常干净,在黑暗中都能闪闪发光。我用硼砂和漂白剂浸洗了她的衬衫和短袜,挂在阳光下晾干。我用男士发油抚平她的发卷,用细齿梳子梳开纠缠的发丝,把她的头发编成两股紧实的法式辫,发缝间裸露的头皮仿佛得到了强烈的释放。没有人能指责我忽视了比阿特丽斯的外表,或放任事情不管。没有人能找到借口去窥探我们失常的生活——没有大人,没有指导,没有其他帮助,只有我们二人的小宇宙。最好不要让其他人知道。

快要到教学楼的时候,比阿特丽斯放开我的手,蹦跳着走过拐角,进入门廊,同往常一样为看到老师和朋友而雀跃。看到阿方斯先生的瞬间,她猛然止住脚步。我早已料到此景,也做好了准备。我把手搭在比阿特丽斯的肩膀,走到校长和妹妹的中间,从口袋里掏出一个信封,转头看着比阿特丽斯,使了一个只有她能看见的眼色。

"听着,比阿特丽斯,"我严肃地说,"我希望你直接去见克莱尔修女,把这封道歉信交给她。"我扬起手,装作她要反抗的样子。"不许抱怨!"我朝她挤挤眼睛,"现在!快去!"

比阿特丽斯拿走了信封——坦白讲,其中确实有一封道歉信,是在那次会面的第二天,我站在比阿特丽斯身后强迫她写的——她一蹦一跳地上楼梯,特意避开与校长的眼神交流。不用和校长对话让她如释重负,这在她跃动的身体上显露无遗。她消失在敞开的教室门后。我抬头看着阿方斯先生,效仿他的站姿,抱起手臂,扬起下巴——我知道他讨厌这样。阿方斯先生皱起眉头。我示以微笑,向他宣告我的胜利。

"比阿特丽斯写了一封情真意切的道歉信,全是她自己的想法。她真心希望忘记过去,好好表现。"我说,"阿方斯先生,您说得对,我应该好好感谢您,让我注意到这件事。我的父亲也总是说应该好好谢谢您。"显然,这是练习过的台词。"新的学年,新的开始。我很高兴您能理解。"

阿方斯先生面色不佳。他有黑眼圈,肤色如燕麦粥,脸上还有红斑。他的长裤垮垮的,即使他的腰带已经被肚子顶了起来。我好奇他是不是病了。他皱着眉头,向我走了一步。

我看看手表。"如果您不介意,今天是第一天上课,我不想迟到。"我转身,背好书包,跨上自行车。

"你的父亲必须回我的电话,必须来我的办公室一趟。"他说,"大多数——"

"开学快乐,阿方斯先生!"我说,一面蹬车离开。

"我还没说完呢,格林小姐!"

走着瞧吧。我对自己说。我发现,日子一天天过去,我心里的声音越来越像母亲。

✦

为留出时间,我早早到了学校,直奔女卫生间。我进入一个隔间,在马桶的边缘上坐了十分钟。我的额头抵在膝盖上,女孩们遗留的发胶味道呛鼻。我大口呼吸,双手撑住两侧的墙面。我并不享受这孤寂、安宁的一刻,却感激它。我叹了口气,站起身来,用纸巾抹掉脸上和腋下的汗,换上校服,脱掉运动鞋,穿好平底鞋。我停顿片刻,深呼吸一分钟以平复情绪。我听见门外的同学们在吵吵闹闹。

(我曾有一个朋友。我发现自己在想一些事。她住在一栋神奇的房子。我摇摇头,试图驱散索尼娅的面容。拥有朋友的感觉很美好。但是那已经过去了。我不需要朋友,我有比阿特丽斯,我有我的作业,我有校外的课业。我还有很多知识要学。我应该活在当下。多问无益。)

洗完手,我溜进走廊。男孩们倚着储物柜,女孩们结伴并肩而行，我穿过其中，找寻出路。

我将书本紧紧抱在胸前，低头前行，前往总务处。前几年，学校将课程表都邮寄到了父亲的信箱，所以我又要去办公室，撒谎说我弄丢了课程表（还要装作真的收到过原件，我懊恼地想），需要复印件。

我低着头走进总务处。门边依然贴着光荣榜。人人都知道，我的名字本该在最上面。然而，我是第七名。"是笔误，"主任说，"我们会尽快更正。"但他们从未更正。

在前台的是年长的凯文修女，她看到我后热情地笑脸相迎。"亚历山德拉！"她说，"没想到是你！"她的双眼明亮，脸像干瘪的苹果，若非知道她是修女，她看起来真像小时候索尼娅请我看的图画书中的精灵。（只是这样想，就让我顿觉无法呼吸，双目刺痛。我深吸一口气，平复情绪，驱散念头。）

"早上好，凯文修女。"我说，声音突然变得很浑重。我清了清嗓子。"很抱歉，我弄丢了课程表，可否再申请一份呢？"

"我们今早一直在说你呢。"她说着，抽出一张卡片，上面是手写的课程安排。似乎她早有准备。"我知道，你的耳朵一定羞红了。"她拍手大笑。早在她还教课的时候，我就听闻她是个难缠的人。无尽的要求、吹嘘、失望和吼叫，真叫我难以想象。现在她笑容满面，热情无穷。

"劳您费心，我的耳朵还好。"我看着课程表，皱起眉头，"恕我冒昧，这里似乎有错误。"我指给她看。"我被安排了微积分课，但我不该上这门课。我已经在九年级时修完了函授的微积分课。我已经有了大学学分。"她没有接过课程表，只是维持着热情的微笑。"我还拿了优秀，是班里最好的学生。授课的教授写了一封信祝贺我。今年春天的时候，我和弗朗西丝修女谈过——"

"亲爱的，她已经不是校长了。"凯文修女和蔼地说，"姑娘？"她递给我一罐硬糖。我摇摇头。

"她不是了？"我第一次听说，"什么时候的事？"我掂量着自己的言行，表现得暴躁对我没有好处，"我是说，我很震惊，去年没有人提过这件事，她退休了吗？"我眯起眼睛，估摸着弗朗西丝修女的年龄。我很难看出大多数人的年龄，更何况是修女们的年龄。

凯文修女捞出一颗柠檬味的水果糖，丢进嘴里。"不是，她就是，像人们常说的，逃离了这里。张开她的翅膀，我是说双腿。亲爱的，她总想要去旅行，我们决定不拦着她。"凯文修女合上双眼，柠檬糖在她口中打转。我听见糖块与牙齿相撞的声音。这说不通。

"她还回来吗？"

凯文修女笑了，微微抖了下肩膀。"谁说得准呢？你真的不来一块糖吗？"我摇摇头。"与此同时，圣阿格尼丝小学的阿方斯先生兼任了我校的校长，直到教区有了新的人选。"她抿了抿嘴，"对谁来说都是重担。可怜的阿方斯先生，希望他不要累坏身体。"

好吧。我叹了口气，将课程表放在桌面，指着"微积分"几个字说:"但是您看,我上过这门课,已经上完了。九年级的时候。然后,我也学完了多元微积分和离散数学,现在正在学习线性代数和概率学的大学函授课程。这些课程很难,我同弗朗西丝修女商量过,空出一些课时来学习这些课程,会对我更有帮助。"

"亲爱的,弗朗西丝修女不在了。"凯文修女宽厚地说。

"我明白,"我说着,试图把沮丧写在脸上,"但是您看,她答应过我,我们已经决定了。弗朗西丝修女也签过字。"我停顿片刻,怯生生地补充道,"用钢笔。"

"亲爱的,弗朗西丝修女不在了。"凯文修女重复道,语调和表情没有丝毫变化。

这条路行不通,我决定找授课老师谈谈。"谢谢您,凯文修女。很高兴见到您。"

"我也很高兴见到你!"她说着,送了我一个飞吻。我转身准备离开。"噢!你不知道,我们早上谈你谈得有多起劲!大家各抒己见!你的那位朋友,带了很多资料和手册过来。她说动每个人都拿了一份,不管大家喜不喜欢!她天生有那个本事!亲爱的,她对你寄予厚望。她说,天空才是你的极限,逗得我咯咯笑。天空限制了我们,你能想象吗?"凯文修女咯咯直笑。

有些时候,凯文修女让我有些头痛。"什么?"我说,"您说谁来了?"

"你知道的,"她说,"你那位图书馆的朋友。'这孩子不能走捷径,不能。'她告诉我们。看着你走进最高的象牙塔,她才高兴。你将成为我们小小的哲学王,不对,是女王。亲爱的海伦。我们一起读文法学校的时候,她就咄咄逼人。有些事情一直没变,真让人欣慰!"

凯文修女又向口中抛了一颗柠檬糖,然后再一颗。滚来滚去的糖块像是弹珠比赛。她试图挤出一个笨拙的微笑。

我不知道该说什么。"谢谢您,凯文修女。"我说。

我的脑海一片浆糊,但我决定不去理会。我之前已经打算,放学后无论如何都要去图书馆。或许海伦·吉津斯卡夫人可以解释凯文修女的胡言乱语。

等到第三节课,我明白了为什么必须为我安排微积分课。我是课堂上唯一的女孩。授课老师雷诺兹先生从未在大学修习过微积分,也是第一次讲这门课。整堂课,他不下九次让我上台讲解例题,要我改正其他人的测验结果。他还让我负责签到,回答问题,下课擦黑板。课后,我想向他解释我的情况,但是他不想听。

"函授课程和在教室听课是不同的。"他愤愤地说,"我以为你很聪明,看得透这一点。"他指向墙角,"走之前,能把垃圾倒掉吗?"

"但是,我和大学里的学生参加同样的期末考试,而且那边学的东西要比这边多。班里的这些男孩,上大学后都要重修这门课,但我不需要。先生,您刚刚看到我是怎么解释那些概念的了,我已经一年多没有复习过微积分了。很显然我学会了。在这儿上课是浪费时间。"

"学习,"他一本正经地说,"永远不是浪费时间。我希望明天上课能见到你。我希望你能和男孩们一样努力学习，不要搞特殊。"

我又问了一遍，答案是不行。我问是否只做助教——反正他就是那么期望的——那样我既能帮忙，又能在其他同学做题的时候抽出时间学习。答案依然是不行。我沮丧地离开教室。

那一日就此停滞。

我顶着心头的阴云，单手推着自行车步行回家，心里计划着睡前需要完成的事项。比阿特丽斯的晚饭和游戏，或许还有作业。厨房的水池又得修理，而房东一点用也没有。多亏了实用的参考书，还有图书馆的好心职工淘汰掉的趁手工具，我基本学会了如何修管道、马桶，焊接电线和电路；学会了如何组装一个算不上漂亮、但很实用的书架；学会了如何在墙上找到钻孔的位置，如何安全地与电打交道，如何解决冰箱不制冷的问题，以及诸如此类的事。

我需要和妹妹一起吃晚饭。

我有作业要去完成。

我有一篇论文要去写。

我还要完成函授课程的阅读材料及习题。

此外，吉津斯卡夫人告诉我，是时候着手准备申请大学的材料了。想到此，我的胃绞成一团。我要怎么办？比阿特丽斯怎么办？以后会怎么样？

比阿特丽斯已经回来了。她的书包堆在楼前的小门廊。我们的公寓楼和隔壁楼的中间是一座窄院，后有一小块绿地，通向小巷。两个女孩、六个男孩和比阿特丽斯在拐角处疯跑。他们绕着公寓大楼跑了一圈，消失在另一边，没有注意到我。比阿特丽斯的手里拿着东西，是一把临时的木剑，一长一短的两块木片组成剑身，底端用麻绳斜捆在一起，权当剑柄。

"准备迎接死期吧，你们这群小人！"比阿特丽斯咆哮道，其他孩子也尖叫着回应。

他们又跑了一圈。我伸出一只手拦截，孩子们滑停在我眼前，小脸通红，气喘吁吁。

"嗨，亚历克斯。"比阿特丽斯说。

"我们一会儿去图书馆，"我说，"回房间，收拾一下。"

"现在？"她哀号，"现在不行，我都上了一整天的学了。"

我也是，但我没说。我叹了口气。或许图书馆可以等等再去。早晨的比阿特丽斯仪表整洁，现在已经蓬头垢面。

"好吧，"我说，"想玩就玩吧，不要太久。我要去一趟图书馆，拿一些资料。你如果想，可以和朋友们再玩一会儿。但我叫你的时候你要回来，我们早点吃晚饭。"

这正合她的心意。"继续！"她喊着，其他孩子也高声附和。他们又绕着大楼跑起来，消失在视线之中。

我拿起比阿特丽斯的书包，缓缓爬上楼梯，瘫倒在角落的床上——我们白天把它当作沙发。我加热了奶油鸡，蒸了米饭，将萝卜和黄瓜切片备用。我从书包里拿出自己需要在比阿特丽斯睡后完成的作业，把去图书馆需要用的资料放了进去。我做了份清单，划掉完成的事，想到坏掉的水池，将它写进清单,想到比阿特丽斯需要洗澡,又添一笔。我看看钟,时间不多了。

电话响了,我跳了起来。那电话从不响,只有在父亲偶尔想到我们的时候,他才会在星期日打来。我差点没有接。

我拿起听筒,先是短暂的寂静。然后,我听到父亲的咳嗽声。

"爸爸?"我说。他又咳嗽了一声,接着再一声。"爸爸,是你吗?"

对方不耐烦地哼唧了一声,无疑是我父亲。

"很高兴接到你的电话。"我说,"你知道今天不是星期日吗?不过,这也不重要。"

他终于开口道:"阿方斯先生今天来家里了。我不想说我有多讨厌他。"

"我还没说完呢。"阿方斯先生曾经这么说过。

焦虑爬上我的后颈,我试图驱散它。

"只是一次普通的拜访吗?"我问。

父亲没有理会。"他打电话到我的办公室,听说我在家养病。"父亲咳一声,骂一声,又咳一声。

"你还好吗,爸爸?"

"不用你管。"他清了清嗓子,"所以,他不请自来了。他想知道你在哪里,还有……"他顿了一下,"呃,他想让我们大家一起,聊聊那点破事。我的妻子很不高兴。你知道我的处境吧。我希望你自己能顾好这些事。我指望着你看好那个孩子。你妈妈也会这么想。"

我的脸颊在烧。我将空空的手攥成拳头,指节先行,一拳捶进墙面。尽管我知道愤怒无益。我闭上眼睛,深深呼吸,拼命压制胸口不断升腾的热量。窗外传来警笛声。最近经常如此。圣阿格尼丝小学起火,连锁商店起火,城外数十英里†远的谷仓起火,欧克莱尔的一家养老院起火,明尼苏达边境的一家酒吧起火。每一次,火势都被迅速遏制,新闻报道仅寥寥几笔。

"我理解你的处境,爸爸。很抱歉……"我顿了一顿,"让你的妻子不高兴了。她叫什么名字来着?"

"别和我嬉皮笑脸。"

"对不起,爸爸。"又一阵鸣笛声。公寓里太热,图书馆也好不到哪里去,但是地下室至少凉爽些,我可以在那里学习。用功、学习、写作、证明、计算,耐心地把复杂的数学公式编织成整洁、优雅的结——每一次,只要我有事做,就能使我的精神从对未来的焦虑中获得暂时的解脱。明年,是另一个世界。父亲作何打算?我不敢问。"听着,我不知道为什么阿方斯先生来家中找你。我已经把事情处理好了。比阿特丽斯花了太多时间画画,不专心学习。她道歉了,这件事就过去了。"

"他还说,你对他很无礼。"

"我才没有。"

"他不喜欢你的短发,你知道人们是怎么看短发女孩

---

† 1英里约合1.6千米。

的吧。"

"他们买发胶的钱很少吗?"我恼起来了。

"要点脸面!"父亲再次警告我。

"我很体面。"我说,"听着,爸爸,你一点也不用担心。我能处理,我一直在处理这些事。对了,我今年就要毕业了,成绩会很好,也就是说,我们应该谈谈后面的——"

父亲又咳一声。"你在胡闹什么?你现在就能开始工作了,找一个糊口的职业。高中学历就是一张纸,对上大学的男孩才有用,就是这样。要我看,重要的是让行业里的男人看到你的价值,好找到你的位置。能招到你这样的女孩坐办公室,全美国没有哪家公司不会欣喜若狂。说到底,过不了多久你就要结婚了,所以最后都是一样的。"

结婚?听到这个词,我一阵反胃。他以为他在和谁说话?"爸爸,这不是重点,这压根不是计划的一部分,我还在读……"

"我和你说,我刚见过一个广播电台的老总,和他讲了你的事。如果你愿意,可以去他那里当秘书。你只要问问他就行。"

"什么?爸爸,我都没有受过秘书的训练,秘书学校毕业的人才能当秘书。还有,她们也有高中学历,这不只是一张纸而已,真的。对了,我准备申请……"

父亲再次打断我。"他人不错。这份工作也不错。这是到手的鸭子,你别犯蠢,让机会飞了。不过,你妈妈养大你的时候也没少犯傻,不好说你会怎么样。要是遇到有人想雇个年轻、漂亮，不谙世事的女孩，谁会在乎那张纸？他们会把机会像糖果一样分下去。"父亲没有解释那是什么意思，但是我猜得透。"这是优先给你的。我想，有你那脑瓜，不到一个月你就能学会那摊事。你好好考虑考虑。"

我平复呼吸，厘清思绪。这可不太顺利。父亲又在咳嗽，我等他结束。"爸爸，我正考虑攻读一个学位……"

再一次，他打断了我。"好吧，亚历山德拉，和你说话很高兴，但是我得走了。"他咳了最后一下——一声干涩、刺耳的驱逐令。"好好听话，好好生活，别让我难堪。想想你妈妈会怎么想，别让她失望。"

"我不会的。"我说。但他已经挂断电话，没有听见我的回答。

两天后，我收到父亲的来信。没有邮戳，没有邮票。这封信就那样穿过门缝，躺在地板上。父亲来过，却不愿打招呼吗？还是他把这封信交给了房东，好避开我们吗？我说不好哪种情况更糟。

"亲爱的亚历山德拉。"信上写道。

> 我注意到在那天的交流中，你的话里暗含了一个问题，你似乎有些误会了。关于年轻女孩是否该接受大学教育，我以为我已经说得非常清楚。既然还有疑惑，那让我再说明一下：

不会。我不会出钱,不会出力,也不会对你任何高等教育的尝试提供任何支持。今年6月毕业后,我不打算再支援你了,我相信你完全可以自食其力。让你完成高中学业是你母亲的愿望。所以,出于对她的尊重,我才不情不愿地资助你到高中毕业,尽管这件事并无道理。房租支付到了8月底,那时候,你应该已经有了自己的收入,可以接手了。考虑到各个方面,我已经非常慷慨。我答应过你的母亲,要照看好你的"妹妹",虽然我们对她的看法有所不同,但我很自豪我做到了。等你再大些就明白了。毕竟我有了新的家庭,总要做出让步。

我以你为傲,亚历山德拉。我相信你已经明白这点了,我知道你的母亲也会以你为傲。预祝你毕业顺利。

爱你,
爸爸

我读了一遍,又读了一遍。我把信揉成团,扔进垃圾桶。

所以,我暗自想,就这样吧。

1955年大规模化龙事件发生的前一天，二十五位瓦萨学院的文学系学生精心装扮，登上了前往曼哈顿的火车，前往费布尔-罗斯附属电话机楼的残址。

她们没有告诉任何人，似乎也没有提前计划。在对其他教授和同学的采访中，都提到了同一件事：每个参与的学生，无论当时是在上课，在图书馆，还是在操场进行曲棍球训练，都在当天的9点35分一言不发地准时离开了。她们走上大街，前往波基普西火车站，登上了11点25分开往曼哈顿的火车。

这些瓦萨的学生在人行道旁集合，面前是大楼爆炸后留下的空地。她们身姿挺拔，目光清澈，脚步坚定。整整一生，她们忙于预科学校、大学课业和课外培训。她们参加芭蕾课程、钢琴独奏和艺术史讲座，训练自己成为母亲那般出色的女人。她们沉默地伫立在曾是电话机楼的残址前，那是宇宙的另一处空洞。目击者称，她们一齐抬头仰望天空，面孔明亮又美丽。突然，她们排成整齐的长队，拿出笔记本，开始作画。

没有人太留意她们。电话机楼的残址如口中缺牙的空位那样扎眼。那是一种响亮的空虚。人们垂下目光，加快脚步。没有人留心她们的行为。

女学生们停留了一下午。她们画个不停，直到天黑。后来，人们记起那天的场景，尽管终其一生，他们也无法解释那事的意义，解释她们的举止为何值得注意：她们安静地沿着路边站成整齐一排，或专注而惊恐地低头看着笔记本，或带着混杂期待、担忧和狂喜的表情仰望天空。

第二天上午，大规模化龙事件发生前的几个小时，曼哈顿的居民发现成千上万张女人的画像散落在公园的长椅、地铁楼梯、排水沟和大街上。它们如秋叶通过挡风玻璃飞进车窗，如飞鸟盘旋在摩天大楼窗外。穿职业装的女人，穿家居裙的女人，穿大衣的女人，操作机械的女人，驾驶室里的女人，耕犁土地的女人，穿着内衣的女人，赤身裸体的女人，海滩上的女人，穿着婚纱坐在婚床上的女人，抱着婴孩的女人，挺着孕肚的女人，擦鼻子的女人，站在学校台阶上的女人，挥手告别的女人。这些画散满天地。

无人知晓其意义。

每过一阵，就会出现一张没有画任何东西的白纸，上面只用可爱的字迹写了一句话："马丁·奥利里之流，咎由自取。"

当夜，瓦萨的女学生们没有赶上火车，没有回到宿舍。管理宿舍的阿姨们惊慌失措，联系了警方和家长，并通知媒体。女孩们再未归来。通常，此类事应该登上次日的晚报头条。然而，并没有。因为第二天，国家目睹了成千上万的母亲，在愤怒、暴力与烈火中化身为龙。突然之间，人们有了其他的事需要担心。因此,全世界遗忘了瓦萨女孩。

几乎所有人。

——选自《化龙简史》,作者 H. N. 甘茨教授,医学博士。

23

接下来的一个月,我开始在奇怪的地方看到手掌大小的卡片。它们或被塞进邮箱,或被贴在自行车停放架,或被扔到校门口的台阶。

> 为好奇者提供义诊。
> 你有无法解释的症状吗?
> 内心胜过外界的感觉?
> 我们的临床医生知道答案。
> 我们提供实情,拒绝谎言。
> 我们提供信息,拒绝混淆。
> 无须预约。

我走到公寓门口,打开大门正要进去,看到玻璃上贴了一张小卡片。我撕下小卡片,想看看背面是否写着地址。然而,房东瓦特先生抢走了卡片。他个子不高,头顶有几块斑秃,余下成缕的脆弱发丝随意附在满是斑点的头皮上,像是皱巴巴的幼鸟身上的羽毛。他粗糙的脸上长满胡茬,永远是愁苦的模样。

"再让我抓到你看这些下流的东西,我就告诉你爸爸。"

他总是以此威胁。但是我知道,他只是说说。

我把双臂抱在胸前。"我不知道你在说什么。它本来就贴在门上的。我能拿它怎么办?我以为是你贴的。"我没这么想,但是我讨厌他的语气。

"哼。外面的疯人和疯语。要我说,肯定是麦迪逊自由主义者变多了。"他的脸色变得阴沉,"加利福尼亚人。好哇,在我这里可不行,先生。"他的目光忽上忽下地扫视着道路,仿佛此时此刻,成群结队的卡车正满载着西海岸的人向我们的街道驶来。

房东把小卡片撕碎,将碎片揣进口袋。

"不过,你至少知道卡片的内容吧?这样的卡片,我在城里见过很多次了。"

"我什么都不会说。"他说,"我给你父亲留了字条,让他管管你那个妹妹。她又到处疯跑。我最不喜欢那样了,管好她,要不换个地方住。"我明白,这是一句无力的威胁,却依然让我不安。瓦特先生推开我,一瘸一拐地走向自己的公寓。

我摇摇头。

"为好奇者提供义诊。"

我不得不承认,我不止好奇。

第二天的法语课上,前排的三个女孩也在看类似的小卡片。三张小卡片各有不同,但都是同一义诊的广告。我拍了拍埃米琳的肩膀,她个子最高,头发总是高高盘起,凸显她修长的脖颈。谁靠近她,她就向谁展示订婚戒指。她从不化妆——学校不许——但她总是光彩照人。

"打扰一下。"我说。

"嗯?"她转过身来,朝着我的方向闪光,以华丽的姿态伸出手,展示她的戒指,"是真钻,如果你要问的话。"她露出平和的微笑。

"什么?"我说,"噢不,我不好奇。但是我好奇那些小卡片。上面有地址吗?"

她旁边的女孩越过埃米琳的肩头瞥向这边,翻了个白眼。我记得她叫玛丽-路易丝。她说:"他们不能直接宣传那些内容,会被查封的,你明白吧。"她回头看看周围,又说:"被政府。"

"为什么政府会查封他们?"我问。利奥妮修女走进教室。她身材娇小,脸像核桃,一双灰色的小眼睛炯炯有神,像两枚崭新的五分硬币。她踩着嘎吱作响的鞋子,摇摇晃晃地走到黑板前。她需要用一根顶着抹布的长棍,才能擦净黑板的顶端。

玛丽-路易丝赶快收起小卡片,藏进她的口袋。"动动脑子,"她小声说,"为什么不呢?但你要是真的好奇,很快就会知道答案了。"

"怎么知道?"我问。

玛丽-路易丝没有回答,只是拍了拍鼻子。

利奥妮修女转过身。"安静,请安静。"她严肃地说。

我们翻开课本。

不知不觉间，9月已逝，10月来临，微风凛凛，天空晴朗，万物明亮。比阿特丽斯在学校表现得很好，带回家的试卷上都是夸奖的评语。每天晚上，我都感觉到解脱。或许，画龙只是暂时的插曲。

几乎每天，我都会去图书馆学习很长时间，带着比阿特丽斯，她从不抱怨。我允许她做母亲不允许我做的事。她可以在图书馆随意走动，随心阅览。我表扬了她的好奇心。吉津斯卡夫人派出几名助理，帮我照顾妹妹。有时候，他们带着比阿特丽斯去儿童休息室，画画或者做手工。比阿特丽斯出来的时候，总是戴着金光闪闪的奇异王冠，或是亮灿灿的锡纸手镯，或是一双色彩斑斓的翅膀。（我扔掉了那双翅膀。她还是孩子，我希望她忘记这事。我为此痛恨自己。）

至于我，依然在学校独来独往。低头走路。习惯独自一人。不止一次，我透过眼角的余光，以为看见了索尼娅。独自坐在午餐桌旁，或站在门廊，但从不是她。每一次，我的心脏都会碎裂一分。我曾有一个朋友，但是父亲拖走了她。故事的真相不止于此，却缥缈如烟，徘徊在我无法触及的地方。我试图驱散这段回忆。毕竟，沉湎于过去没有好处，人有遗忘的自由。这就是当时的我讲给自己的说法。

10月的第一个星期六，我和比阿特丽斯步行前往图书馆。沉重的书包压弯了我的后背，比阿特丽斯跑在我的前面。她张开双臂,像张开翅膀。

"我飞起来了,亚历克斯!"她喊道,"我真的飞起来了!"她像一名舞者,优美地舞动双手。她跳上水泥墙,又跳下来。往常,我总是会停留片刻,欣赏她的力量、敏捷和优雅。但是那天,我却觉得很沉重,心生恐惧。我怎么处理好所有事情?我自问千千万万次。我们明年会怎样?我焦虑着。每个问题都是一块压在我后背上的石头。我一直弓着腰走路。

"小女孩不会飞。"我说。

比阿特丽斯停下来,生气地看着我。"你怎么总是扫兴?"她噘起嘴。

我没有时间顾及这些。"不是扫兴,是科学。小女孩不会飞,她们会走路,像大女孩那样。"

我们一路沉默,走到图书馆门口。

我们城里的图书馆始由卡内基先生建于19世纪90年代,随后在20世纪30年代经历了扩建。当时吉津斯卡夫人已经是这里的图书馆员。她使用手段,说动美国民间资源保护队派出几位艺术家,为图书馆的儿童区和另一间阅览室的墙面绘制壁画——细节丰富的森林景色,林间动物漫游在繁茂的枝叶间,偶尔有仙女、精灵或山怪从意想不到的藏身之处探出头来。科学类的书架附近,天花板上绘制了漫天的星系和星辰。吉津斯卡夫人作为一个小地方的图书馆员,有着……不一般的关系。她在十分年轻时便已成为图书馆的掌舵人,而且从未离开。对我们来说,幸运的是这座图书馆是全城最漂亮的建筑，似乎条条大路皆通此处。

"你好哇，伯罗斯先生！"比阿特丽斯的喊声很大，但是他没有制止。她张开双臂。"你喜欢我的翅膀吗？今天我是一个——"

"一个小女孩。"我脱口而出，音量让我自己也有些吃惊，"今天，她也是一个小女孩，和往常一样。"我想起了母亲，想到她穿着工作服，在比阿特丽斯说错话后把她拉进屋内的情景。我做了个鬼脸，强迫自己摆脱那段记忆。

比阿特丽斯气冲冲地瞪着我。伯罗斯先生露出淡淡的微笑，平稳地站了起来。大多数时候，他都是个不慌不忙的年轻人。

"比阿特丽斯，和你有关的一切都可爱。"伯罗斯先生打圆场，"有没有翅膀都可爱。对了，工艺美术室有新东西到了，我一直想试试。"一个分明的谎言，但我没有拆穿。"没准我们可以为你姐姐制作一对翅膀，或者为我。图书馆员可以拥有翅膀吗？或许我们每个人都应该有一对翅膀。"

"亚历克斯不需要翅膀。"比阿特丽斯侧过身体，走到伯罗斯先生身边，握住他的手，"她只会走路，像个傻瓜。"她狠狠地瞪了我一眼。但是看得出来，她暂时不生气了。她跳上后面的楼梯。

我走向成排的书架。

学习了两个多小时后，吉津斯卡夫人走到我的书桌旁。当时我正瘫坐在桌旁，钻研一套恼人的习题。

母亲过世后，我待在图书馆的时间越来越多。吉津斯卡夫人总是特意来看我，陪我坐坐。她偶尔也会陪我聊天，但大多数时候她一言不发，坐在那里很久，辛苦地处理文书，或者只是看书。我很感激她这一点，虽然这听起来很奇怪。我感激不用去解释，也感激不用开口，却获得了陪伴。每隔一段时间，我们会去后花园散步，交谈很久，聊聊数学、化学，或是简·奥斯丁。我享受她的陪伴。

我从未向吉津斯卡夫人如实透露我和妹妹的生活情况。当然，她知道比阿特丽斯由我照顾。她经常关心父亲和继母的身体状况，我总是回答："他们很好，谢谢关心。"尽管我心里对此并没有数。每次听到我的回答，她总是紧抿着嘴唇。

"嗯，"她总是说，"至少他们还健康。"

谈论这件事有些奇怪。我从不多做评论。我们只是任由此事留在彼此之间，无人触碰。

她靠近的时候，我没有抬头。和往常一样，她没有说话。吉津斯卡夫人极度忠于在书架间保持安静的原则。她用肿胀的指节敲敲老旧的橡木桌，吸引我的注意力。她挥挥手，示意我跟她走去后面的工作室。尽管她肩膀蜷缩，脊背的肌肉因疼痛而痉挛，左腿还有些跛，但她步伐依旧轻快。我加快脚步，跟上她。

吉津斯卡夫人已至垂暮之年，我也难以说清具体的年龄。人生的绝大多数时光，她都以寡妇的身份度过。年轻的时候，她被东部的一所知名大学录取，并拿到了奖学金。在那里，她和一位家世显赫的年轻人私奔了，对方的父母极力反对。名门望族，人们说，他们的财富源源不竭。婚后不久，她年轻的丈夫就去世了，背后的原因不太光彩。当然，我不知道具体的情况，只知道夫家的父母以此为筹码，阻止她继承属于丈夫那部分的家产。为了堵住她的嘴，对方父母提供了一小笔资金，但足以令她自行过上舒适的生活，此外还有另一笔较大的资金，支持她随心所欲地参加喜欢的组织。他们明白，与一纸学历相比，慈善事业会为他们的前儿媳打开更多、更大的门径。夫家给予的巨额财富，与毫无关联的威斯康星州的小城，共同造就了这座资金充盈、运转良好的图书馆。城里所有人都知道这个故事，也都假装这是个巨大的秘密。当年的吉津斯卡夫人只有二十四岁，便做了图书馆馆长和县里的高管。她一直维持着图书馆的卓越性，直到人生的终点。

进入工作室后，吉津斯卡夫人关上门，示意我在常用来分类图书、黏合书脊的长桌旁坐下。她走到角落，倒了两杯很热的咖啡。咖啡烫口，但我依然感激。她出资填满了工具书阅览区，此刻也为我准备了一些书。我渴望阅览那些书。吉津斯卡夫人看着我，缓缓抿了几口咖啡。她的肌肤柔软，自成几束，像绽开的花瓣。她的眼睛小巧、明亮、灵动。她的膝上放着一沓信封，她拿起它们给我看。

我的胃一阵痉挛。

"恕我自作主张，"她缓缓开口，"以你的名义发出了一些邮件。"信封从她的手指滑落至桌面，一封接一封，纸页与纸页轻擦，如风拂过林间。我盯着那些信封。"都是奖学金申请表。你是个优秀的候选人。我担心性别可能阻碍你，当前的世界现状如此。但是你的成果足以证明你自己。函授课程的那些教授我都认识，如果他们之中有谁不愿意为你写推荐信，交给我来处理。他们几乎都欠了我很大的人情。我想建议你用亚历克斯这个名字……直接放弃那些可能表明你是女性的表格，让他们自己去弄明白。"

"我已经那么做了。"我说。开始上函授课程后，教授们都以为我是"亚历克斯"，不知道"亚历山德拉"。他们的评语中堆满了夸奖。直到如今，我也无法保证，如果他们知道我叫亚历山德拉，评语将是怎样的。

我强迫自己迅速翻阅这些邮件，强迫自己保持平和的表情。可焦虑就像老虎钳，牢牢钳住我的内心。我视线有些模糊，脖颈后冒出冷汗。比阿特丽斯怎么办？我如何挺过这关？我不知道，也无法大声说出口。吉津斯卡夫人似乎听见了我的心声。她调整了坐姿的重心，椅脚在地面上摩擦得嘎吱作响。我清了清嗓子，看着这些信封。我注意到，吉津斯卡夫人将她母校的邮件放在了最顶端。我想，那所大学一定像一座城堡，爬满常春藤。

我把那封信推回给她。

"这个不可能。"我坦诚地说，"即使我可以被录取，也不行。"

吉津斯卡夫人静静地看着我。她抿了一口咖啡，没有发问。

直至我无法忍受沉默。

"我是说，"我说，"我很感激这个机会，真的。但是我想去的大学，它必须……"我的声音逐渐消失。

吉津斯卡夫人放下杯子。她的神情温和且愉快，没有一丝不悦。

我咽了咽口水，试图再次开口。"太远了，我无论去哪所大学，都要带着比阿特丽斯，就是这样。"

依然是无止境的沉默。

"比阿特丽斯不会留在这里，"夫人终于开口，"和你的父亲、继母一起生活。这就是你的想法。"她双手相合，指尖顶住下巴。"她的家人是——"

"是我。"我低头看着双手，"我和比阿特丽斯，我们在一起。一直以来都是如此。父亲对我读大学没兴趣，也表明了态度，我们只能靠自己。这很难，如果还是富家子弟的学校，更是难上加难。希望您能理解。这样的学校，很少有相似处境的学生。很难想象他们能理解我，更不用说让他们迁就我。"

吉津斯卡夫人的表情一闪而过，很快恢复如常。"好吧。"她说，随意地摆摆手，"恐怕你说得对，没关系。无论如何，我已经为你写好了推荐信，用它申请威斯康星大学也同样适用。我在那里的影响力也很大。当然，问题是如何说服他们允许你住在给已婚者和成家者提供的住宅里。毕竟，你和比阿特丽斯算是一个家庭，这样你就不用费力在一个人生地不熟的城市找房。没有人应该靠自己。尤其是一位……"她抿了抿嘴唇，"一位未来的数学家。"她皱起眉头。我想，她应该更希望我学哲学。

突然传来踩水的声音。我看向窗外，比阿特丽斯和伯罗斯先生穿着橡胶靴，在泥沼地里游荡。伯罗斯先生拿着一根试管，比阿特丽斯拿着一个长注射器。

"现在，你看，"我听见伯罗斯先生讲解，"我们必须小心判断，从哪里取合适的样本，然后才能——比阿特丽斯，你看，这就跟我讲的完全相反……噢，天哪。"

吉津斯卡夫人翻了个白眼。"这就是为什么我不生孩子。"她说着摇了摇头。然后她想到了我，稍有收敛，拍拍我的手。"我没有你那么擅长。"她一本正经地补充道。

我叹气，扶住额头。"我也不确定我以后会不会生孩子。"我说。这件事意味着太多，太多，太多。

我打开课本，开始阅读。我无意冒犯。只是任务太重，时间又极少。脑海中的焦虑情绪如旋涡涌动，我试图平息。一想到停止对学业的追求，我就感觉世界终结了一样。如果没有数学的精确，我是谁？如果没有定理、方程、角度和变量，我是谁？如果没有仔细地测量与理性地分析，我是谁？我想到母亲，想到癌症由内而外地蚕食她。在我的想象里，肿瘤是一条龙。我幻想自己穿上铠甲，成为骑士，深入母亲的身体，追踪龙影，寻找龙迹，与龙缠斗，取龙性命。带着这股力量，我在书页上画线，在页边写笔记，纸张几近破裂。

吉津斯卡夫人还在。

她在这里坐了很久。

比阿特丽斯依然在泥沼地里乱踩；伯罗斯先生小题大做地跟在她身后。比阿特丽斯哈哈大笑。

吉津斯卡夫人向左歪头。"你的比阿特丽斯是个野孩子。"她说。

我没有回答。我应该说什么呢？她是野孩子，是因为我的失职吗？可能吧，但我不这样想。比阿特丽斯从来只是她自己。

"和我讲讲她母亲的事吧。"吉津斯卡夫人轻柔地说。

我猛然抬头。"我们的母亲已经死了。"我说，话音又急又快，像一记耳光。

吉津斯卡夫人沉默了一阵。"我是说，"她顿了顿，"我是说，讲讲她的另一位母亲。"她的声音近乎低语。

我们很久没有说话。我强烈地感受到血液在血管中冲撞，耳朵嗡嗡作响。体内的热量于呼吸之间膨胀，我担心自己燃成火焰。我捏紧双拳，指甲嵌入掌心，血渗了出来。

我们应如何回忆自我破碎的时刻？当我们感到惊恐、沮丧或愤怒时，时间就改变了运转的模式。那些瞬间循环遍历，分裂出来，如由内到外磨损的绳结。那一瞬间发生的事如乱麻。我花费数年，试图解开缠结的记忆，使其舒展，但全无可能。我只知道，听到她的提问，当时我的反应迅速、出格，完全失了分寸。我记得我提高了嗓门，将一本书扔向贴满通知的墙。我鼻尖充斥着胶水的味道。我记得木椅从地板上摩擦而过的刺耳声响，还有我猛敲桌子的声音。我记得，吉津斯卡夫人双手叠放在膝上，微微向左歪头，柔软发皱的脸上写着轻微的好奇,没有一丝的愤怒——这使我更加愤怒了。我还记得,我一脚踩进书堆,砰的一声关上了身后的门。我记得我羞愧的感觉。

令我印象最深的,正是羞愧。

我怒不可遏地咒骂,我将书包甩上肩膀,跺着脚离开工作室。一瞬间,回忆突然将我淹没。关于母亲的回忆,关于姨母的回忆。厚重、尖锐、迅疾,如一场袭击。我想起在旧家的晚餐时刻,想起那群不自在的大人,姨母细数母亲的能力和成就,话语如针般刺伤母亲。母亲总是止住话题。

母亲没有化龙——但她可以吗?

姨母化成了龙——但如果她没有呢?如果姨母留下来,那么母亲离世后,我和比阿特丽斯可以和姨母生活,有了她魁梧的身姿和灿烂的笑容,有了她灵巧的双手和敏锐的观察力,生活会是什么样?

我愤怒,我非常愤怒。我生母亲的气,我生她癌症的气;我生父亲的气,我生他弃养的气;我还生姨母的气,气她抛下母亲,抛下比阿特丽斯,抛下我。我需要她。

我爬上楼梯,吉津斯卡夫人赶在我身后。她的步伐迅捷,紧随不舍,她看起来却依然不慌不忙,神态平和。这也让我愤怒。

"比阿特丽斯没有母亲。"我头也不回地说,"我也没有母亲。我们只有彼此。"

我说的话不只这些,还有很多。伤人的话,含恨的话。大多已被我遗忘。我记得,我说她是爱管闲事的老家伙,是势利的讨厌鬼。我从未如此想过，我相信我当时也并非本意。我只是要让自己刻薄起来，虽然吉津斯卡夫人相信我，甚至爱我。书包在我的臀部撞来撞去。我要去找比阿特丽斯。

"我只是说——"她开口。

"没什么好说的。"我狠狠吐出一句，大步穿过图书馆，寻找我的妹妹。

"我只是觉得应该提一提。"吉津斯卡夫人安慰我。她上了年纪，腿又不好，却依然追得上我。

"比阿特丽斯！"我大声喊。尽管我知道，这里是图书馆。

"我想看看，能否主动帮到你。你能理解吗？你的姨母，无论她现在情况如何，都可以——"

"她到底在哪儿？"我对着自己抱怨。馆内的人都抬头看过来。

"你需要抓住所有援手，任何形式的援手。所以，应该……"

"比阿特丽斯！"我喊。他们不在儿童区。我看向窗外，他们也不在窗外。我转过身，匆匆奔向工艺美术室。

吉津斯卡夫人已经很老。然而，她还是试图赶到我身前，挡住我的去路，以免我在书架之间横冲直撞。妈妈们拉走小孩，为我让路。"我知道你难以启齿，是文化将我们置于这样荒谬的境地。然而，我想告诉你，有研究人员正耐心、仔细……唉，秘密地研究着相关的情况，这并不容易。

最近,国会热衷于调查每个人。无论发生什么,都有可能存在选择。你明白我吗,亚历克斯?是有先例的,亚历克斯,有一个先例。我只是想告诉你这些。"

我不做理会,跑下楼梯,看到全身心投入手指画的比阿特丽斯。"过来,"我说,"我们回家。"

"可是我才开始!"比阿特丽斯说,沮丧地用手捂住脸颊,留下两个大掌印,一红一蓝。

"洗干净,"我简短地说,狠狠看了伯罗斯先生一眼,"你能帮她吗?"伯罗斯先生依然不紧不慢,领着比阿特丽斯走向洗手池。

"可是!"她说。甚至不想把话说完。

"亚历克斯,你能听我说吗?"身后的吉津斯卡夫人气喘吁吁。

我不知道为什么我会如此愤怒。我想到了姨母站在她被龙毁坏的房屋前。我还想到,我多么希望她出现在母亲的病房,为她报仇,为我们报仇。用充满愤怒、暴力和正义的原始力量。我的皮肤在发热,骨头在发热,图书馆在发热。

"拿好你的东西。"我对比阿特丽斯说。

吉津斯卡夫人平静下来。她双手交叠,按着圆鼓鼓的小腹,进行深呼吸。就连她的镇静,都让我恼怒。

"这是你的图书馆,亚历克斯,我的姑娘。以前是,以后也是。我很抱歉让你伤心。然而,我真的认为,或许你会有兴趣阅读相关的研究资料。如果你想翻阅的话,可以来找我。这项研究是被压制的,你明白吗?被那些曾经资助它的实体查封。如果你有兴趣,我可以帮你联系到相关的科学家。你需要明白,发生在美国的这些现象并非首例。这是一个广为人知的现象。重要的是,你应该知道,她们并不总是会消失。"

"谁们?"比阿特丽斯一边问,一边如往常一样跳到吉津斯卡夫人身边,给她一个拥抱。

"宝贝,当然是龙。"

突然之间,我感觉被钉在原地,失去了呼吸,失去了时间和动作——像一只被制成标本的蝴蝶,一根针贯穿我的胸膛,把我钉在展板上。说到底,何为愤怒?愤怒又有何用?母亲不是易怒的人。至少在我心里不是。姨母是易怒的人,她的怒火超出了身体的极限,摧毁了她的房屋,吞食了她的丈夫,留下了破碎的家庭。我不想变成那样,但是我不知道如何处理怒火。我感到世界在震颤,肌肤在烧灼,词语在唇齿间打转,如即将喷发的火山。

我不记得我说了什么,我只记得说得很残忍,可怜的伯罗斯先生听后脸涨得通红,然后说:"注意言辞!"我只记得比阿特丽斯哭了。

我抓起比阿特丽斯的手,离开了图书馆。

回家的一路,她没有同我讲话。

24

这些愤怒，来自何处？我并未被抚养成易怒的人。

然而……

步行回家的途中，我的怒气并未消散，它像固定在心底的弹簧，伺机释放。

10月初，天气依然暖和，树叶刚刚开始变换色彩，星星点点的糖果红和暗金色散布在绿色之间。我们路过一座房子，院边有一棵枝头缀满苹果的树，指示牌上写着"请采摘"。往常，我和妹妹都会留心此树，今日却都无视了它。比阿特丽斯没有牵着我的手。她走在我的前面，脚步缓慢而错愕。

我等着她说些什么。责备的话，发怒的话，非难的话，说点什么都行。我想起了母亲严厉的神情，我和妹妹做事出格的时候，她打了妹妹一记耳光的时候。是什么时候，恐惧变成了愤怒？是什么时候，愤怒变成了恐惧？还是二者从来相同？

"比阿特丽斯？"我支吾着。她加快了脚步。"比阿特丽斯，我——"

比阿特丽斯只是拉长了我们之间的距离。反正我不知道该说什么，索性揭过这一页。我的怒气没有消散，只是调整、转换了路径，在腹部游走，缠绕每一寸骨骼。

我们沉默着走完余程。比阿特丽斯是个好女孩。她只看着地面。习惯使然，我也是。然而，我不得不挣扎着控制目光，不去缓缓抬头上望，似乎天空有着某种磁力。

✦

午夜时分。比阿特丽斯和我早已吃完晚饭，我消沉地把她赶上床。听到她在另一间卧室开始发出贯彻长夜的鼾声。我站起身来，套上靴子，背起大衣，溜出门去。我给比阿特丽斯留了张字条放在门口的桌子上，以防她醒来。我锁上身后的门。

我羞于承认，这不是第一次，我在夜晚留比阿特丽斯独自在家，尽管她还小。如果她醒来怎么办？如果家中闯入陌生人怎么办？当时的我在想什么？换作如今，如果我成为母亲，我绝不可能如此。但当年我是个十几岁的孩子，和所有的孩子一样轻率、冲动、不安。开学以来，我愈加感到焦虑，不知为何，总是觉得身体发痒，似乎我的皮肤，已经不再适配我的身体。世界像一件不合身的衣服，面料僵硬，走线粗糙，贴着无情的吊牌。我极想摆脱这一切，但是用什么取代原来的世界，我全然不知。

我转入斯潘塞街，走向河边。那时候，城边的河滨充斥着废弃工厂和未开发的低地灌木丛，计划着某天建成新的工厂。那是安静的等待之地。河的对岸，是广阔的蔓越莓沼泽，每隔一段，生长着纷乱的柳树丛。夏夜的沼泽地会传来阵阵响亮的蛙鸣,在黑暗中歌唱着欲望、希冀与渴求。而今晚,沼泽地一片安静,唯有簌簌的风拂过野草,柳枝在无情的风中呻吟。

修女告诉我们,路过此地要小心。她们说,永远不要独自前往河边。毕竟,那里有男人,潜藏在暗影中,蹲伏在沟渠旁。有酒鬼和流浪汉,有性情恶劣、身无长技的无赖,还有抱着反美思想、沉溺在诗歌、烟草和爵士乐的垮掉派。(诚然,1963年,在威斯康星州的这一片,还没有垮掉派的身影。但是我们都知道,倘若他们真的出现,人们很可能在河边发现他们。)但是我喜欢在河边的感觉,如今依然。造纸厂已迁至上游,昔日的旧址依然伫立,庞大、笨拙,落满鸟群。曾有人提议将此处改成公园,然而,工业的支持者无法容忍让这条河与男性对生产力的信念脱钩。还是等等,他们说。万一还有工业巨头造访,希望利用这片空地。因此,它只是孤独地坐着,成为水貂、狐狸还有黑云般的乌鸦的乐园。我沿着建筑群的外缘徒步一周,然后走向防洪堤。这里通常无人。每隔一段时间,我就会看到威斯康星大学的一群学生过来采集河水和土壤的样本,或透过望远镜凝视黑暗的天空。

我沿着防洪堤前行,来到一处通往河中的台阶。似乎无人,我长舒一口气。我下行到台阶中段,斜倚着手肘,凝视着黑夜。已经看不到远岸的蔓越莓和沼泽地,河水也在黑暗中荡漾而过。笨重的工厂旧址挡住了我身后的城中灯火。星星一颗接一颗地出现,昭告它们的存在。

河边危险。

女孩独行不安全。

或许她们说得对。然而,宁静的感觉很好,孤独的感觉很好,无拘无束的感觉也很好,像一只鸟,意识到困住它的无非是蛋壳而已——精致、脆弱,轻敲即碎。

白天的我很愤怒,但我意识到,令我愤怒的不是吉津斯卡夫人。那应该是谁?我甚至不知道怒火源自何处。

对岸的沼泽地,有什么动物在移动。体形庞大,待在繁密的桦木丛中。我看不见,或许是一头从附近农场逃出来的奶牛,也可能是小鹿或驼鹿。这个身份不明的动物在泥泞中走来走去,迈着沉重而笨拙的脚步。我靠着自己的手肘,抬头看去。夜晚愈来愈冷,微风啮咬着我的皮肤,星光却锋利、清澈,带着逼人的明亮。白天的行为带来的羞愧如一块巨石压在心头。我大声地哀叹。

"嘘,"左手边传来声音,"你会吓到她的。"

我惊叫一声,吓得跌跌撞撞。

"嘘。"那个声音说。我眯起眼睛在黑暗中寻找。不到十米远的地方,一个男人坐着折叠板凳,旁边是一张可伸缩的小方桌,勉强大过他的膝盖。他举着设备,形似双筒望远镜,但是更大、更重,需要使用撑在桌面的支架。速记本摊开在他的面前,还有一支小笔灯。他利用那架奇怪的望远镜观测,做着笔记。反反复复。

我不清楚应该如何回复他。是我干扰了他,还是他干扰了我?"什么?"我说。

他挥手赶我。"没事,"他小声说,"我觉得她没听见。"

我环顾四周,四下无人。当然,之前我也没看见他。"她?"我问。

他指着河对岸,桦树在风中摇荡,我仍能听见沼泽深处,传来湿重的脚步声。"在那边。"他用手指。月色稀薄,仅有的光亮也自水面反射而来。这个男人很老,穿着厚厚的毛衣和一件军用外衣。温暖的帽子拉了下来,盖住耳朵。"她是不是很美?"

我再次眯眼细看。"我什么都没看到。"我说,"是什么动物吗?"

"和你我差不多。"他喃喃道。他在笔记上画线,然后坐直身体,转身看我。"是我的错。"他笑着说,"我太鲁莽了。我叫亨利,亨利·甘茨。"

为什么我听过这个名字?"你好,"我开口,无视了脑中微妙的感觉,"我是亚历克斯。"我没有告诉他我的姓氏。

他的笑容变得灿烂。"啊!我知道了!你是那个孤儿。我听说过你。图书馆的人对你的评价非常高。他们整天给我讲有着光明未来的聪明女孩的故事。"他顿了顿,"我相信他们的论断,但是我需要数据来证明。"

"噢,"我说,"谢谢你?"

"你太客气了。"他宽厚地笑了,"图书馆的人和你的图书馆,也收留了我,让我有地方做研究。我也算是个孤儿,不过是科学的孤儿,也是政治的孤儿,但这就是另一个故事了。"

我听不懂他说的话，但是"孤儿"的用词让我有些恼怒。尽管从语义来看，他没有说错。孤儿，在我的认知里，初始的语义是"失去亲人"，在学校学会这个词后，我便记住了。"孤儿"这个词很准确，毕竟我失去了母亲，父亲缺席了我的生活，我那个姨母也消失了——我只好独自一人。"失去亲人"基本能概括我的情况，但我至少还有比阿特丽斯，我们拥有彼此。

我把手插进口袋，等着它们暖和起来。"我觉得孤儿这个词不好。"我一板一眼地说。

或许他听见了我的话，但他装作没有听见。"我也听说了你今天在图书馆的小爆发。"他轻声笑，"那些人也都在聊这件事呢。"

羞愧在胃里翻搅。我应该向吉津斯卡夫人道歉，或许还有伯罗斯先生，但是要再等等。我决定换个话题。"你是图书馆的员工？"我靠近一步，试图看清他的脸，但我没认出他，"我从来没有在那里见过你。"

"不完全是。"他说着，在速记本上写写画画，"你不认识我，我不惊讶。我在图书馆搞我的研究，你明白吧？多亏了吉津斯卡夫人的慷慨解囊。上天保佑她。这个世界配不上她。我很少在图书馆的公共区域闲逛，我的研究最好要低调。所以，我的办公室有些偏僻。下班后，我才在馆内自由活动。但是，对于我们这些以好奇心为生的人来说，也还不错。"

我安静地站了很久。他没有留意到我在琢磨他的话。

他摆弄着那些奇妙的设备，写下更多笔记。我想看看笔记的内容。

"所以……你是教授吗？"我问。

"曾经是。"他说着，一只眼睛贴近观测镜，"那时候，人们都叫我博士。甘茨博士，听起来不错吧？现在，他们都叫我老头儿。"他写了一个词，用力画了一条线。

"你还是可以自称博士，"我说，"如果你愿意的话。似乎，一个人一朝是博士，终生就得是博士，对吗？"诚然，我不清楚这背后的机制。

他没有理我。"请你小声点，我不想让你吓到她。"我看向河对岸。只是为了一头奶牛？

"为什么是'她'，而不是'他'呢？"我问。随后，我意识到了自己的愚蠢，我见过的所有奶牛场都只有母牛，只有需要奶牛做母亲的时候，公牛才会被卡车拉过来。当然，河对岸肯定是"她"。

他翻至新的一页，开始记录。"嗯，这是个很棒的问题！非常敏锐！虽然，其中的大多数都是雌性，不过坦白来说并不全是雌性。这是个有争议的问题，这一点上没有多少共识，因为科学界缺少交流，思想的社群也遭到扼杀。但是别让我说起这个！"他强忍笑意，似乎这只是二人之间的玩笑。然而，我还是听不懂他在说什么。"我来回答你。我知道这是一只雌性，因为我已经观察了几个小时。她很迷人，也上了年纪。她们需要更长时间才会变老，其他方面也是如此。实话说，你还有很多年的时间，才需要去了解这些。总而言之,慢节奏是一种恩赐,非常有利于我的研究,提供了大量观察的机会。"

他是个古怪的老头儿,令人不悦。他似乎不是在同我交谈,而是在自言自语,我不想再继续了。"嗯。见到你很高兴,我得走了。"我挥手告别。

他从笔记上抬起头。"哦,非得这么早走吗?如果你留下来,可以看到她起飞。见证他们初次使用翅膀,真的很神奇。"

我的脸色失了血色。"翅膀?"我说。河水淙淙流过,沼泽咕咕作响,风吹动草木。我哆嗦了一下。我听见一声叹息,但不知来自何方。动物吗?或是身后建筑的空窗传来的微风?"噢,那边是一只鸟吗?整出这么大动静,我猜肯定是一头奶——"我不想继续说下去。为什么蔓越莓的沼泽里,会出现一头奶牛?我不想让他觉得我很愚蠢。"呃,一只鸟,你说的。"我没有给他留下多么好的印象。

他停顿了一阵,微微抿起嘴。"当然,"他说,写写画画,"是一只鸟。"他的声音很平淡。"祝你度过一个愉快的夜晚。"他转过身去,拿起望远镜,不再看笔记,开始画画。我没再开口,转身离开。

我把手插进口袋,清楚地意识到,我们的交谈尴尬地戛然而止了。我在夜色中走远。

甘茨。我为什么会知道这个名字?这名字并不多见。我绞尽脑汁回忆同学和老师的名字,难道是教科书的作者?还有可能是谁呢?此外,我还想知道,为什么一只老鸟,会是初次使用翅膀呢?

我走上台阶,回到斯潘塞街。月亮低悬于树梢,淡漠的月光在地面投出长长的影子。我一路前行,干枯的树叶拂过路面。我停下脚步,仰望天空。星空,夜的黑暗与寂静,稀薄的月光,广阔的沼泽,一切都令我惊叹。我看见翅膀的剪影从桦树的枝头显现,在点点灯光的映衬下直冲云霄。初次使用翅膀。好女孩,我想着,朝家中走去。

直到后来,我才明白,那是我所见过的最大的鸟。我摇了摇头。可能是光的把戏。

25

1947年4月15日,大规模化龙事件发生的八年前,五位学者和一位图书馆员接到国会传票,被召至众议院非美活动调查委员会做证。具体来说,是该委员会下属两级的小组委员会。这两级小组委员会的名称及其国会议员的名字,当时都是秘密,至今仍不为人知,而且很可能在无尽的修订中再无法得知。此外,证词也未解密,尽管历史学家和科学家们仍在努力研究,在大规模化龙事件之前的数年和之后的十年中,科学是如何遭到镇压和遏制的。

小组委员会决定秘密举行听证会。传票是秘密发出的,且法院对六人发出了禁言令,五位学者基本无异议,但那位图书馆员完全无视了禁令。主流媒体出于被列入黑名单的担忧,因此避免与她接触。她兴致勃勃地接受了几家致力于社会主义、种族争议和性别平等的地下报纸的采访,像是《无产阶级文化报》《解放者报》《力量报》《工人日报》等。她知道,这可能让她因藐视国会罪下狱,但她也知道大多数国会议员反正也不会阅读地下报纸,甚至直到她回到威斯康星州的家中,这些采访都不会引起公众的注意。

在闭门听证会上,四名委员会的成员表达了不满,因为他们并未得知任何有效信息,可以将受审团体与"颠覆美国生活方式的广泛全球活动"联系起来,这当然指的就是共产主义。一位成员私下说:"我只知道我们他妈的花了这么长时间,结果什么也没捞到,只尝到了被一个该死的图书馆员摆了一道的滋味。"这位委员说的是什么事,针对的是什么人,仍然无法确定。

在接受质询的六个人中,为了不说出同侪的名字,有三人被迫援引了第五修正案,被判处有期徒刑三到四年。经此一役,五位学者都失去了大学的教职,被美国学术界驱逐。

后来有传言道,他们都在图书馆找到了工作,在同一家图书馆。

至于那位图书馆员,威斯康星州的某位参议员极尽努力,希望革她的职,但是没有成功。事实证明,这位遭到质询的图书馆员是她的图书馆系统的最大资助者,还管理着一笔高收益的捐款,使旗下图书馆不仅拥有充裕的现金流,还能定期向其他急需钱财的地区提供慷慨的捐款。

倘若严格遵照国会的规范与程序,她的身份或许永远是秘密。多亏了那些地下报纸的采访,以及图书馆对这些报纸的编目、保存,还有访问渠道的投入,我们才知道了她的姓名——海伦·吉津斯卡。

当时,我对这些事一无所知。吉津斯卡夫人不会把自己所知的事大肆宣扬,也不会吹捧她占据重要地位的各项事业。她只是做好工作,从不大惊小怪。直到她去世后,我才了解这些。

她保护了多少地下的科学家？秘密资助了多少上了黑名单的学者？她支持科学的保护与延续，促进全世界研究者的交流，加深人们对已知事物的认识，并鼓励人们提出新的问题——她编织的这一张深广、复杂的影响力之网，在我写下这些文字时，仍在被徐徐揭晓。

事实上，这样活着并不坏。

26

那次爆发之后,我整整一周没有去图书馆。我变得更加易怒。我非常想念图书馆。送比阿特丽斯上学时,我眉头紧皱;微积分课上,我冲一个抱怨小测成绩的男孩发火;我痛斥了一个女孩,因为她说我留长发会更漂亮;我还叫语文课老师少管闲事。我不清楚自己为什么要生气,但是我因此被叫到了总务处。

我不介意,因为我想见到凯文修女。然而,我只见到了一位满面愁容的女人坐在桌旁,毛衣上别着一枚徽章,写着"志愿者"。

"您好?"我打招呼,"我因为行为失当被叫到总务处。凯文修女在吗?"

这位志愿者似乎快哭了。"不在。"她说,"凯文修女已经好几天没露面了。我觉得她,你明白吧……正在做些修女的分内事,比如接济穷人之类的。她只是忘了留张便条。没什么可担心。虽然我的确希望她能留下些指示。我什么都不知道!"

我肚子里泛起一阵焦虑。我喜欢凯文修女。"她还好吗?"

"当然。你之前见过她。她只是有些……跳脱。"她翻找抽屉,"我知道,这里有张我该填写的表格,怎么没人给我些指示?"

"也许你应该问问校长?"我说。我们不约而同地望向校长办公室紧闭的门。阿方斯先生在里面,对着电话那端大喊大叫。志愿者脸色苍白。我扮了个鬼脸。

"那?"我试探道,"我可以回去上课了?"

女人感激地点点头。"是的,我觉得那样最好。不管你有什么错,都不要再犯了!"

"我保证。"我说。

日子一天天过去,我越来越后悔我在图书馆的所作所为。期中考试将至,我必须在视听室参加考试。我需要吉津斯卡夫人为我监考,并在考试结束后签字,盖上她的大学印章。我还是得回到图书馆。

我的疑问逐日递增。她怎么知道?我姨母的事,我的境况,所有的事。她怎么知道?她说的先例,又是什么意思?

我试图驱散这些想法。我的问题没有答案。

我每天都要学习和做家务。我要喂比阿特丽斯吃饭,帮她洗澡,辅导她功课,给她讲故事,坚持让她按时睡觉。我还要写论文,读课本,写作业,分析小说文本,记住一些科学理论。每天醒来都是新的轮回。没有人帮助我们,我们只能靠自己。

随后的星期六晚上,我煮了米饭,焖了罐豌豆,将热狗切片,还往奶油蘑菇汤里放了些加热过的速冻菠菜。比阿特丽斯讨厌这些食物,但是食物就是食物。然后,我就出门去找她了。

巷子里有一个三栋公寓楼共用的大垃圾箱。它总是满满当当的,臭气熏天。我喊着比阿特丽斯。

"来啦!"她在远处喊道。

垃圾箱上贴着一张传单。

"你有问题,"上面写着,"我们有答案。双足龙研究协会。"没有图片,没有符号,没有电话号码。它越来越惹人生厌。我把它从垃圾箱上撕下来,塞进口袋。

比阿特丽斯高声和朋友们说再见,大步流星地转过街角,满脸通红,浑身脏兮兮的。我们面面相觑了一阵,谁也没有说话。我讨厌这样。我讨厌我们之间的陌生感。

"炉子上热着晚饭。"我说,转身走向公寓。比阿特丽斯跟在身后。我想说些什么,却不知该说什么。我们沉默地爬上楼梯,我在公寓门口莫名地站了很久。我无法让自己走进去,不知为何。比阿特丽斯把手滑进我的掌心。

"亚历克斯?"她说,声音很小。当然,我没有向她讲明我的顾虑。她只是一个小女孩,她应该做一个小女孩。我挤出笑容,捏捏她的小手。

"你还在生我的气吗?"比阿特丽斯问。

我走进公寓,关上房门,席地而坐,让比阿特丽斯坐在我的膝间。她不能再受刺激了。我弯起手臂紧紧抱住她。她身体小小的,几乎像一只蟋蟀。我幻想着将她揣进随身的口袋,突然之间,这个想法令人难以忍受。

"我没有生气。"我对她说,"我从来没有生气。是我反应过度，让自己出丑了，仅此而已。"

"为什么？"她问。

我能说什么呢？我想告诉她真相，但是不知道从何说起。或许，应该从母亲强迫我不停说谎开始，以及我们如何在谎言上建立家庭，最终，大多数人都相信了这个谎言。比阿特丽斯是我的亲妹妹，我没有姨母，我们不谈论龙。母亲已经走了，可这些规则还在。坦白说，生活在她的规则下是舒适的，也是安全的。

"我不知道。"我说，这句话有九分真。"我爱你。"我补充道。这句话有十分真。

比阿特丽斯的脑袋靠在我的肩膀上。我们只有彼此，我们是最亲的家人。

这能有多难呢？父亲曾说。

真的很难。这是我的回答，他不明白。

◇◆◇

那天晚些时候，我让自己尽情沉浸在学习中。那是极为愉悦的感觉，超越了时间，超越了空间，甚至超越了自我。比阿特丽斯在另一个房间里均匀地呼吸。走廊上，水龙头滴着水，两个男人在对喊，低沉的声音穿透了墙壁。这些都不重要。每一个问题，每一道证明，都自成宇宙——均衡、复杂、完整。每解完一题，我都会迸发一股深深的满足感。我可以学一整夜也不觉疲倦。

敲门声将我一把拉回了现实世界。我吓了一跳，像挨了记耳光。我差点喊出声。我看向时钟。十二点半。这么晚,是谁?谁会在这时候敲响我家的门?

我心惊肉跳,父亲曾经警告我要提防陌生男人,但他随即补充道,我不像母亲那么漂亮,也就是说,我不必太过担心。话虽如此,父亲还是留下了一根棒球棍,让我放在门边以防万一。我没有放在门边,我敢肯定比阿特丽斯一旦发脾气,就会用它打碎窗户。我把棒球棍放在了冰箱顶上。现在,我手里抓着它,站在门口,没有开门。

"谁?"我问。我抓紧球棍,努力让自己显得更坚强。

"吉津斯卡夫人。"门口的声音说。

房间似乎晃了一阵。

"什么?"我说。

"吉津斯卡夫人。"她重复了一遍,"现在开门,让我进去。你的邻居正透过门缝盯着我。不得不说,我不喜欢这样。或许应该有人告诉他,没人喜欢偷窥者。"一阵沉默过后,走廊传来关门和上锁的声音。她说得对,汉森先生是个古怪的人。

我的手依然握着门锁。我还是没有开门。"但是,"我咽了咽口水,"你怎么知道我的住址?连学校都不知道我们住在这里。所有邮件都会寄到我父亲那里。"

"我是图书馆员,"她草草地说,"这类事和我的工作是相通的。现在,开门吧。"

我打开门。

解释一下,我的公寓很小。它有一间承载了大多数任务的客厅，还有一间位于里侧的小卧室。卧室不过橱柜大小：一扇小窗，一边仅能容纳比阿特丽斯的小床，另一边放着一根长长的晾衣杆。梳妆台位于客厅，客厅的墙与墙仅八步之遥，一面墙边就是小厨房，中央放着一张镀铬的桌子和两把椅子。书架沿墙而立，大多是我用废家具、旧砖块和支架搭成的。支架是我在金属车间制作的，我是那里唯一的女孩。

我效仿母亲往日的做法，打开热水壶，摆好两个茶杯，放入立顿茶包。她还会准备一些方糖和柠檬片，但是我没有，我们只能噘着嘴喝茶。进来以后，吉津斯卡夫人和我都没有说话。我沉默地挂起她的大衣，她沉默地坐在桌前，我沉默地倒好茶水，我们沉默地面对彼此，小口抿茶。

终于，她开口了。

"亲爱的，我很抱歉，"她说，"上周的事我很抱歉，很抱歉我没有来得早一点。我一直盼你去图书馆。对不起，我本应该再多做一些……"她沉思了好一阵。比阿特丽斯在另一间屋子打着响鼾，鼾声如轻柔起伏的波浪。"年轻的时候，我懂得在对话时小心翼翼，倾听话里话外的意思。这个技巧曾经帮了我很多，如今恐怕有些生疏了。漫长的职业生涯让我更愿意大步往前闯，而不是优雅地行进，但看来这次刚好踩到了你的禁地。"她双手交叠，指节顶着下巴，目不转睛地看着我，"我不想让你难过，亚历克斯，真的，我也很伤心。"

然后，我们继续沉默。

我低头，看着双手。燃气灶发出咝咝声，水壶隆隆作响。

"听我说,在你眼里,我一定是个坏脾气的图书馆老太太,但是这并非我的全貌。亚历克斯,我能懂你一些,因为我过去特别像你。老师告诉我的移民父母,我得去上大学,那时我才十三岁。教区的教士募捐善款,供我去读大学。我还不知道会经历什么,我参加了入学资格考试,也考得很好,就像你以后那样。毫无疑问,我配得上那里,我比那些依靠祖辈财富的人想得更深刻,走得更长远。"吉津斯卡夫人眉头皱起,显然是想起了当年和她一起上学的人,"但是我依然需要别人的帮助才能走到那一步。在我那个小地方,有一位老师,她了解那个世界,了解那其中的不容易,因为象牙塔的大门不会向贫苦农民的女儿自动敞开。"她闭上眼睛,用鼻子慢慢地吸了一口气。"她明白机会的价值,她也为我争到了那个机会。我相信她,我的父母也相信她。我常常想,如果我们没有相信她会怎样。"她抿了口茶,"我需要你的信任,亚历克斯。我需要你相信我,我知道这个要求有些过分。"

另一间屋子的比阿特丽斯在梦乡,叹息,打鼾,翻身。她的床嘎吱作响。我抬高脑袋,竖起耳朵,吉津斯卡夫人看着我。比阿特丽斯的鼾声重回轻柔,我放松下来。

"当然,你的情况不同,更加棘手。你有一位表妹,如今既是你的亲妹妹,又是你的孩子。我知道你不这么想,但这是事实。"

我摇头。"我有一个亲妹妹,我的母亲已经去世,我的父亲也做了他能做的。"

吉津斯卡夫人挥手哼了一声。"你小时候,差点失去过母亲，化龙事件发生的时候她差点再次离开……噢，不要表现得这么惊讶，这只是一种生物现象，毛毛虫会讨厌蝴蝶吗？不，当然不会，人们对这件事的反感是没道理的。当然，我明白背后发生了什么。毕竟我是图书馆员，记录信息是我的职责。你永远失去了母亲，而且对任何人来说，十几岁失去母亲都是最糟的事。这不是她的错，她尽力了，却无法改变，留下你独自一人。你的父亲将自己的责任丢给了十几岁的孩子，这是一个男人能做出的最低级的事。相信我，我曾考虑过社会服务，但最终没有那么做，我唯一的理由是我无法让自己拆散你和比阿特丽斯。如果他们介入，这很可能发生，也必将成为真正的灾难。我不能容许这事发生。"

我看着课本，那是图书馆的书，但是吉津斯卡夫人允许我借阅一整年。"我知道，你会善待这本书。"她曾这样说，"更何况，我知道你住在哪里。"她使了个眼色。那时我还以为她说的是我父亲的房子。她知道多久了？

我的思绪盘旋、纠缠，然后陷入不可思议的静止。身处眼前的情景，你会说些什么？应该如何回应？我母亲总是知道该说什么，她知道如何泰然处之，准确应答。我摇摇头，彻底茫然了。我像一处屋子的废址，旋风席卷而过，将我撕碎，徒留我在原地。我没法将碎片连接起来，没法找到有意义的东西，也没法在混乱中建立秩序。但是我总要说些什么。"你想来点吃的吗？"长时间的沉默后，我终于开口。

吉津斯卡夫人笑了。"不用，亲爱的，谢谢你。我们还有很多事要讨论，但我以后会注意分寸。我会重提龙的话题,你要做好准备。我知道你可能会不舒服,甚至有些生气。我可以理解,毕竟你经历了那么多——但我希望你明白,是文化的因素让你有了复杂的感受,这些因素有些荒谬,我们应该面对它。有些人,甚至不乏女人,会对女人抱有这样或那样的问题。这背后是一种叫父权制的东西。我相信,你就读的学校一定不会讨论这个问题。然而,父权制依然是一种毫无必要的压迫性障碍,需要人们尽快解决。重要的是,我站在你这边,站在比阿特丽斯这边。我正努力想办法让你继续受教育,你也必须接受教育,同时保护你的小家。我想,我或许发现了什么,但目前还不能细说。你只需知道:事情正在推进,我们正处在某个重要的节点,新闻对此还没有报道,但以后会的。"

吉津斯卡夫人拍拍我的手,站了起来。

我也站起来。

"我……"我有些哽住了,好像有沙子卡在了嗓子里,"我只想……"我的眼睛热热的。

吉津斯卡夫人系好檐帽,手臂伸进质地粗糙的粉色外套。"你什么也不用说,亲爱的。只要相信我。"

我扶住额头,止住涌动的思绪。"但是,我很抱歉。"我说。我不敢看她的脸,而是低头看向她的鞋。那是双棕皮鞋,鞋带齐整,鞋跟结实。"我……我没有生气。"我摇了摇头,"我通常不会生气,但最近……"话在这里停住了。

吉津斯卡夫人温柔地伸出手,托起我的脸颊,我不得不面对她的眼睛。它们闪着奇异的光彩。"愤怒是很有意思的，如果我们把怒气藏在心里，会产生有意思的影响。我希望你想想，亲爱的，如果你强行压制怒火，谁会受益呢？"她歪着头严肃地盯着我，眼神直逼我的骨髓。她扬起眉毛："显然不是你。"

我脸色发白，我从未那样想过。

她环视我的小家。"看看你住的地方，想想你的遭遇。你不生气吗？见鬼，我都替你生气。我需要出差一阵子，有些人要见，有些事要谈。我不在的时候，伯罗斯先生会替我监考。关于龙的事，我还有很多话要讲，但是你明早还要上学。你的身边没有人告诉你现在该睡觉了，所以由我来说吧。你要照顾好自己。世界在变化，你要好好的。上床去吧，好好睡一觉。然后抬起头来看看天上，天空充满希望。你并没有你想的那么孤单。"

她轻轻拍了拍我的脸颊，然后转身离开。

我在客厅中央站了许久。时钟嘀嘀嗒嗒，冰箱隆隆作响，大楼深处的管道发出砰砰声。我听见，吉津斯卡夫人打开车门，驾车离开。

然后，我按她的话，缩进毛毯，没等躺下就进入了梦乡。

27

那年的冬天来得早些。10月11日的早晨，天空阴沉，寒风大作，茫茫的雪片飘落在地。农民手忙脚乱，庄稼毁于一旦。寒气深深浸入地面，我们的靴子在密实的雪地和灰色的冰面上嘎吱作响。我和妹妹把旧袜子塞进窗缝，我煮了喝不完的锅汤。每天到学校的时候，我们都围着一圈圈围巾，脸被寒气冻僵。

我打电话向父亲索要额外的钱，为比阿特丽斯购买新的大衣、裤子和靴子，因为从前的冬衣已经不再合身。除此之外，我们放在公寓仓库的冬衣箱里的手套都遭到了虫蛀。当然，父亲每个月定期打钱，足够我们应付小笔开销，但是大衣很贵，鞋子也是。

我拨通了那串号码，很不巧，接电话的人是继母。

"你父亲不在。"她说。电话那端传来尖叫，是一个婴儿和一个幼童的声音，那是我从未见过的弟弟们。直到我写下这些文字的此刻，我也没有见过他们。有些苦衷是长久的。

"噢，"我说，"有没有合适的时间，我可以去找他？"通过电话，我和继母有过几次寒暄。但我知道留口信是没用的。

"还不好说。"她回答，声音平淡，"或许我可以给你捎话。"

我暂作停顿。我已经记不起她的面容。她曾经是个秘书,我父亲的秘书。我想象着一个女人的模样,利落的西装,盘得紧紧的金色发丝,手指上沾染的墨迹,还有在地板上嗒嗒作响的高跟鞋——人们以此知道她何时来,又何时走。我想象着光滑的丝袜、熨平的衬衫,还有为衬托眼睛而巧妙勾画的眉峰。我猜她已不复当年的模样。她住在母亲的房间,用着母亲的厨房,很可能也侍弄着母亲的菜园,种了些牵牛花和青草之类的无聊东西。我知道她睡着母亲的床。除此之外,我对她一无所知。直到那一刻,我才意识到这种状态有些奇怪。

"好的。"我说。婴儿的尖叫越来越高,稍大点的孩子扯着嗓子发出警笛般的哀号。我决定速战速决。"通常,出现意外开支的话,我会告诉父亲,他会在平日寄来的信件里多放一笔钱。"

"哦,他现在是这样。"继母说,平静之下是难掩的沸腾。背景中似有轰鸣声,但是继母不为所动。我听见她绵长而缓慢的深呼吸,像蛇波澜不惊地吐信。

我努力保持声音的轻快。"是的。"我说,"比阿特丽斯还穿着去年的大衣和靴子,事实上,前年也是这一身。这些衣物实在是太小了,我需要买新的。我想知道,父亲能不能多寄一些钱来帮忙。"

或者他直接带着钱过来。我苦涩地想。亲自过来,遵循他当初的承诺。

"我觉得这恐怕不行。"继母说。

"为什么?"我问。

"你知道。"她开口,试图改变话题,然后又停下来。一阵咝咝声打破了沉默,如微风拂过庄稼地。"我们这里还有几箱你母亲的旧物,上衣、大衣,还有鞋。这些衣服我一件也穿不上,毕竟她的身量像个孩子。还有她的书。很多……"又是停顿,又是噼啪声和咝咝声,"数学书。"我似乎听见了她厌恶的神色。"不如,你今天下午过来一趟,把这些东西取走?"

我拿着话筒出神了片刻,那一刻,我完全忘记了钱的事。"我母亲的……旧物。"我试图理解这句话。"有几箱?"我问道。

"五六箱,我猜有几箱也是留给你的,我没太仔细看。对了,可能还有留给你的……"她顿了顿,"你的小朋友。"

"比阿特丽斯?"我问,"我妹妹?"

"对。"她说。

所以她知道。她当然应该知道。我好奇,还有谁知道?

继母咳嗽几声。"我本想把箱子送到旧货店,可是你父亲不让。"又一阵混乱的嘶鸣。是她的呼吸吗?我想象着她的鼻孔张大的样子。"他说,他想等你再长大些,完全独立以后,不再给别人……添负担时,再交给你。"又是咝咝声。我意识到她可能在抽烟。母亲从不抽烟。姨母有抽烟的习惯,但不会一直抽,也不会在家抽。那声音又来了,夹杂着噼啪声。婴儿还在哭闹。"总之,你需要衣物,这里的地下室刚好有衣物,再买新的可不明智,正好我也要腾空地下室。所以我想等你下午过来。"

"等等！"我的大脑飞速旋转。我在想，在雪天里走到父亲家再跋涉回来要花多长时间。我合计了下时间，摇了摇头。这怎么能行？"但是，"我说，"我怎么把这些箱子弄回来呢？您有车吗？"

又是一阵嗡嗡声。"没有，"她沉闷地笑了，"你父亲不让我开车。显然，开车不够淑女。不过，你的旧雪橇还在地下室。我们也有绳子。我听说你是个聪明的女孩，很擅长摆弄这些物件，你老师总是打电话来说这些，所以我相信你能想到办法。"

我倒抽一口气。"老师打过电话？"

她挂断了。

我在电话旁站了很久，后颈的汗毛直竖。继母一直和老师们有所交流。她跟老师们说过什么？

下午1点多，我和比阿特丽斯才到。我暗暗希望，父亲应该已经回家了。我说不出为什么。或许一部分的我希望他是个理性的人，但我为什么会这样想呢？他从未不通情达理。我们敲了敲门。比阿特丽斯踮着脚尖，蹦蹦跳跳。

"我记得这个房子！"她说。

"是吗？"我心不在焉地回应。我还是小女孩的时候，母亲消失了，父亲和姨母只是避而不提，他们希望我会忘记。我没有，我当然没有忘记……但实话实说，我偶尔的确会记不起。那些日子，我常常整天都不会想到母亲。如今这个事实让我吃惊——随着年龄的增长，我发现自己几乎每时每刻都要想着母亲。

门开了，继母站在门廊。我本以为她会穿戴整齐，像往日的母亲那样。但是没有，已经是下午，她却还穿着闪着光泽的丝质睡裙，上面绣着花朵，扎紧在腰部。这是我第一次看见她站在我的面前，她很高，甚至比姨母玛拉还高，也更加美艳。她的发丝染成金色，固定在卷发筒上，尾端用薄纱巾系紧。她抱着手臂，交叉在丰满的胸前，俯视着我和比阿特丽斯，像古代的神祇站在山顶，凝望行为不端的信徒。她很漂亮，却神情轻蔑。

刚刚比阿特丽斯还充满热情，现在却突然羞涩了。她躲到我的身后，抓住我的外套。

"我父亲在吗？"我问。忽然觉得跟这位充满敌意的女人走进屋内不太安全。我犹豫了。

"不在，"她说着，转身走向屋内，"他出差了。"

"孩子们呢？我们的……"我不知道如何称呼。我的弟弟？我的异母弟弟？我不确定。

她甚至没回头看我一眼。"我把他们送到我娘家了，"她说，"我没打算让他们见你们。"我牵起比阿特丽斯的手。

客厅完全换了模样。母亲编织的窗帘和桌旗不在了，墙上一家四口佯装幸福的照片不在了。同样不在的，还有外公外婆穿着盛装、站在老农舍前的照片。家具也换了新的。墙上贴着我不喜欢的壁纸。

"嗯，"继母说，"带你去取箱子吧，我没有多少时间。"

我叮嘱完比阿特丽斯，叫她坐在沙发上看她自带的漫画书,然后前往地下室。地下室的霉味比我印象里更重,似乎很久没有打扫通风了。箱子很重,但是并没有大到不好拿。一共有五个箱子,每个箱子上都有父亲手写的母亲的名字,每个名字都被其他记号笔潦草地涂抹掉了一部分。

"就是这些吗?"我问。

"对。"她说,避开了我的眼睛,"希望你没指望我帮忙,我的腰背受不了这个。"

"我没有。"我尽可能温和地说,"我长得和母亲一样小,但是和她一样有力气。"

"你像不像你母亲,我可不敢说。"继母有些不耐烦,她回身上楼,留下我自己用力拖箱子。我看见了我们的旧雪橇,上面是木板,下面是金属的滑板。可以把轻一些的雪橇给比阿特丽斯,这样我们就能顺利回家了。我找来一瓶矿物油和一块抹布,为金属滑板涂油,让它在雪地上走得更顺畅。我在脑海里快速地想了下该如何堆放箱子,如何打结,然后就动手了。我把雪橇拖到外面,把箱子一个接一个地搬上楼,然后用绳子把箱子绑在雪橇上。

我回到客厅,穿好大衣,背上书包。比阿特丽斯依然沉浸在漫画中。继母坐在她的对面,看一本杂志。如果我和比阿特丽斯没有被送走,如果我们被允许留在这个家,或许就会是眼前的场景。继母和妹妹同时翻动书页,同时歪头向左。我想知道,这种场景是否会产生效果。或许妹妹的快乐可以消减继母的怒火,或许满屋的儿女可以软化父亲的心,或许……这时,继母抬起头来,看向我的眼睛,尖锐的眼神回来了。

或许不行,我确定了。

我忽然意识到,这或许是我最后一次走进这座房子,心里有些莫名地作痛。我的呼吸凌乱了片刻,我竭力回归平静。突然之间,回忆将我淹没。母亲穿着园丁服。母亲穿着绣花裙。母亲和姨母在桌边打牌,她们仰头大笑。母亲赤身躺在床上,姨母为她的伤口擦油。(乳房的两处咬痕,烧伤处闪亮的红印,我知道,这些伤口当然不是怪物造成的。但回忆是多么有趣!)母亲蹒跚着从医院回到家里。母亲倒在地板上不省人事,血流不止。这里到处是母亲的影子。还有——

我喘息。

还有姨母。

我最后一次见到她。

"呃,"我开口,"我可以看看我之前的卧室吗?"

她请我收留她的宝藏,她问我是否有一处秘密的据点。

继母皱起眉:"去干吗?"

母亲从不知道。

我双手插兜,让自己冷静下来。"就是看看。"我说着,努力维持着自然的神色。面无表情,就像我的母亲。我重心放在脚后跟上,装作若无其事的样子。

继母把杂志夹在腋下。"你请便。"她说着离开了客厅,往楼梯走去。她头也不回地说个不停:"别指望我送你出门,我去洗澡了。周六是我的私人时间,你懂吧。"仿佛来这里全是我的主意,仿佛我在利用她的善意。她走上楼,关上了浴室的门。我等待，直到听见水龙头打开的声音，才急匆匆上楼。比阿特丽斯没有跟着我，我估计她的眼睛压根没有离开过漫画书。

卧室也面目全非了。母亲在墙上涂画的云朵不在了，姨母送我的志愿紧急服役妇女队的征召海报也不在了。墙壁一改原有的淡紫色，变成了白色，顽皮的男孩们在上面留下了脏污和划痕。房间里四下都是玩具。

我跪在地板上，打开衣柜。

那块隔板依然松动。我伸手取出里面的东西：几个笔记本、一些画，还有很久之前索尼娅送我的一本手工装订的画册。此外是姨母留下的一扎信件，以及画着龙脸的小册子。我没来得及检查它们，更没多逗留，我只是把它们塞进书包，合上隔板，然后匆匆离开。

继母还在浴室，水流发出雷鸣般的响声。比阿特丽斯从漫画上抬起头。

"我们的卧室变了吗？"她问。

"变了。"我说。

她紧抿着嘴唇："那我不想去看了。"

"不用去看，宝贝。"

比阿特丽斯环顾四周。相比从前，一切都更加暗淡，更加丑陋。我从未意识到母亲为这个家，为每个角落倾注了多少心血。她的缺席在这里体现得太过明显。

我和比阿特丽斯拉着几箱关于母亲的回忆，踏着雪地回了家。

美国联邦当局对大学医疗机构进行突击搜查

选自《红衣主教日报》，1963年11月19日

上周末，威斯康星大学麦迪逊分校的学生健康中心遭到突击搜查。截至周一，该校领导依然保持缄默。目击者称，上星期六早晨，几辆货车停在街边，十几名联邦当局人员和少数州执法人员进入了大楼。

近日，学生健康中心因向学生散播权责范围外的信息而广受抨击。此外，过去的几年里，该中心因猥亵、亵渎、诽谤和无证行医等罪名屡次被州级部门传唤。该中心多次上诉皆遭法院驳回。星期六的搜查明显为州检察官与联邦检察官的联合行动，显示了事态的升级。

记者向州长办公室、州卫生部门、戴恩县警察局、联邦调查局地区办公室和美国法警局提出置评的请求，但截至发稿时尚无回应。不过，麦迪逊市警察局的发言人发表了以下声明："敬告任何打算非法成立临时性医疗单位的人，以及所谓'为好奇者提供义诊'的人，停止你们的所作所为，我们正看着你们，我们将起诉你们所有人，以免你们再去腐蚀那些没有戒心的年轻人。"

28

我花了很久的时间，慢慢整理母亲留下的遗物。我熨烫每条裙子，打理每顶帽子，把长袜晾在箱外。我浸泡手套，手洗围巾。每天晚上，我都会拿出几个小时，琢磨母亲留下的绳结手艺，研究每个麻花结和螺纹结的数学原理，以及同心圆结背后的逻辑。她的编织技艺体现在她手织的蕾丝上，也体现在复杂交织的网眼图案上，如缝在裙侧的一簇点缀，或是腰身和皮带上极繁缛的编花。我确信，母亲对绳结的痴迷自有意义，其深处是一种真挚的信仰。然而，我无论如何都猜不透它。

我找到了母亲写满图表和方程式的笔记本，还有那些写满潦草批注的书籍。似乎从那时，母亲就在收集证据，来验证一个她从未写在纸面上的假说。我不知道她的逻辑，也不知道她的观点。母亲一如既往地神秘莫测。我只知道，这是个很美的假说。这假说的一切都是那么美。母亲的离去在我的生命留下裂痕，在宇宙留下空洞，那里本该有母亲的身影。

我慢慢用薄纸包好每件衣服，挂进衣柜的内侧，或者把不需要的衣服拿出来准备卖掉。在写着"亚历山德拉"的纸箱里，我找到了足够的冬衣。我们还可以将母亲的一些精致的连衣裙卖到二手店，用换来的钱购买其他物件。

现在的日子很好。我不敢去想象未来，没法为未来拟定计划。我们只能一个劲地往前走。

父亲几乎不再来电话了。直到12月底，我才收到他的来电。他唯一给予的事物，就是每月的零用钱，以及沉默。一开始我很高兴，但一段时间后，我觉得有些奇怪。我没有想到我会想念他。我给父亲的家打了好几次电话，但是无人接听。

圣诞节前的四天，他打来了电话。他咳得厉害，问好都有些勉强。

"爸爸？"电话那端是剧烈而干涩的咳嗽声，"是你吗？"

"当然是我，"父亲吼道，"还有谁会打给那台我给你付钱的电话？"他又咳了一声。"话说回来，我真得问一下，还有谁会打给你？我不希望你利用这条件做错事，让你家人丢脸。"

"我很高兴你能打过来，"我冷漠地说，"我每次打电话过去都没有人接，你们还好吗？"我尽量不在声音中露出脾气，掩盖打哈欠的冲动，那冲动强得叫我想把地球一口吞下去。父亲说过，不会让我孤单。他说谎。

"能有什么问题？一切当然很好，还能有什么不好？"对面传来几声响亮的吞咽。我希望那是治咳嗽的药水，但是我知道大概不是。

比阿特丽斯在外面玩耍，和邻居的孩子们堆雪堡。她还有作业要写，成绩也在下滑，但我不忍心喊她回家。

最后,我忍不住了。"爸爸,圣诞节你有安排吗?我们能见到你吗?"我不知道为什么要问这个。搬来后我们就没见过他。

父亲忽略了这个问题。"我在俱乐部遇见了你们的数学老师。"我知道,他说的是"酒吧"。

"现在吗?"我平静地问,"那他有没有告诉你,我不应该上他的课,他只是把我当成了免费劳动力?说实话,他们应该给我发薪水。"

"女孩谈钱太粗鲁,"父亲说,"你妈妈应该教过你。"他毫无幽默感地笑了,更像是冷哼。"你总是太不饶人,这对你自己不好。你从小就这样。你的数学老师说他为你写了大学的推荐信。我猜,是别人逼他写的。你也知道我对你上大学的看法,浪费时间,浪费资源。你该准备成为有用的公民了,为伟大的美国经济贡献力量。女孩们这样才能找个好丈夫,你难道不想吗?要是等得太久,错过了机会,那可太傻了。我不理解你为什么对此嗤之以鼻,为什么老想着超越自己。我告诉过你妈妈,别给你灌输荒谬的想法,但是她不听。"

我咬着下唇,保持沉默,用鼻腔做了一次深呼吸。"嗯,这次聊天真高兴啊。还有别的事吗,爸爸?或者,我应该叫你格林先生。"

"要点脸面!"父亲说。他的声音又被一阵咳嗽声淹没了,我等了很久它才过去。最后他说:"我在想,能不能让你改变主意。"

"关于读大学的事?不能。"我已经提交了入学和奖学金的申请。我现在能做的就是等待。"事实证明,我爱数学胜过爱婚姻。"就像母亲。我想补上这句话。但我没有。

父亲又在咳嗽。"那个图书馆员来过。来办公室和其他地方找我。我一直不喜欢她。"

"吉津斯卡夫人?"

"应该是这个名字。她总爱多管闲事,一直都是。你妈妈第一次住院的时候,这个惹人烦的女人就出现了,对着护士们唠叨不休,大声斥责,直到她们答应让她每天坐在病房里,对着你可怜的妈妈胡言乱语。过了几天,护士打电话向我抱怨,你妈妈不停地背诗。都怪那个该死的图书馆员。我给管理员打了电话,才制止了这一切。"

"诗?"我问。房间天旋地转。我倚着墙壁。"林木枯萎,"我背着,"林木枯萎倾颓。"

"我看,她也给你洗脑了。"

母亲的脸庞浮现在脑海,在不同的阶段变幻。生病前面色红润,带着笑容的母亲。错误地回了家的母亲。在菜园劳作、晒黑、健壮的母亲。表情因愤怒而扭曲,狠狠打了一耳光的母亲。眼蒙灰雾,双颊凹陷的母亲。逐渐萎靡、空虚的母亲。像蟋蟀的壳,被风吹走。

我背出这首诗:

> 寒冷的玫瑰之影遮蔽我,冻结你
> 周遭的光线,我冷皱的双足,
> 踏上流光的门槛,水雾

升腾于昏野或

住着幸福人的家园,他们得以选择死亡;

升腾于满覆青草的坟冢,

更幸福的人,长眠于彼。

释放我,使我重归大地。

"我讨厌这首诗。"父亲说。

"妈妈喜欢。"我闭上眼睛,"她也让我为她读。在医院,在她临死前。每天一遍又一遍。"

我永远不会向他承认——当时不会,以后也不会——我像他一样,讨厌这首诗。

父亲沉默了许久。"呃,她就是这样。"吞咽的声音,然后又一声,"我打电话来,是因为,和你想的不同,亚历山德拉,我是在乎你的。国家开始失去理智。餐馆和学校出现抗议者,国会大厦发生骚乱,工会的暴徒破坏了赚钱的生意,酒吧也有暴乱,都是……你知道……那帮家伙干的。年轻的姑娘们开始随心所欲,全然不顾家庭和未来,诸如此类的。还有更糟糕的、我说不出口的事,你也不应该提。我们的国家怕是要发狂。现在都疯了,这座小城,我们的小城。他们的传单、地下会议、秘密社团。紧接着,就是游行、暴动、完全的混乱。这就是眼下的情形,你要保护好自己。"

"爸爸,你知道自己在说什么吗?这不可理喻。我附近没有一场游行,一场都没有,也没有暴乱。如果有,我一定会看到。不管是谁说的,这些事都没有——"

"听着,"他说,声音尖锐、绝望,"有些想法很危险,你明白吗?有些观念会颠覆人们的生活。家庭会被毁掉。我和你妈妈试着让你远离这些事。我们都认为无知即安全。我希望你已经为自己找到一个好男人,和他订了婚。知道你没事,我就放心了,真的。我告诉过你妈妈,要把你培养成适合婚姻的人,但是她从来不听。我觉得,料理家务对你有好处。眼睛盯着地面,努力让未来更美好、更牢靠。但是你没有,你让那个图书馆员给你灌输数学、大学和其他屁话,事情才会变成这样。"

我觉得一阵眩晕,瘫坐在地上。电话线被拉紧了。"我不知道你想让我怎么做。"

他叹了口气。"晚上不要出门。"他说,"离那个图书馆的女人远点。你不懂她的过去。我听说,就连埃德加·胡佛都怕她。"

"爸爸,没有人会怕小老太太,不要瞎说。"

"你太天真了,听你爸爸的,听你老师的,不要和陌生人讲话。你要知道,我不能一直保护你。"

我咬着嘴唇。他没有保护我们。他知道他在说谎吗?还是他认为我不会注意到?不过这都无关紧要,他会支付公寓的费用直到 8 月,每周六会有食物和日用品送到,零用钱也会按期打入账户,我不打算拿钱的事冒险。"好的,爸爸。"我说。

"很高兴能和你聊这些,亚历山德拉。"

"是亚历克斯。"我说,然后挂断。

她们会归来吗？从科学角度来看，答案显而易见。对于某种生物来说，回到出生的地方并不少见，比如西北鲑鱼；回到变异的地方也不少见，比如角蟾。为什么龙不会如此？我们从未见过龙的大规模回归，没有看到它们是否会回来的线索。不错，在久远的民间传说中，对化龙女孩故事的议论都很模糊，往往还伴随恐惧。但我们可以从中得知，龙的确会在某些时候回来。在尤瑟城堡深处打斗的龙，真的不过是两位吵嘴的姨婆吗？我更倾向于认为可能就是如此。那头名为维沙普的龙，在阿勒山生活的几十年里抚养了一大家孩子（其中既有龙也有人类），她仅仅想做个慈祥的养母，为她所爱的孩子建一个家吗？这很难说。但我可以在本文断言，我必须向我的同事、我的领导、美国国会，乃至我的国家提出警告：闭目塞听、拒绝思考，对任何人都没有好处。我们还有太多的事没有了解，有太多的工作需要完成。我们看到成千上万的女性蜕下皮肤，变成张牙舞爪、迸发热量的暴力生物，这个国家被集体性的创伤、悲痛和恐惧所笼罩着。一股无情的压力迫使我们移走目光，拒绝谈论，选择遗忘。坦白来说，遗忘很容易。然而，没有提问，则没有新知。当鲑鱼回来时，河流会怎么办？它会自行筑坝,挡住所有入口吗?当蝴蝶回到它作为卵、虫、蛹生活过的树叶上,树会怎么办?它会因恐惧而颤抖,还是张开枝丫欢迎流浪的生命?那么,当在怒火中尖叫着飞向天空的母亲决定回来时,一座城市该怎么办?如果她们都决定回家,这个国家该怎么办?

——选自《化龙简史》,作者 H. N. 甘茨教授,医学博士。

29

1964年3月23日,同往常一样的开始:比阿特丽斯扑到我的床上,把我摇醒,直到我们俩都摔落在地。

"要迟到啦!要迟到啦!要迟到啦!"她扬声道。我用手指抵住嘴唇,示意她放低声音。当时是凌晨五点,公寓的墙是很薄的。

"迟什么到?"我打了个哈欠。

"今天!"比阿特丽斯喊,"你今天要迟到了!"她在房间里打转。

我揉揉脸。五点是个好时候,适合开启任何新的任务。我还有两套习题没有做完,我得在周五前将它们邮寄给老师。

"好吧,"我说,"穿好校服,洗洗脸,我去做早饭。"

吃完鸡蛋和烤面包,喝完速溶咖啡,我给妹妹的校服套上了画画穿的罩衫,安顿她在我写物理作业时画画。

外面响起了警笛。我冲了第三杯咖啡,写完了作业,为信封贴好邮票,准备上学。

比阿特丽斯的脸紧贴着玻璃,窗外的天又红又金。"就是今天!"她向世界呼喊,"就是今天!"

"你在说些什么?"我心不在焉地问着,一边寻找一双干净的袜子。比阿特丽斯没有理我。

窗外，寒冬的魔爪刚刚开始退却。此前，每条人行道都耸立着一个个雪堆，仿佛战栗的山口处于雪崩的边缘。如今，它们都坍塌成了街上漆黑的大水潭。我和妹妹穿着厚重的胶靴上下学，到学校再换成平底鞋。我骑自行车，比阿特丽斯蹦蹦跳跳地走路。"就是今天！就是今天！"她扯着嗓子高声唱着。

我有些恼火。我们到了她的学校。我蹲下身来，为她重新扣好胶靴，还有太阳穴上方的发夹。这都是徒劳之举，等到中午，她的头发又会乱成鸡窝。

"我好开心。"她紧紧地抱着我，"我超级爱你，亚历克斯。多好的一天呀！"她抬起头望向天空，然后跳上台阶，头也不回地走进教学楼。

"搞什么怪。"我不自觉地笑了，又感到一瞬的窒息。我非常爱她。每隔一段时间，爱就会突然涌现，令我猝不及防，把我击倒。我告诉自己，无论毕业后我何去何从，我和比阿特丽斯都在一起。我和比阿特丽斯，我们对抗世界。

我单腿搭上自行车，用力蹬了一脚，滑过又宽又黑的水潭，在身后留下一道长而平柔的波纹。

上学的时候，我们找着通往教室的路，校园广播日复一日地播送和上月相同的通知。"发现任何……呃……不寻常的事件，听到任何谣言，请立即上报学校。"没有人把它当回事。对于我们来说，那就像是在警告我们当心可能出现的苏联间谍，或是为预制的辐射避难所做的宣传，再或偶尔的空袭演练。我们已经不是小孩子，早已明白抵制大麻狂热的海报全是虚假的，有很多女孩既可以和男孩们开车兜风，同时保持优异的成绩和校园里的地位。这个世界有许多假象，而且看起来有很多就粘在走廊的墙上，或是从学校的广播中传出。我将其拒之门外。

利奥妮修女，我的法语老师，正用课本敲着讲桌，用法语劝告我们专心听讲。

"好的，老师。"我们谦恭地说。

第三节课上到一半，又有一则通知。我没有听。不知为何，我的胸罩让我发痒，后背也在作痛。

下课铃响了，我去上微积分课。我走进教室时，雷诺兹先生的表情很是狰狞。"你迟到了！"他说。我没有迟到，他总是习惯以此开场。他其实想说的是"我需要你早点来帮忙，但是你没有出现"。

我刚要回应他，但是铃声突然响个不停，是空袭演练。雷诺兹先生差点跳了起来，脸色很快由惊转怒。"哎呀，天哪——"他沮丧地把笔记本摔在讲桌，"不是才演练完吗？"他愤怒地盯着我，好像是我的错，"这些男孩还要参加州级考试呢，我的名声可危险了。"

能有什么名声？我恼怒地想。我打开教室门，看到同学们涌进走廊。

"你们知道该怎么做，"老师们喊道。大家席地而坐，背靠墙壁，手里抓着一本书，举过头顶。雷诺兹先生也引导着班里的男孩这样做。我没有坐下，这次演练似乎不太对劲。突然之间，我强烈地感知到我和比阿特丽斯之间的距离。我试着不去理会内心的焦虑。

"你？"雷诺兹先生指了指地板。

"对不起，先生。演练只有一分钟。"我说，给他看了看我空空的手，"我忘记带书了。"我冲回教室，望向窗外。

校园里并没有停着消防车。但是我能听见鸣笛声从远方传来。有些奇怪。通常，消防员会早早到场，鸣响警报，然后在走廊踱步，给孩子们提提建议，告诉大家，如何用生物课本在核打击中保住一颗人头。大多数时候，他们板着脸走完这些流程。无论如何，之前的演练都是安排好的，这次却看不出什么计划。如果不是消防员执行空袭演练的任务，那是什么情况呢？是真正的空袭吗？我没有听见任何飞机的动静。

消防车终于到了。紧接着又来了一辆。它们呼啸着停了下来。消防员鱼贯而出。但是，他们没有走进楼，而是挤在人行道上，摩肩而立，抬头望向楼顶。有人伸手指了指。他们张大嘴巴。

"亚历山德拉！"老师喊道。

"马上！"我喊道，但是没有动身。消防员的目光锁定在距我还有几层楼高的上方。他们的脸一致向上，抬高，抬高，再抬高，最后，在头顶划出一道平缓的弧线。无论他们看的是什么，那个身影都要过一阵才会进入我的视野。但即便那时，我看得也不清楚。是什么大家伙在飞。而且，它的表面反射着强烈的阳光,我不得不眯起眼睛。我无法直视它,只能用眼角瞟到它的外形。它飞得比飞机低很多,还一直盘踞在学校的楼顶,对吧?

消防员解除了警报,上课铃响了。大家都起来,排队回到教室。我还站在窗边的原地。

"亚历山德拉?"老师叫我。

我看着消防员们登上消防车。

"亚历山德拉,你是为了交试卷才回来的,对吧?"

更多的鸣笛响起了。消防车向西飞驰而去。两辆呼啸的警车从转弯处驶出,紧随其后,警灯闪烁。

"亚历山德拉,你在听我说话吗?这些学生对他们的试卷有疑问。"

大人们说,让我们做好孩子。我一直是好孩子。我总是很听话。但是现在……我转过身来,看着教室。教室里的男孩们盯着我,目光呆滞,神情困惑。老师拿着教案,像是拿着救生圈。他指了指桌上的一摞试卷。

"好了吗?"他问。

有一回,在我很小的时候,母亲教我如何处理自己的表情。如何抹净愤怒,抹净悲伤,抹净失望。"不要太渴望,不要太开心,不要太这样那样。只要保持和善,保持镇定。带着一张和善的脸,你可以处理好全世界的麻烦。没有人打扰你,也没有人冒犯你。宝贝,就像这样。"母亲向我展示。

我调整了表情。"当然,雷诺兹先生。"我平和地说,尽管心里想一把火烧了他。"无须担心。"我开始分发试卷。满意自己分数的男孩对我露出笑容，分数糟糕的男孩则东拉西扯了些叫我难堪的粗话，以缓解他们的坏情绪。不重要，没关系，我的脸很稳定。等最后一张试卷在最后一张课桌落定，我走到黑板前，演算几乎没有男孩算对的三道题。这些题并不是太难，只是有些狡猾。我知道，如果不借助参考书，雷诺兹先生是解不出这些题的。

"雷诺兹先生，"我取悦着说，"如果您不介意，余下的部分留给您来解。我需要去一趟医务室，如果您能为我开一张假条，我不胜感激。"

其实不需要。我很健康。但看到他的种种不安，这个谎言很是值得。他张张嘴，却说不出话，接着又闭上嘴。他清了清嗓子，然后再次开口。

"你确定？"他说。

"非常确定。"我放低了声音。"女孩子的原因。"我说。他的脸上血色尽失，似乎不久于人世。我依然不动声色，表情像是雕刻在山体上似的。我是不可撼动的实体，还是不可阻挡的力量？或许二者兼有。或许，这就是我从母亲身上学到的经验。

"快去快回。"雷诺兹先生说。

我没有费多少力气就让护士相信我生病了。我甚至不用把话说完。

"噢，你肯定是病了！你看看你，多苍白！多虚弱！"护士带着哭腔，"还有黑眼圈。你这个小可怜！"这句话倒是刺痛了我。不得不说，我已经连续几个月没睡过一夜好觉。我虚弱地点点头，假装打电话给父亲，告诉护士我会在外面等父亲接我。"我晒晒太阳，脸色会好些……"我又开始了，我只需要说到这里。护士赶我出门，还告诉我，涂一点粉底和腮红有奇效。我不用担心惹麻烦，她会保密。我谢过她，马上跑到楼外，抓起自行车，朝那个方向出发——

嗯，我也不太确定。但是我知道，楼顶有什么东西，有什么东西飞上天空，划过天际，让消防员一头雾水。我没有想到龙，我不会想到任何东西。我已经将自己视作科学家。科学中绝无假设，只有问题、数据和更多的问题。我会保持开放的心态和中立的态度，记录观测结果，服从既定事实。我以最快速度蹬着自行车，追逐着数据。

30

我瞥见那个物体飞过锡卡莫尔街,我跟着穿过公园,沿着第七大道而下,那个物体先是落在一座房子的屋顶,然后停在前院。那座房子位于切斯纳特街,我曾经的街道。

我曾经的家。我本不打算再回来。

然而,我回来了。

然而,她回来了。

一条龙。

她坐在前院,翻找着她的手包,龙尾缠绕着龙身,像一条围巾。

我下了自行车,任她躺倒在地。

她,这条龙,身形……巨大。但是,"巨大"这个词难以清晰地描述靠近龙的体验,以及面对其身形的感觉。她扭曲了周遭的空气。我脚下的大地好像在震颤。热浪自她的皮肤倾泻而出,身边融化的雪堆浸湿了草地。她坐在一把木制的靠背椅上,但椅子无法承受她的重量。漆蓝的木片散落在她宽大的臀部和卷曲的尾巴下。她的龙鳞黑绿相间,闪着银光。与其说她反射了阳光,不如说是她自身就拥有这层光,在她自认合适的时候让光芒在鳞片上闪烁、颤动。

她低下头,微微向左扬起下巴,凝视着我。

她是我的姨母。在她开口之前,我就已经知道了;在听到空袭演练的通知和校园广播里那些胡话的时候,我就已经知道了;在目睹她巨大的身影在上空一掠而过时,我就已经知道了。我知道是她出没在比阿特丽斯的梦乡。她当然是我的姨母。

我清了清嗓子。龙对我点头,前爪捂住心口,手包滑落在地。

"亚历克斯。"姨母开口,声音犹疑,巨大的眼睛噙着泪水。

我不知道龙会说话。我不知道她们还记得自己是谁。我不知道她们会带着手包,认出家人。我也不知道她们会哭泣。我咬紧牙关,脸颊发烫。如果这些都是真的,那她一直以来到底去哪儿了?

"亚历克斯。"姨母说着,抹掉脸颊的泪。她露出尖牙,试着挤出微笑。"宝贝,是我。"

我头晕目眩。"太迟了。"我说,粗喘着。我没有预想过这句话,也没有意识到有此想法。我觉得自己有些站不稳,刺痛自眼底感觉传来,泪水带着悲伤、遗失和沮丧夺眶而出,模糊了视线。愤怒炙烤着我的骨骼。

"你妈妈?"她磕磕绊绊地问。硕大的龙眼半闭着,龙爪交握,似在祈祷。

"死了。"我从牙缝里挤出这两个字。

她的龙爪掩住了她的脸,在头骨上按压。她开始抽泣,眼泪刚一碰地就变成缕缕蒸发的水汽。她的身体在发颤,大地的震动传导到我的双脚。"什么时候?"她问,没有抬头。

"很久了。"我吐出这句话,"大概是三年前的六月。"

"我早该知道的,"龙在呜咽,"我应该感应到的。"

"当然。"我说,言语里是恶毒的尖刺。

如果这条龙希望得到同情,那她哭错人了。我把手伸向人行道旁的砾石,抓起一块很大的石头,往龙的肚子扔去。石头被弹开了。她似乎没有留意。

"你抛弃了我们!"我对她喊,"你丢下了我母亲,丢下了我们所有人。你为什么遗弃我们?"我的声音几近撕裂。我知道邻居们会听见,但我不在意了。

"她应该和我们一起走的。"姨母的眼泪越流越多,自她狭长的龙眼沸腾着涌出,溅在人行道上。升腾的水雾聚成厚云笼罩了庭院,为我们提供了一点私密的空间。"或许那样,她就能活下来。我看到你和比阿特丽斯挤在小小的公寓,我还以为……好吧,我还以为她会跟在我们后面。"

"她从来不会单独留下我和妹妹。从来不会。哪怕再活上千次,她也不会。她爱我们,关心我们。她坚持着过好每一天。对我妹妹来说,我妈妈比你更像母亲。她是比阿特丽斯唯一认识的母亲。"

姨母挪动身体,面向天空,身体后仰,舒展脊柱。她的翅膀内侧是红色的。她的尖牙闪烁着金光。"不是这样的。"她用长长的双眼紧紧盯着我,似乎能看透我的内心。"你也是她的母亲,我可以从你身上闻到她的味道。你抱她,喂她,爱她。教她是非对错。帮她洗手,为她读故事,不是吗？她是你的，你是她的。"

"比阿特丽斯是我的亲妹妹。"我不由自主地说。

"一派胡言，"姨母说，"你可能不是她的母亲，却胜似母亲。这是事实。"

鸣笛声越来越近，他们要来了。我回头一看，看到有一双眼睛，从邻居家的窗帘缝隙探出，透过低矮的云雾投向此处。是奈特利夫人，如果我没记错，我一直不喜欢她。

"我必须飞走了，"姨母说，"我会回来的。告诉比阿特丽斯，我会回来。"她把龙爪伸向暗藏凶险的利嘴，给了我一个飞吻。然后，她飞向天空，引起了人行道的震动，我打了个趔趄。

"不劳你费心，"我大吼，"我们不需要你。我们不想见到你。我们自己过得很好。"

"再看吧。"姨母喊道。她掠过树梢，龙鳞在天空闪闪发亮，流光溢彩。然后，她消失不见了。

我在父亲家门前的台阶上坐了很久。我敲了敲门，按了门铃，无人应答。窗帘还拉着。不知为何，这里似乎没有生机，或者说，不是没有生机，而是陷入僵滞。整座房子似乎停止了呼吸。院子里没有玩具，窗户上没有照片，这里没有孩子住过的痕迹。

我并不太想和继母说话。但是，我意识到自己的确想找谁聊聊。

街对面,奈特利夫人还在透过窗帘缝偷看。她是这样的女人:如果我脱掉膝袜,她会告状;如果她看到我用手背抹鼻涕,她会告状;如果她看见我推倒了邻居家取笑比阿特丽斯的男孩,她会告状。我说不准她会如何看待龙,但我知道她如何看待我。要不了多久,她就会给工作中的父亲打电话。父亲很快就会回来。

十分钟后,父亲现身了。

他停在步道上,公文包滑落在地。

自从搬进那间公寓后,我再没见过他。他的模样……我难以形容。他像一幅被部分抹去的画,勾勒身体的线条已经污迹斑斑,褪去颜色。他几乎没有了头发——他从前便秃顶吗?我记不起了。他的脸色发灰。

"亚历山德拉。"他说。他的声音也衰弱了。

"是亚历克斯。"我说,"你知道——"

"你是什么时候知道那是她的?"

"刚刚。她就坐在那里。"我指了指那把毁掉的椅子,"我看到有东西飞过楼顶,就跟着它到了这里。"

他皱起眉头:"你一定没看报纸。之前有一张照片,玛拉的照片,就在一个星期以前。第二天,他们发布了一篇撤回声明和致歉书,说那是骗局,是无稽之谈。我当即认出了她。我也不知道为什么。那图像模糊而遥远,但是我知道是她。"他的眼神扫过椅子的残骸和雪化后松软的草地。"所以,她来过了,是吗?"我点头,他也点点头。"合理,她喜欢这里,胜过她那个悲哀的家。"

我们沉默了好一阵。父亲的下巴垮到了脖颈。他的嘴唇干干的。我印象里的父亲要更高大。他萎缩了吗？他的肩膀勉强才撑住发皱的衬衫。他清了清嗓子。

"要进来坐坐吗？"

我没有回答，但是抬起了脚。他打开门，让我进屋。

屋内乱七八糟。远不如 10 月份的时候。表面到处附着灰尘，缝隙里藏污纳垢。空气不新鲜，有发霉的味道，垃圾也早该倒了。大部分家具都不见了。墙上一片空白，只有光秃的钉子和矩形的灰痕，昭示着此处曾经挂着相片。

"你的新妻子呢？"我问。

"走了。"他说，"还有孩子。她们生活在娘家。最好的结果。"

"我明白了。"我没再追问这样有多久了。父亲本可以让我们搬回家，但是他没有。相反，他继续为自己的房子和额外的一套公寓买单，或许还有妻子那头的抚养费。我深呼吸，调整表情，尽力不让这一点伤害到我。他不愿看到我难过的样子。

"来点啤酒？"父亲问，似乎我是个男人。

我面色白了。"爸爸，我不喝酒。"

"很好，"父亲说，"那我喝点更带劲儿的。"他摆摆手叫我在桌边坐下。桌面黏糊糊的，铺着几张报纸。父亲回来了，端着一杯盛着苏格兰威士忌的高脚杯，什么都没有为我准备。角落里是蜘蛛网，窗上积了厚厚一层污垢。有些丈夫在化龙那天被吃掉了。另一些丈夫，比如我的父亲，只是一味衰颓下去。我向门口瞥了一眼。

"我说过的那个工作,你有没有考虑?"他说着把手伸进口袋,摸索烟盒。

"我说过了,爸爸,我要读大学。"

他笑起来像一头驴子在叫。"钱怎么办?"他问,喷出第一口烟雾。

"会有办法的。"我抱着双臂,靠近椅背,"总之,我们要聊的不是这个。我的姨母回来了,她是龙。"

"亚历山德拉!"父亲扬起双手,移开目光,突然间羞得不愿直视我的眼睛,"这和我没关系。"他的脸涨得绯红。

"不,有关。"我坚持道,"不管你愿不愿意,你都是比阿特丽斯法律上的父亲。当然也是我的父亲。那条龙在附近盘旋。她说她会回来的。你不担心吗?如果我们受伤了怎么办?如果情况变得更糟呢?"

更糟的事是什么,我没有明说。我想到了比阿特丽斯的画,到处都是龙的身影。如果比阿特丽斯……变了,如果她飞向天空,不再回来,父亲不会怎样,但我的世界会就此终结。我暂时闭上眼睛,尽我最大的力气遏制眼泪。

"嗯,当然,我会难过。"他抿了一口酒,"你知道吧,你很重要。"又抿了一口酒。"你可能不信我,但我真的关心你,亚历山德拉。还有你的小……呃……比阿特丽斯。"他放下酒杯,没有看我。

我们坐了很久,没有说话。

我翻了个白眼。"好吧,爸爸,真有意思。或许我们应该过几年再见。"我站起来。他按住我的手，侧过身去，另一只手扶住额头，挡住脸庞。过了好一阵，我才意识到他在哭。

"走错了人。"他擦了擦眼睛，终于说话了，"本该是你母亲的。我亲自告诉过她。就在那天，她知道要来了，告诉了我。她可以感觉到。我俩都知道她的癌症还会复发，只是时间的问题。或许，如果她变成龙飞走，就可以不再复发。我让她告诉玛拉，做出正确的选择，像个成年人一样控制孩子气的出走欲望，或者干脆直接飞走。玛拉本该留下，她本可以抚养你，照顾我的伯莎——"他喘不上气，"她本可以——"他摇摇头。"嗯，到最后，她可能会赶走我，但我起码能知道她还活着。哪怕是她们俩都……你懂的……然后离开，也是更好的结果。我本可以趁你和比阿特丽斯还小的时候做好安排，让你们在一个新家里好好长大。可是，我俩却花了这么多年等待癌症复发。看着她一步步走向死亡。她知道我不擅长面对，知道我无法忍受。都是她的错。"他一饮而尽。

我转过身去，看着房子的残躯。光芒都消失了。很小的时候，每一处表面都会发光。如今只剩满目尘土。

"我该走了，爸爸。"

"等等。"他站起来，饮干最后一滴，踉跄着走进地下室。他带回来一个木盒。那盒子和一条面包差不多大，边缘雕饰着枝藤和花朵。他把木盒推给我，甚至没有看着我。"这是你母亲的，我没把它和你母亲的其他东西放一起，因为……呃……我妻子手脚不干净。你也看见了，你母亲的珠宝都不在了。而这个盒子，很特别，是手工做的。她特别嘱咐我，等你长大了再给你。我想，现在就是最好的时机。"

"里面是什么？"

"不知道，我不忍心打开。直到她去世，我们都不是……很亲近。我远不够格打开它。我想偷看也不好。你母亲说是给你的，所以它就是你的。"他把木盒塞进我手里，随后带着他的酒瓶转身回了他的房间。

那是我最后一次见到父亲。那周晚些时候，他在工作的时候突发心脏病，直接倒在了桌前。他没有撑到进医院。两日后的午夜，父亲的家中失火，邻居尚在梦乡。报纸上说，起火原因是路过的流浪汉点燃的香烟。"吸烟有害，我们应吸取教训。"社论说道。然而，这并不能解释为何父亲卧室的窗户、墙壁都被拆掉，并且被扔到了室外。第二天早晨，人们在街边的大橡树旁发现了这些残骸。

我没有打开木盒，我也不忍心看它。说到底，我和父亲或许没有那么不同。我把木盒放在膝上，呆坐了许久，手指在搭扣上逡巡。最终，我放弃了，把它塞进衣柜深处。

31

那日晚饭时分,比阿特丽斯几近化龙。就在我的眼前。她的眼睛变大,接着变宽,随后变成金色。她眨了一次眼,然后又眨了一次眼,伴随内眼睑颤动,淡蓝色的薄膜徐徐滑过眼周。她的食指蜷成龙爪的模样。她看着这变化,先是着迷,而后是惊奇。她仰头望着天空,单手缓缓按住胸口。

盛着晚饭的餐盘从我手中摔落在地。

"比阿特丽斯。"我倒吸一口冷气。

"就是今天。"她低语道。她的面颊金光熠熠,舌头闪闪发光。

我跃过桌子,把她拉进怀里。她浑身发烫,把我身上都烫出了水疱。我不管不顾,拼命坚持着。我的双手在烧灼,手臂在烧灼,颈部在烧灼,脸颊在烧灼,噢,还有心脏。一切都在烧灼。

"停下!"我乞求道。"噢,比阿特丽斯,求求你停下。"我紧紧拥住她,双臂甚至抱到了我自己。"妈妈曾是那么孤独,老天,你不要也抛下我。你是一个女孩,一个小女孩,你是我的小女孩。不要走。"我的声音哽咽了。我开始抽泣。我紧紧抱着她以至于她发出了粗喘。"求你,别走,比阿特丽斯,我承受不住。"我的眼泪滴落在她的脖子上,瞬间化成水蒸气。

怀中的比阿特丽斯战栗着,叹息着。然后,她迅速地冷却下来,全身没了力气。她的脑袋沉沉地压进我的臂弯,仿佛婴儿。她眨了下眼,又眨了下眼。然后,她用她那双小女孩的眼睛看着我——已不再是金色,而是褐色的大眼睛。她的双眼还有些充血,或是因为化龙,或是因为哭泣,我分不出来。我没有放手。

她皱了皱眉。"但是。"她略作停顿,有些失措。她舔了舔自己的嘴唇,望着天花板。我看得出来,她的思绪正缓慢地游移,仿佛她正涉过不见底的深水。眼泪顺着她的太阳穴流下,灌进耳朵。她深吸了一气,喘息被悲哀搅乱,当意识到刚刚发生的事后,她终于沉静下来。"但是为什么会这样?"她开口问。

我坐到地板上,让比阿特丽斯靠在我的膝间。我抚摸着她的头发,亲吻她的脸颊。她的身上仍然发烫,但已伤不到我。散落在地的晚饭已经凉掉。不知何处的房间传来收音机的嗡鸣。我抱紧比阿特丽斯,身体前后摇晃。

"你想听我讲一个故事吗?"我问。她没有回答,但这不重要。我闭上眼睛,像个胆小鬼,不敢承受她的目光。我感到羞耻了吗?或许内心深处,我确实如此。"很久以前,"我说,"有两姐妹。她们都很听话,又都很调皮,好坏参半。她们互相照顾,努力学习,各自尽力,把日子过得很好。她们非常、非常深爱着彼此。有一天,她们听到了龙的呼唤。'跟我们走吧,'龙说,'来和我们玩吧,成为我们的一员。'

龙一次又一次地呼唤，永远不停。姐姐回应了呼唤，她蜕下皮肤，告别生活，变成了龙。但妹妹并没有，她有工作要做，有人要照顾，有知识要学习，她爱这个世界和世界上的一切，不愿抛下她的生活。她一如既往，但她想念姐姐，一天胜似一天，巨大的悲伤吞没了她，直至她无可忍受，她的心也碎成两半，悲伤而死。故事结束。"

比阿特丽斯的眼睛扫视着房间，最后落回我的脸，然后犹疑地缩了起来。

"这是真事吗？"她问。

"当然是真的。"我说，"我讲过的，你还记得吗？"

"你讲得对吗？"她问。

我有些生气。"当然对，这是我的故事。这个故事只能这样讲。故事就是这样的。"

比阿特丽斯抬头，看着我的眼睛，久久凝视着我。她用手背抹了抹鼻子。"妈妈给你讲过这个故事吗？"她的呼吸有点短促。

"没有。"我说，"我只能自己弄明白，我花了很长时间才弄懂。"我看着她。我捧起她的手，亲吻她的指节。"但是，我现在懂了。我知道妈妈失去了什么。我知道她为家庭付出了多少。不能再有人化龙了。求求你。比阿特丽斯，如果你变成龙，'我们'将不复存在。如果你变成龙，你会飞走，或许还会忘了我，留下我独自一人。我不知道该怎么一个人生活。不要丢下我，比阿特丽斯，答应我，你不会丢下我。"

"但是，如果——"

"答应我，你不会丢下我。"我强调。

她看着我，努力保持着平静的表情，嘴角却不受控地向下颤抖。"但是，"她停顿一下，双唇打战，捧着我的脸，"如果你讲得不对呢？如果妹妹是因自己留下来而悲伤呢？如果姐姐没走也会死呢？可能两姐妹都会悲伤而死。"

如果母亲化龙飞走会怎样？如果她也跟随姐姐飞向天空会怎样？她还会死吗？我赶走这个想法，它对我没有好处。我冷冷看了比阿特丽斯一眼。我起身，把比阿特丽斯抱了起来，尽管她已经很大了。我带她去厨房的水池，洗净她的脸和手。"我觉得你没有用心听故事。"我说。

"可能是你没有。"比阿特丽斯说。

"该睡觉了。"我宣告道。

但其实还没到时间，甚至还没到 6 点钟，天空还亮着，孩子们还在室外玩耍。比阿特丽斯走进卫生间刷牙。不到二十分钟，她就睡着了，化龙的过程似乎令她疲惫。或者说，差点化龙的过程令她疲惫。又或者，先化龙再复原的过程令她疲惫。这很难说。我坐在她的床边，抚摸她的额头。她沉沉睡着，呼吸轻缓，身体仍然很烫。她发烧了吗？还是化龙留下的病症？如果一个人几近化龙，却恢复人形，会发生什么？我不知道。我去翻找手头上唯一与龙有关的记载。我爬上厨房的柜台，把手伸到橱柜和天花板之间，拽出一个袋子，里面装着姨母玛拉留下的那些宝贝。

我把信和照片放在一边，拿出那本小册子——《关于龙的基本常识：一位医生的阐释》。我已经很久没有打开过这本书了，但现在我正看着它。在"由一位不愿透露姓名的医生研究并撰写"这句话下面，是姨母的笔迹："是亨利·甘茨博士。你骗不了我的，老头儿。"

我把它放下，双手抱头。

是河边的那个老头儿。我以为他在观察一头奶牛，为什么会有人要为一头被困在蔓越莓沼泽地里的奶牛做大量笔记？再后来，我以为他是在观鸟。我的天，我想，我怎会这么傻。

如果我有吉津斯卡夫人的电话号码，我会马上给她打电话。但是我没有。有一件事我很清楚：我得尽快前往图书馆。

那天晚些时候，太阳刚刚落山，天空还笼罩着紫色和金色，散发着玫瑰色的光芒。姨母出现在公寓楼外。她等在人行道上，将水泥花坛当作凳子。我透过窗户，凝望着她，但是她没有抬头，反而从手包里拿出织线开始编织，似乎是毛衣。钩针在龙爪间飞舞。

我走出大楼。街区的其他人都朝着反方向跑去——跑下车，跑进门廊。人们匆匆散开。可能要叫警察了，毕竟附近有一条龙。玛拉似乎并不在意。我看向街道，倒吸了一口气。另一条龙盘踞在叶已落光的枫树下，渴望地凝视着高层的某间公寓的窗户。她优雅地舒展脖颈，脑袋上下摇摆，龙爪按在心口。

到底还有多少条龙？

姨母玛拉没有抬头，她在聚精会神地编织。我清了清嗓子。她不为所动。

"你都做了什么？"我的声音沙哑得可怕。我努力保持平静的表情，却不如从前那样有效。

玛拉还在编织。"我不太懂你的意思。"她语气温和。毛衣很美，天空很美，我的姨母很美，我兴许会为她的美所压垮。室外很冷，我却不需要穿大衣。姨母倾泻的热量就是我需要的全部温暖。

我闭上眼睛，用鼻子深呼吸。我想朝她扔东西，但是我知道那没什么用。我差点失去我的妹妹，而姨母是唯一的罪魁祸首。如果我是圣乔治[†]，手持长矛，身骑战马，我会毫不犹豫地刺穿姨母的胸膛。"比阿特丽斯是我唯一的家人，我对她的爱超过你的理解。她今天差点……变了。差点成为你们中的一员。我再问一次，你都做了什么？"

她抬起头来，凝望着我，露出属于龙的微笑，金光闪烁。

"亲爱的，化龙不是那样的。比阿特丽斯的变化，起源于她自身。我无从干预。"

"我不相信你。"我恼得想踹两脚。

姨母歪着头，她的眼睛在闪烁。"我告诉过你。很久之

[†] 欧洲神话传说中的屠龙英雄。

前，那时候你还小。那就是魔法，我们都会一点，魔法每时每刻都在召唤着我们，但是有些时候的召唤格外响亮。我们当中的一些人比其他人更擅长忽略它的声音。多年前，它的呼唤格外响亮——是一种持续不断的哀号，响彻整个国家。以往从未如此响亮过，没有人知道原因。很多人响应了呼唤，原因显而易见。我们当中成千上万的人纵身跨过了这一关。突然，它也呼唤了我，我回应了，再也没有回头。你的母亲也许也收到了呼唤，也许她就在化龙的边缘，但我没法确定。我只知道，你母亲本应该回应它的呼唤，但是她没有。说回今天，如果比阿特丽斯差点化龙，这只意味着她响应了出生以来便从未停止的呼唤。在她还是小婴儿的时候，我就能从她的脸上看出来。那孩子还在子宫里乱踢的时候，她身上就有了龙的可能。你真的想妨碍她的天性吗？"她喷出鼻息，"祝你好运。"

"这很荒谬。"我说。

街那端的龙开始唱歌，是一首摇篮曲。楼上的窗户打开，一个男人探出头来。"滚开！我告诉过你了！你之前走了，所以我们现在不需要你了！滚蛋，不然我就报警！"窗户嘭的一声关上了，玻璃随之震颤。那条龙似乎泄了气。她把头深深地埋进龙爪，颤抖着抽泣。

我怒视着姨母，双臂抱在胸前。"听着。这里是我的家，我有我的规矩，还有我的生活。比阿特丽斯是我的亲妹妹，我们只有彼此。明年，我就要读大学了，比阿特丽斯会和我一起走，这件事到此为止。你可以回到……回到你原来的地方。我们依靠自己可以过得很好。我们一直都过得很好。"说出这些话的时候,我知道并非如此。过去的两年半里,只有在别人付钱的时候,我们才过得很好。而事实是,我们其实并没有过得那么好。

没有正确的答案。但是,我又不能对着一条该死的龙说出我的疑虑。我调转脚步,跺着脚走回公寓。直到我拉开大门,我才意识到姨母在嘲笑我。我回头望向她,怒目而视。

"噢,亲爱的。你真的很像你母亲,计划宏大,却不考虑细节。"

我的脸在发烫。她怎么敢?

"你知道你母亲怎么付的大学学费吗?或者说,你知道是谁为她付的学费吗?"眼前的巨龙将未织的毛线卷成齐整的圆球,将钩针和毛衣放回硕大的手包。

我想说些什么,却说不出口。我当然知道,但这不是重点。我已经是大人,或者有了大人的感觉。但是,我在姨母身边停留越久,就越觉得自己像小孩。我越觉得自己像小孩,就越为此愤怒,从而表现得更像小孩。

玛拉歪着头,双手按着胸口。"毕竟,她是我的小妹。"她的眼睛闪烁着,"我什么都能为她做,什么都能为她牺牲。我放弃了热爱的工作,放弃了热爱的生活,我心甘情愿。"她摇头叹息,打开手包四下翻找,拿出一方手帕(其实是一条叠成手帕形状的围巾),轻轻擦拭眼泪。然后,她又从手包的外兜取出口红和镜子,开始补妆。她狠狠看了我一眼。"我离开了太久,没有尽到责任,我现在意识到了。"她顿了下,看了我许久。"我知道你很难接受,亚历克斯。但是,我们是一家人,你需要我,一直都需要我。现在,我回来了。"

真荒唐,我想,多谢你的好意。一条龙能提供什么帮助?一把火点着我的未来?飞着送比阿特丽斯上下学?在我看来,她唯一的目的是再次遗弃我们。我的生活,没有属于龙的余地。

"我不想——"

我本要告诉她,我不想从她身上取一分一毫。但是,几辆警车和消防车正从街角向我们赶来。姨母抬起头,呼唤其他的龙。

"克拉拉,亲爱的,"她说,"不能再逗留了。无论你家人他会不会回心转意,你都不能勉强。"姨母又转向我,手臂伸进手包的挂带,确保它套在了胳膊肘处。"我们明天再来。"

"不必劳烦。"我说。夹杂着风与热浪,翅膀巨大的呼啸声淹没了我的声音。尽管她们身形巨大,冲上天的速度却极惊人,后足一蹬,就震碎了行道,摇撼了大地。飞上天空后,姨母靠近另一条龙,她们的脖颈向前延伸,脑袋靠近彼此,下颔轻轻相依。她们的龙爪以一种在我看来不可思议的温柔彼此相握。

消防车和警车尖厉地急停下来,警官和消防员下车。龙在天空疾飞,掠过低矮的建筑和光秃秃的枝丫,滑进云朵，在夕阳如血的颜色中闪烁。她们——老天——太美了。我不自主地打了个寒战。然后，在喘息之间，她们消失不见，可能是藏进了云彩后面，或是某种魔法使然。关于龙的事是很难理解的。我确信我发出了声音——可能是轻微的喘气，或是负伤后的哀叹——因为有一位警官注意到了我。他的双眼发红，面颊潮湿，表情严肃。

"没什么好看的。"他说。

"什么？"我问。

"离开现场。"他声音冷硬。

我走进公寓。

⌘

第二天，我偷出瓦特先生的报纸，躲进学校的女卫生间翻阅。没有提到龙。一则报道称，几队警察被呼叫到现场，调查一起"可疑的骚乱"，仅此而已。我并不惊讶，毕竟，这事是上不了台面的。

亲爱的同事们：

首先，我要感谢敬爱的图书馆员，帮助我向你们传递此信。自从我因众议院非美活动调查委员会的行动而名声扫地，且遭到美国国立卫生研究院除名，距今已有一段时间。我失去了我的头衔、执照和实验室，但是保住了我的灵魂、道德和脊梁，维护了共事同侪与朋友的名誉和成果。这会是我最重要的成就。

包裹中是我的全部研究成果，皆在所谓的延长休假期间完成。我采取了另辟蹊径的研究方法，收集数据时也更大胆、更包容。游历期间，我多次受邀深入考察不同的龙的社群，并得到允许，可以进行广泛的采访。没错，与我们早期的假设相悖，龙的言语、认知和记忆功能都毫无受损。此外，我还对龙进行了全面的医学检查：检测血液指标、皮肤样本、基础体温（我们需要更好的温度计），绘制完整的齿列图，进行基本的神经测试，以及对心肺功能的全面分析。此外，针对龙的亚文化社会及情感结构，我做了详细的笔记。我很幸运，见证了十六次不同的化龙过程，其中五次是经过提前计划的，相关者能预感化龙过程的到来，也允许我收集大量数据。（照片在包裹内，影像资料可以在图书馆的地下室查看。你知道我说的是哪个。)

总之，如今我已经采访了世界各地超过一千条龙。我可以说，我们很多早期假设都是错误的。这个消息当然令人振奋。对于一位科学家来说，经历自身过往研究的证伪，并活跃在既定科学行将颠覆的时代是最美妙的事。正是在这样的时刻，研究者会发觉每一天的世界都比前一天更有趣。我可以肯定地讲一些事，比如说，化龙与做母亲没有任何关系——受采访的龙里面不到一半是母亲。化龙也与月经无关，我采访的龙里有232条已经绝经了，109条已经进行了全子宫切除手术。而且令人惊讶的是，有74条龙是因内心的强烈驱使，自主选择成为女人的，她们在出生时并没有被如此定义，但如今她们和女性没什么两样。她们同样变成了龙，就像她们的姐妹们一样。"霍拉旭，天地之大，还有许多事远非你的哲梦所及。"莎士比亚如此说。而我要告诉你们，他是对的。朋友们，我曾目睹过许多离奇怪事，我敢保证，还有更多的怪事即将发生。

我认为，我们即将面临另一场大规模的化龙事件。我无法断定时间，但是我确定它即将发生。我与聚居的龙们打交道多年，深知化龙事件对她们的家人、家庭乃至我国灵魂造成的危害。造成危害的并非化龙的过程，而是她们的离去，是国家为掩盖她们离去的事实而为自己编造的谎言。我认为，损毁文化的并非她们的离去，而是忽略这一事实所带来的压力，是遗忘的压力。但是，我想知道，如果人们可以不必遗忘，会发生什么？如果化龙的亲人的存在变得无法忽视，会发生什么？

朋友们，我恳请大家，阅读我的研究，分析我的成果，尽情地去批评。告诉我不妥之处，但务必严肃对待，并做好准备。你们的病人需要你们。你们的社区，你们的国家，乃至全世界，都需要你们。巨变要来了。

感谢你们的奉献！

亨利·甘茨

32

那日之后,城中的龙越来越多。几乎每一天,都有人听说,谁又看见了什么。人们低声议论,谣言四起。

一条龙身呈翡翠绿,有着粉色的长睫毛和形如刀刺的尾巴。每周二的下午两点,她都盘踞在一位老人的院中。有时候,她会扬起脖颈望向某个房间。但是,大多数时候,她只是安静地坐着,等待着。没有人知道她在等什么。

一条红宝石色的龙坐在当地社区学院的窗外,室内正上着小说史的课程。教授试着赶走她,却无济于事。他递给她一摞书,告知她下一篇论文的截止日期,并提醒她,他不允许有人在课堂上游手好闲。那条龙立即开始了学习。

另外一条龙的颜色和气味都像极了熟透的桃子。在当地医院照护新生儿的育婴室窗外,她找了舒适的地方坐下。她并不会望向窗内,只是坐着,头倚着大楼,开始唱歌。可能有人曾试图吓跑她,但她的歌声对新生儿有着抚慰的奇效,所以护士们执意留下她。听到龙的摇篮曲的婴儿,体重涨得更快,吃奶更有劲,往往也更安静、满足,这为护士们创造了良好的工作环境。护士们坚持说,让那个……东西(她们不会说"龙")留下来。事情就是这样。

这些小事从未出现在当地报纸上,也没有电视台和广播报道。巨大的生物降临在威斯康星州的小城，却无人认为这是新闻。毕竟那是龙。哪怕只是想想，人们都会脸红。

而且，这不仅发生在我的城市，也发生在全国各地。龙的话题遭到的新闻管制，并非某个机构或规定所致，而是新闻从业者积极的自发行为，包括媒体的编辑和其高层。此外，针对这起后来被称为"大回归"的事件，没有正式的书面记载，仅有几次当地政府组织的调查，以及一次国会质询，相应记录都遭到大幅修改。然而，自此之后，学者及研究人员持续收集着同时期的日记、信件，家庭影像和照片，还有数千小时的采访录音，并仔细地整理出一份得到证实的化龙案例的清单，该清单的可信度得到了广泛的认同。仅在"大回归"事件的第一周，就有77 256条龙到访或重返了曾经的家园。

其中部分案例如下：

在东洛杉矶，一名女孩正在姨母和姨父家的后院庆祝自己的十五岁生日。正要切蛋糕的时候，一条呈海泡绿颜色的龙轻轻降落在车库的屋顶。音乐停了，女孩失手摔碎了盘子。几位年长的女人对着龙大喊，混合着英语和西班牙语，勒令那条龙马上离开。那条龙没有离开。她注视着女孩。女孩向前一步。姨父让她回到室内，但女孩没有听从。她的视线锁在了龙上。她的左手还沾着糖霜，她慢慢把糖霜抹在薄短裙上。龙飞下地面，一动不动地站着，伸长可爱的脖颈，龙爪按着心口。到场的亲朋好友们远远躲开。女孩开始哭泣。几位目击者称，女孩涕泪俱下，眼妆全花了。龙没有说话。相反,她俯身朝向女孩,将一双漂亮的高跟鞋放在她的脚边。龙亲吻女孩的手,逗留良久。然后沉默地飞远了。

在蒙大拿的东南部,两条体型较小的龙降落在一家一般大小的绵羊牧场,很快靠自己的能力帮上了忙:她们修卡车,推轮胎,给谷仓搭了新屋顶,在夏令的菜园另辟新地,疏浚池塘。牧场主是位上了年纪的鳏夫,在镇里算不善言辞的那类人。他在屋后默默建了个棚仓,收留了两条龙。事实表明,龙与绵羊们相处得很好。

在亚拉巴马州卡尔曼的善牧传教士浸礼宗教堂,两个身着盛装、发间系着彩色丝带的小女孩正瞥向东侧的窗外,倒吸了一口凉气。当然,她们选择噤声,礼拜又进行了两个半小时。她们知道,最好选择沉默,因为不久后所有人都会看见。此教堂的惯例是礼拜结束后先用餐,然后再学习《圣经》和唱诗。通常,餐食由教堂会中里的女人们准备,她们会提前选好晴朗的午后,准备在户外的食物。但这一天,大家走出教堂的侧门,发现饭菜已经备好,随时可以装盘。一条龙站在长桌边,三条相系的围裙绕在她宽阔的腰间。她双爪交握。"日安,姐妹们。"她试探地说,"很高兴再次见到你们。"众人有些犹豫,但只犹豫了一小会儿。毕竟,这条龙准备了餐食。

堪萨斯州有一对农场夫妇,丈夫患有中风,妻子断了条腿,三条结伴的龙听说后,无休止地赶工(她们似乎不睡觉),完成了冬麦的收割。那妻子在前廊坐着观望,腿上打着石膏,脸上有不褪的晒斑,嘴角有不褪的怨气。她没有和龙说话。完成了农活后，其中一条龙靠近了老农舍。那是一条缟玛瑙色的龙，眼如翡翠。她倚着门廊，姿态优雅，龙指交握，似在按所学的内容祈祷着什么，喉咙里传出阵阵呼吸声。那妻子盯着龙看了很久。她什么也没说，抓起拐杖一瘸一拐地走进了屋。龙含泪离开。

在北卡罗来纳州的外滩群岛，季初的一场飓风摧毁了一个宁静的水上渔村。四条龙带着不知从何处弄来的工具和木材，迅速搭建了避难所。另有五条龙，在海上和海下搜寻，找回了三十二艘失踪的渔船，连同索具和其他什物。没有人和这些龙说话，除了一位年老的绅士。他步履蹒跚地走近一条背部布满翎毛的明黄色的龙。男人靠近时，那条龙非常安静。男人皮肤黝黑，胡茬泛白，双眼深邃得似在一瞥间就能容纳整片海——他也经常那么做。他在龙的面前站了很久很久。他用手捧着她的脸庞。她闭上眼睛。他把脸颊贴近她的脸颊。"欢迎回家，孩子。"他说。

在芝加哥，一家孤儿院的厨房起火了，全院即将烧毁殆尽，千钧一发之际，一群龙赶了过来。这家孤儿院年久失修，电线破损，燃烧的残骸堵住了唯一的出口。几条龙化身先锋冲入火场，赶在第一辆消防车到达之前救下了所有孩童。当日下午，邻居们带着食物和毛毯赶来救助受灾的人，就在那时，两个女孩和三位年轻修女在隔壁教堂的后花园化成了龙。化龙过程发生在一瞬间，那是热量、物质、光芒与能量的冲击。然后，这群龙一起飞走了。

在全国各地，龙随处可见。她们出现在废弃的停车场，或只是在公园游荡。有的形单影只，有的结伴成行，有的成群出动。在我的研究中从未遇到过超过五条龙的群体，尽管当时有些夸张的谣言说大规模入侵的龙群顷刻淹没了各个城市。有些龙自行承担起援助移民的任务，帮他们在加利福尼亚的果园的铁皮棚里维持生计；有些龙强行闯入皇后区的"血汗工厂"，威胁要连夜烧掉工厂，除非厂方立刻改善工作条件；有些龙出现在纳什维尔、亚特兰大和伯明翰，与游行者共同沿街行走，以安静的存在示威，震慑那些想找麻烦的人。

还有出现在女子缝纫小组的龙。

参加劳工会议的龙。

与农场工人一道游行的龙。

投身反战委员会的龙。

一开始，没人知道拿她们怎么办。报纸没有报道，晚间新闻保持沉默，人们挪开目光，调转话题，双颊通红，声音颤抖。绝大多数人以为，只要选择无视，这些龙就会离开。

这些龙没有离开。

33

玛拉突然到访后的第二天,我依然心烦意乱,所以,我做了一件此前从未做过的事:逃课。我把比阿特丽斯送到阿格尼丝小学校门口的台阶,叮嘱她:"不许在学校化龙。我是认真的。"然后我回到家,打电话给总务处,压低了声音,假装咳了几声,以完善我的谎言。"有些感冒,"我对那天志愿值班的女人说,"出了点事。"电话那端传来阿方斯先生的大喊,那可怜的女人似乎要哭了。我暗下决心,不再回到高中。

我抓起甘茨博士的书,塞进书包,向图书馆走去。伯罗斯先生坐在前台,翻看着一册大活页夹,连连摇头。他抬头看到我,微笑着说:"格林小姐!"随后他皱起了眉头。"你不是应该在学校吗?"

我曾与伯罗斯先生交谈无数次,但是我开始意识到,我从未好好看过他。他只是另一个大人。但是今天,我靠近台前,我仔细端详着他。他啃着铅笔边,膝上放着一本折卷的书,几乎看不清内容。我看着他摇着头,在纸上写着什么。他个子不高,拘谨善良。他是我见过的唯一一个会在桌上放一篮纱线和钩针的男人。他正尝试着制作双曲平面和莫比乌斯环,解决地质谜题,绘制无向图和四维物体的三维投影图。他向我讲解过多次这些问题，我却从未听进去。生活的担子让我苦于奔忙，无暇他顾。

我的问好吓到了他，但他很快回过神来。

"伯罗斯先生，"我稍作停顿，他正转着那根咬过的铅笔，"你是做什么工作的？"

他面色苍白："什么？我不懂你的意思，我是图书馆员呀。"他草草地指了指书架，似乎这就是他应做出的全部解释。

我从书包里掏出甘茨博士的书，把它放在桌上。他看看那本书，又看看我。我看到他的喉结上下移动。我手肘压住桌子，拳头撑住脸颊。

"我只是好奇。"我缓缓眨眼，看着他的面容没了血色，"你的另一份工作是什么？"

他站起来，双手微微颤抖："吉津斯卡夫人已经旅行归来，你知道吧。她在楼下，我们去找她聊聊如何？"

吉津斯卡夫人已经为我们备好了咖啡——伯罗斯先生的加了奶油，我的则是黑咖啡——等待我们的到来。时至今日，我仍然不知道她是怎么知道我会来找她的。

"坐吧。"她说着抿了一口咖啡，"你有问题想问，我猜。"

"我猜他不是图书馆员，对吗？"我指着伯罗斯先生。他的脸红了。"我是说，不止是。"

"没错。"夫人说，脸上露出平易的神情，"至少不是专业的图书馆员。不过我想说，他拥有卓越的天赋。伯罗斯先生是个有着出色创造力和悟性的知识分子，研究行星物理学，这是一门美丽而优雅的科学。"伯罗斯先生的脸更红了，但是吉津斯卡夫人还在继续，"他在普林斯顿大学做博士后期间，我资助了他的研究，那笔钱花得很值。他是研究木星卫星的专家，顺带也追踪出现在木星卫星周围的龙的活动，因此上了黑名单。然后，他倒霉地得罪了几名狂热的国会议员，现在姑且算是在潜逃中。可怜的人，这种事常有发生。我想，他的新名字很适合他。迈克尔，亲爱的，你其实不必过来，谢谢你把她带过来。"

伯罗斯先生匆匆出了房间。我端起咖啡，吞了几大口。我把那本书递给吉津斯卡夫人。她笑了，怜爱地拍了拍它。

"你应该好好留着它，这本书很珍贵，虽然后来我们知道它充满了错误的信息。亨利是这么说的第一人。科学的美丽之处，就在于直至我们知道之前，我们不知道我们能知道什么，或者将知道什么。它要求我们永远保持极致的谦卑和犯错的觉悟。如果要增进全面的智识，我们必须做好犯错的准备，做好被指出错误的准备。这是一项吃力不讨好、却必不可少的工作。感谢老天。"她抿了一口咖啡，欣赏地盯着那本书。

好吧，真是叫人丧气。我需要的是信息，我拥有的却是垃圾。我瞪着这本书，好像它是故意写错似的。我想和甘茨博士谈谈我的想法。"他在这里吗？"

吉津斯卡夫人皱起眉。"不幸的是，一个月前，有人发现并认出了他，报了警。幸亏我听到了风声，把他托付给麦迪逊分校的医学院老师。事实上，他很快乐，他可以直接进入实验室了，一间真正的实验室！他在……嗯，一间很另类的科室做助理。我想，他们应该很感激他的帮助，毕竟他在这项研究上花的时间比其他人都长。事情开始变得……有趣起来。"

太多信息了。我在桌子上双手抱头。"吉津斯卡夫人，"我叹气，"我不知道接下来会发生什么，我不知道该怎么做。"

"噢，胡说。"她挥了挥手，"这是什么话？你就是要做你一直做的事。你要照顾你的小女孩，全力投入功课，做好每一件你选择的事，过好你的生活。你将把数学提至艺术的高度，演奏科学的交响乐，我对你的期望一如既往。其他人会随心来去，过他们选择的生活，我不知道你为何会受到影响。你感到失落，是因为你的姨母回来了，对吗？"她喝掉了杯中最后的咖啡。

我身体坐直，盯着她。"你怎么会……"然后，我就不知道该说什么了。我犯不上如此惊讶。毕竟，他们把姨母的图片放进了论文中。

"当然，你应该已经解开了姨母和甘茨博士的关系，你很擅长解开问题。恐怕他欠她一个道歉。但是你也知道，男人就是这样，本质是孩子。听着，我在玛拉十多岁的时候就认识她了。她的内心总是比外表更强大。她的人生从来就不顺遂，即使是如今，即使作为一条龙。化龙就是如此，它不会解决所有的问题。身体变化了，但是自己还是自己，原本的问题和困惑一个不会少——原本的学习能力也在。我们从未被困在原地。我们一直在变化。"

我头晕了。"我被困住了，"我说，"我被紧紧困住了。"脚踝如此沉重，我想，手腕也如此沉重。我感觉自己仿佛被钉在了原地。

"你没有。"吉津斯卡夫人温和地说，"每个人都会偶尔产生这种感觉，但我确信你没有被困住，你只是还看不清全局。"

"我不能失去比阿特丽斯。"我的泪水开始在眼眶打转。

吉津斯卡夫人轻轻叩了叩桌子，她的表情神秘莫测。"那就不失去。"她说，好像这件事很简单，"说实话没有那么难。这一辈子我们能控制的很少，我们能做的只有接受将来，学习所能，抓紧所爱，就是这样。说到底，你唯一能指望控制住的，只有你自己，就在此时此刻。这既是一种解脱，又是一项重任。"她翻阅桌上的台历，"你提醒了我，你这周还有两场考试。既然你决定了逃学，那么要利用好这次学习的机会。这学期初，我已经告诉你的教授，我认为你会成为他最顶尖的学生，而我最讨厌出错。我们行动起来，好吗？"她站起来。"我还有工作要去办公室处理，你需要的材料在你的小房间里。"她转身，打开一个上锁的柜子，拿出一个大大的白色活页夹，上面没有任何标记，像伯罗斯先生早些时候读的那本。"如果你能忍受，你可以翻翻这本，这是甘茨博士关于龙的最新研究合集。我要提醒你，我对亨利只有尊敬，近四十年来我一直是他的支持者，但这个男人非常啰唆。"她翻了个白眼。

她离开时拍了拍我的背,随手关上了门。

我没有学习。一整天,我都在读这本甘茨博士的研究。吉津斯卡夫人说得没错,果然啰唆。

34

4月的第一天,我得知自己作为荣誉学生被威斯康星大学录取了。我在电话里向负责学生生活的老师告诉了我的家庭情况,讨论了我的住宿问题。对方告诉我,我不能带比阿特丽斯住宿舍,因为孩童是不被允许的;我也不能申请已婚公寓,因为我还没有结婚。

"好吧,"我说,"我有些难办。我想知道,如果其他学生在没有结婚时就担起了母亲的责任,又想不受阻碍地继续学业,那该怎么办呢?有什么方案吗?"

老师叹了口气。我自然无法通过话筒看到他,但他听起来在翻白眼。"呃,"他说,"我确实不清楚,我估计她们会退学吧。"听得出来,他已经没有话想对我说了。我跟他道了谢,说我会另想办法。

幸运的是,几天后我了解到自己获得了一部分奖学金;不幸的是,那还不足以覆盖全部费用。我只好接着联系可能的公寓、兼职工作,还有保姆。吉津斯卡夫人也在帮我打电话。

"先不要答应任何事情,"她建议我,"每个机构都有隐藏的资金来源,我打算至少再找到一个可以流向你的资金来源,交给我吧。"

我照做了。除了眼前的事,我已经没有力气顾及其他,而且即使是眼前的事,我也很难专注下去。

姨母几乎每天都来,她只是问好,然后从窗户看看熟睡的比阿特丽斯。我还没准备好让她们见面。当然,比阿特丽斯已经不记得玛拉。那时……当一切都变了的时候,她甚至还不到一岁。她唯一的母亲就是我们的母亲。可是,在玛拉发生变化之前,她也曾抱着比阿特丽斯,亲吻着她的每根手指,惊叹于她的小圆脸、熟睡时的小嘴和潮湿的卷发——这些片段的记忆在我的脑海中乱撞,扰乱我的思绪。当然,这些不是我的记忆,但我还是背负着它们。当玛拉把熟睡的比阿特丽斯放回床上的时候,她会心碎吗?当玛拉匆匆走出婴儿房的时候,她是否在掩住自己的嘴巴默默哭泣?是的,或许是的。每念及此,我都会感到心碎。

然而,我还没准备原谅她,我还没准备让她进入我们的生活。我知道我很残忍,但我才十几岁,残忍是我唯一的手段。

尽管我和姨母保持着一定的距离,但我明白,有一条龙在住所周围游荡是会带来好处的。我跨上自行车的时候,没有男人再对我吹口哨了。如果他们需要看我,则会表示出敬意。此外,房东也更好打交道了,像是疏通下水道、修理漏水处这类活儿,他突然可以随叫随到。我敢肯定这都是姨母的缘故。我从来没有说过谢谢,面对她我说不出口。我心烦意乱,焦虑不安,也更冒失了。我在一片朦胧中,艰难地穿过学校。

父亲之死诡异地压在我的心头。一个人如何哀悼她几乎不熟悉的人？我没有继承任何遗产，除了他已经打给我的钱，还有他已经付过的房租。比阿特丽斯也没有获得任何遗产，这在意料之中。继母没有邀请我们去参加父亲的葬礼。据我所知，她甚至没有举办葬礼。她只寄来了几个信封，里面装着我每月的零用钱，分别标着"4月""5月""6月""7月""8月"。这些信封被塞在一个文件夹里，上面贴着一张纸条，上面写道："这些是你父亲为你准备好的，放在他的桌子上。别再指望别的了。"没有署名。

我从父亲那里继承而来的只有那个小木盒。时间一周一周过去，而我还没有准备好打开它。它还在我最初藏起的地方——衣柜的最里面，上面是一堆精心摆放的杂物。我甚至不敢看它一眼。

还是在4月的这一周，开始有龙在高中校园现身了。一开始只有几条，然后是十几条。龙在校园里兜兜转转，在屋顶晒太阳。她们从那些似乎有多余香烟的孩子身上讨来香烟，然后躲在后门抽烟。一段时间后，垃圾车拒绝来到学校。毕竟说实话，它们怎么能在这种环境里工作？但是，这个问题最终不再成为问题，龙接管了环境卫生。每周两次，她们将垃圾箱运至城里的垃圾填埋场。她们捡拾垃圾，修剪草坪，为花园除草。她们甚至带来水桶和抹布，擦净了所有的窗户。一个月后，学校焕然一新：番红花在人行道旁若隐若现，足球场边多出一块新垦的菜地。没有人向学校提到因此节省下的资金，因为谈论龙是不体面的。

这是当时学校的政策。教室里分发着仓促制作的小册子，校园广播定期地播放着同样的内容，大家都在用模糊的措辞传达着这一政策：当前，我们要坚决忽视龙的侵扰。在任何情况下，我们都不能与龙交谈，甚至不能承认龙的存在。如果有龙挡了你的路，你就绕过去。你不能提到龙。龙没有做出威胁的举动，因此没有关闭学校的必要。她们不会干扰课堂。她们只是在那里。修女老师告诉大家，停下脚步与她们交谈没有任何好处。毕竟，她们是危险的女人，屈从于危险的事物。

然而，时间慢慢来到 5 月，我发现有些女孩遇到龙后，不会简单地转身离开。有些女孩会找到龙，停下脚步与之交谈。龙也注意到了这些情况，她们带来野餐布和野餐篮，在体育馆后面和停车场，和女孩们组成讨论小组，边喝咖啡边闲聊。她们交换香烟和零食，也分享书籍。我不知道她们都聊些什么，我不感兴趣。她们叫我一起，邀请我参加，但是我假装没听见。总之，我在这所学校的日子已经不多。我感觉有更大的事情在牵扯着我。整个宇宙的科学有待发现，无数的问题有待提出。我渴求知识，而且永不满足。那栋楼里，没有什么再吸引我了。

让我非常吃惊的是，某天的微积分课结束后，兰德尔·黑格把我拦在角落，问我是否愿意在五天后的舞会上成为他的舞伴。他的声音踌躇而生硬，话语却出奇地正式。他把手斜举在胸前，好似拿着礼帽。让我更加吃惊的是，我慌乱得很，不可思议地答应了他。

我并不是不喜欢兰德尔，但我对他没有任何想法——尽管我在幼儿园时就已经认识他了。我甚至不确定我能不能从人群中认出他。他是会渐渐淡入背景板的那种男孩。但是当他结结巴巴地说出"我很荣幸"时，我简短地回应道："好啊，当然，为什么不呢？"事情就是这样。他郑重地握了握我的手，似乎我们刚刚完成了一笔商务合作。然后，我们一起上了第三节课。我还从未参加过学校舞会。但显而易见，这次我要参加舞会，我不清楚自己是怎样一种感觉。

然而，比阿特丽斯却欣喜若狂，她跳上床，在公寓里打了两个滚，还打翻了一盏灯。楼下的老人用扫帚猛砸天花板。

"不过，"她突然停了下来，"舞会是什么？"

"就是跳舞的场合。"我说，"也是聚会，人们会盛装打扮。"

"你应该打扮成一条龙！"比阿特丽斯欢呼。

"没有龙。"我心不在焉地说。此时此刻，这是个敷衍的回答。就像在过马路时提醒她要看着两侧。"而且，这不是那种聚会。"

"那是哪种聚会？"她问道。

"化装舞会。"我回答。

"所以要化装呀！"她说得极耐心，似乎我难以理解这显而易见的事实，"化装成一条龙。"我瞪了她一眼，她有些受挫，我感觉不太好。于是我坐到床边，握起她的手。

我向她解释校园舞会的规矩。女孩们会戴上手套，踩着高跟鞋,穿着曳地的长裙;男孩们则穿上无尾的晚礼服,虽然他们都不懂那是什么东西。比阿特丽斯很失望,她爱与变装有关的一切。

"此外,"我说,"即使是化装舞会,我也不会扮成一条龙。她们——"我差点就要说"她们是毒兽",好在及时止住了话头。这话太不友好,侮辱的话语没有任何好处。我紧抿双唇,"她们干扰人类。总之,这不重要。我需要的是漂亮裙子。"

幸运的是,我有一些漂亮的裙子。我拿出了之前放入香囊、用薄纸包好的母亲的裙子,把它们一条接一条铺在床上。我还把她包好的鞋帽拿了出来,成套地摆好。比阿特丽斯双手握紧,虔诚地喘息着。房间里突然充满了迷迭香的味道。这些衣服款式老旧,但依然讨人喜爱。

我依次试穿,同时搭上配套的手包、鞋子和手套。比阿特丽斯点评各自的优缺点。她让我在房间里走一走,转几圈,说些俏皮话。

"我喜欢你化装,"她说,"但我也喜欢你做自己。穿上那件,再说说数学。你说到数学的时候最像你自己。"

这些裙子很合身,我的身形和母亲别无二致。这个事实让我大吃一惊。我们的身材是如此相似,至少一度如此,直到她的身体化为烈火,化为灰烬,化为长风。"林木枯萎,林木枯萎倾颓。"我打了个寒战。我的身体,最终也会如母亲的身体那般,背叛我吗?我也会抛下我最爱的人吗?

"我要穿粉色的那件。"我告诉比阿特丽斯。那是一件粉色的绸缎裙,有着薄纱的裙摆、镶着蕾丝花边,还有手织的绳结幻化成星群般复杂的图案。我试着穿上这件裙子,为比阿特丽斯旋转,她也随着我旋转。

"粉色永远最好。"她信誓旦旦地说,"这就是科学。"她马上走到画桌旁,画了一幅画。画上的我穿着粉裙子,正骑着一条龙。这是一个月以来,她画的第一张与龙有关的画。这让我有些恼火,但是我决定不去争吵。她画完后,我把这幅画挂在了冰箱上,也算是为了哄她按时睡觉。随后,我取下这幅画,准备将它扔进垃圾桶。

我停住了。

那是一条黑绿相间的龙,龙身闪烁着星星点点的银灰,看起来就像玛拉。比阿特丽斯了解多少?我将这幅画放在我的床下,就在母亲的木盒旁边。

※

舞会之夜到了,兰德尔·黑格按照约定,开着父亲的车来到我的公寓门前。他穿着黑色西服,人们参加面试或葬礼时穿的那种。我几乎认不出他,这倒也正常。我在楼外与他见面,因为我不希望他看到我的住处,这并非出于羞耻,只是我从未邀请过任何人进来,除了偶尔上门的保姆。还有吉津斯卡夫人,不过她是不请自来的。有时候,人只是习惯了和世界保持距离。

我的裙子是塔夫绸、雪纺绸和薄纱制成的,我的一举一动都会让它沙沙作响。我的肩上搭着母亲用丝线缝制的蕾丝披肩，颜色如天空一样。我像姨母那样做了卷发，像姨母那样涂了红色的口红。我无意去模仿她，但或许在某种层面上，我看起来确实像她。不知不觉地，我发现自己也用了宽步的站姿，我发现我希望自己也穿着一双军靴。

我知道比阿特丽斯正在窗边看着我。还有住在隔壁砖房的寡妇，达尔加夫人。我喜欢她，比阿特丽斯也是。她经常照看孩子。她的儿子和女儿都在战争期间死去了，女儿是护士，儿子是飞行员，两人都在异国被敌人射杀。虽然有着这么大的悲伤，达尔加夫人却依然是个不慌不乱的乐观女人。她的身量如树桩，后脑绾着的圆发髻像树瘤一样。她经常端着成盘成碗的波兰饺子、甘蓝菜猪肉卷和菜汤上门，并特别强调，如果我们不能马上吃完，就会当场因饥饿而死。

透过窗户，我听到达尔加夫人说："小姑娘[†]，那可能是你的新爸爸。"比阿特丽斯听见后开怀大笑，喊："别逗啦。"我脸红了，希望兰德尔·黑格没有听到。

他停好车，来到副驾驶座的车门处，正要一言不发地拉开车门，随即想了想，转过身来面向我。他长得不丑，只是……很难被记住。他伸出手，我握住它。他的神情庄重而严肃。

他伸出手想摸摸我的裙子，又思量了一下，手又缩回衣兜。"你的裙子真漂亮。"他说着，脸颊红了起来。

"谢谢，"我说。"是我母亲的裙子。"

[†] 原文为波兰语。

他脸色转而慌了。"对了,"他说,"母亲!我差点忘了。"他一拍脑门,走到驾驶座那边,猛然拉开车门,探身进去,翻找一阵后拿出一个小盒。他把它塞进我的手心——那是一朵粉红康乃馨的胸花,带着一截丝带,可以系在手腕上。

"谢谢。"我说。

"我母亲说我应该送你一个。"他说,"她挑了这个。"他叫我伸出手,他好帮我系上丝带。

"噢,"我说,"谢谢你的母亲。"

"我也帮忙了。"他说着,脸颊更红了。他打开车门,请我上了车。我们沉默地坐在一起,他沿街缓缓驾驶着,神色紧绷,似乎在盯着任何可能给他父亲的车造成损坏的东西。我们慢慢驶向学校。

我们到达学校的时候,楼顶上正排着成群的龙。我从没同时见过这么多龙。我没有看到姨母,但这不意味着她不在这里。我向上瞥去,试图在斜射的阳光和深邃的暗影里辨明她们的脸。但是很难。这些龙不说话,也不移动。她们只是把手放在心口。她们的姿势很美,双足分开,膝盖微屈,下颌上扬。她们拿着手包、工艺袋和公文包,似乎还有便当袋。其中一条龙提着一个老式手提箱。她们的眼神清澈、宽广,似乎在寻找什么。

我打了个寒战,等着兰德尔走过来,为我打开车门。我从不理解,为什么人们把这看作礼节。毕竟,没有人为他打开车门。打开车门不是一个困难的动作。话虽如此,我还是在等着他,双足交错,戴着手套的双手交叠落在轻盈的粉色裙摆上。那条裙子甚至不属于我,或者至少从前不属于我。我想它现在属于我了。我还穿着母亲的鞋。我说不清心里的感觉。我重新理了理披肩。

兰德尔打开车门,向我伸出手。我牵住他的手,走下车。隔着手套,他的手依然很凉,而且难以置信地潮湿。我捏捏他的手,示意他可以放手,并表示感谢。我把手放在胸前,好像是在祈祷。不知道为什么,我抬头看了看,然后发现一条龙正饶有兴味地看着我。她简单地点头示意,然后望向天空。

我不知道那是什么意思。

兰德尔注意到了我的举动,厌弃地皱了皱鼻子。"啊,"他说,"她们在学校已经够讨厌的了,还非要参加舞会吗?"我决定忽略他这个再明显不过的牢骚。很久之前,母亲告诉我,没有什么比爱发牢骚的男人更糟糕的了。她说的一定不是父亲——他寡言少语。我想,她只是随便说说。我多希望当时听得更真切些。

"我倒很喜欢。"我说。他困惑地看着我。"你知道吗,她们就像仪仗队,看看她们多么庄严,多么高贵。"我发现自己突然想起了吉津斯卡夫人。

"仪仗队都是男的。"他尖刻地说,"不管怎样,一条……是谈不上高贵的。"他的声音弱了下来,清了清嗓子。他甚至不敢将那个词说出口。

"一条龙?"我追问。不可思议的是,他的脸更红了。

"我不知道，人们为什么如此避讳这个词。"我说，"就像是让男孩子单独上健康课，这样，他们就不必听见月经——"

"啊！"他用手捂住耳朵，仿佛要昏过去一样，"我们换个话题吧！"

"好吧，我们走。"我说着往前走，收回了手。他示意我挎住他的手臂，但是我只是含混地笑了笑，并加快了脚步。我暂作停留，又看了眼天空。少数行星和最明亮的恒星渐次显现。我如芒在背。教学楼上空，一大群龙正在盘旋，时而俯冲，时而打旋，身后是暗淡的蓝。夜晚未至，但夜色将临。

35

筹办方将那年舞会的主题定为"远洋的浪漫",这主要是因为可以再利用学校演出《彭赞斯的海盗》时的装饰。蓝色玻璃纸包裹的灯泡,还有象征海浪的蓝色飘带装点在体育馆的四边。四名和我一起上文学课的女孩分别把法国国旗、英国国旗、美国国旗,以及海盗旗披在肩上,用丝带系好当作斗篷。她们每个人的手里都拿着海盗帽,但是不戴上,因为那很可能打乱她们的发型。

每个人都很开心,至少女孩们很开心。她们如飞鸟穿梭于人群,五彩斑斓,步履翩翩。她们的臀部随着脚步摇晃,拂过双腿的裙摆泛起涟漪,精致的鞋跟优雅地击打着地板。她们挽着朋友,美丽的头颅倚着匀称的双肩。她们互相挥手示意,也向我挥手示意,令我很是惊讶。准确地讲,她们看到我时便神情一亮,红唇绽开明丽的笑容。在学校的这些年里,还没有人对我这样笑过,不过我承认,我自己也没有这样笑过。身披旗帜斗篷的女孩俯首屈膝,互相行礼。她们两两一组,搂住彼此的腰,牵起对方的一只手,跳起一段简短的华尔兹。我倒吸一口气,不得不移开视线——她们太过耀眼,我经受不住。

我抚平裙子的上身,手指滑过粉色的雪纺绸。母亲的裙子,完美地合我的身。我的身体变成了她曾经的身体——在初患癌症之前,在癌症复发之前,在被癌症吞噬之前,在化为灰烬与空气之前,在随风消散之前。

体育馆里面没有龙,校舍里面也没有。然而,我们都知道,龙就在楼顶守卫着。我们都知道,她们在天空滑翔、盘旋。每过一阵,就会有一条龙出现在窗外,化作一阵带色的闪光,恍然间显露出牙齿、鳞片、肌肉和眼睛,然后顷刻消失。

"你需要一杯潘趣酒,"兰德尔突然说道,"母亲说,我应该为你拿一杯潘趣酒。"

我不渴,但是兰德尔已经走远了。好奇怪的男孩,我发现自己在琢磨为什么会答应这整件事。兰德尔走到茶点桌旁,雷诺兹先生和两位科学课老师守在那里。其他男孩也在为女伴取潘趣酒,兰德尔完美地融进了他们之中,我用力辨认,却认不出他。我转而去关注跳舞的人。

利奥妮修女和另外两位修女巡行在舞池中,仿佛在一对对舞伴之间插入量尺,从而确保舞蹈的纯洁。

"为主留点空间。"利奥妮修女用英语和法语说,以示她的认真。

兰德尔端着两杯潘趣酒回来了,还在鞋面洒上了一点酒。我小心翼翼地啜饮。

女孩们开始成群地聚在一起,留下舞伴独自待在舞池的边缘,男孩们拿着外套、披肩和手包,不知如何是好。男孩们站立的重心从一只脚换到另一只脚,有些男孩走到后墙的椅子坐下。结队的女孩轻盈地向我的方向走来,宝石红、翡翠绿和暗金色交错辉映,她们放出了斑斓的光,露齿而笑,眼睛闪烁。她们三人一组地跳舞,而后七人一组,而后十三人一组,手臂、裙摆和松动的发髻交缠在一起。她们腕上的手镯闪闪发光,点缀项链的水钻在富有光泽的肌肤上辉映。男孩们瘫在场外,抬手至眉头,挡住刺眼的光线。一个接一个,他们皱起了眉头。我不知道是怎么一回事。看看她们,我想说,如果你愿意被这样的美所围绕,你难道不会马上行动起来吗?我之前从没想过这一点。是的,我想,我知道我会的。我捂住心口,感到皮肤滚烫,全身颤抖。

乐队成员里,除了美术老师及其兄弟以外,还有三个去年毕业的家伙正吹着喇叭,另有一位年长的女士正在打鼓。这些人的水平不怎么样,他们正注视着越聚越多的女孩,结果漏了音符,丢了节拍,还偶尔忘掉歌词。但似乎无人在意。

"我喜欢你的裙子,亚历山德拉。"一位女孩对我喊道。她正挽着她朋友的手臂,跳着华尔兹。裙摆沙沙,鞋跟嗒嗒,这看起来远比和兰德尔跳舞更有意思。我深吸了一口气,手捧着脸颊。

"谢谢!"我喊了回去,还补上一句,"我的朋友都叫我亚历克斯。"虽然这话并不完全真实——毕竟我压根没有朋友。但是啊!我多希望这话是真的。我从未在学校感受到孤独,可是此刻……

一位女孩对我微笑,仿佛乍现的一道光。我感觉自己几乎要双膝跪地了。"亚历克斯这个名字很美。"她说着,向我投来飞吻。我希望我知道她的名字,我希望我记得。我的手指正把玩着母亲编织的蕾丝结,仿佛被困在原地,囿于此间生活——以我未曾察觉的方式。

"你的鞋好看极了。"兴奋的声音从另一群女孩中传来。

"你的头发搭配那个玫瑰色发夹特别漂亮!"一群女孩开始无意地摆弄着自己的头发,像小孩子一样。

"我很高兴你来了!"声音从房间另一端的一群女孩中传来。更多女孩离开了原来的舞伴。她们以不可阻挡之势汇到一起,如无数粒子,汇聚成一颗星星。为什么会如此?或许,人多即安全;或许,小事物聚到一起,就会大到不可思议;或许,她们只是更喜欢女孩子的陪伴。而且说实话,为什么不呢?

空气中发生了微妙的变化。我先是感到发丝间有一种干燥、尖锐的触感,仿佛静电。我不敢触碰任何物体,害怕触电。

成群的女孩轻灵地走来,夸赞我和其他女孩,然后又轻灵地离去。她们旋转,分离,又撤回到一起,上演着引力、积聚、点火和加速的舞蹈。女孩们大摇大摆地舞动着,臂挽着臂,脸贴着脸,发丝缠绕成复杂而可爱的结。她们很美,令人目眩。我不属于她们,不属于那份亲密无间,不属于其他任何部分,从来如此。我的母亲也没有朋友,她的身边只有她的姐姐,没有其他人;我的身边也没有其他人,只有我的妹妹。我不知道如何应对眼前的场景。我总是那个站在一边的女孩。是星海中的一颗孤星。我总是很愿意当这样的女孩，或许是从前如此，但眼下我已不再确定。

一条龙停在西侧的窗外。龙身呈叶绿色，双目如红苹果。她向我递了个眼色。兰德尔注意到我的视线，他眉头锁起，脸色阴沉。"她们最好不要毁了舞会。"他抱怨道，"这一晚对我们很重要。这不公平。"

我看着他。"她们怎么会毁掉舞会呢？"我问，"她们不过是龙。"

他哽住了，脸更红了。但是他鼓起勇气，打算硬撑下去。"你知道的，变成……那些东西，"他喝光杯中的酒，"还有相关的谬论，在公共场合等等，在任何人都能看到的地方，是不该被允许的。我父亲说，如果是战争期间，人们不会任由她们待下去的。"

我大声笑了。"你在说什么？人们当然会的。"我说，"人们没有其他选择。"

兰德尔的脸又红了，但这一次不是因为尴尬。很明显，他不喜欢我嘲笑他。"好吧，你明白，有些，呃，有些战时规则，还关乎荣誉。还有，你知道军队要遵守命令，还要拿枪。"他怒视窗外。

"兰德尔·黑格，这是我听过的最愚蠢的发言。"不知为何，他让我非常生气。他对我说话的方式，在我的心头点燃了一把怒火，炽热、明亮、猛烈。我以为我就要失控了。"子弹不会对龙造成任何影响，这不是要谁待下去的问题。而是应该接受这个世界与你曾经的想象有所不同。我们曾经认为，世界上不可能存在龙，然后龙来了。我们原以为龙会一走了之，现在她们回来了。我们认为自己拥有的选择其实都是幻觉。"

兰德尔怒视着我："你的话里有很强的反美情绪。"

我哼了一声。"哦，是吗？"我把酒杯递给他，双臂环抱胸前。我试图调整表情，但是我想我的表情要比自己设想的更冷硬、尖刻。兰德尔脸色苍白，稍稍后退。"你解释一下。"在他开口之前，我竖起一根手指，"但是，请使用清晰的论点和符合逻辑的论据，还得有实例做支撑。我非常期待听到你的结论，我也相信你会感谢我不加掩饰的反馈。"他退缩了。我突然意识到，或许这就是我没什么朋友的原因。我决定不去在意这一点。

"呃……"兰德尔开口了。

"不用急，"我看了看手表，"我可以等。"

我不必去等。又是成群的丝带、裙摆和美丽的臂弯翩然而过，女孩们抓住我的肩膀。"女士专场！"她们欢呼道，"男孩们可以观摩学习。"我被拉进交错的手臂、裙摆和一对对套袜的双腿中间，女孩们的引力将我吸走。

每扇窗外都栖身着龙，她们望向体育馆内，用龙爪扒着窗户。似乎无人注意到她们。我无法移开视线。女孩们忙于跳舞，完全沉浸于此刻；男孩们忙于怒视，完全愤懑于此刻。我既在场内，又游离其外；既观察他人，又被人观察；既在此地，又无处不在；既在此刻，又在彼时。一种分裂，一种悖论。此时此刻，我在每时每刻。音乐奏个不停，缭绕往复,富有张力。女孩们扭动腰肢,摇摆身体,从舞池的一端绕到另一端,双手相触,彼此联结。茶点桌旁,两个男孩在打架,一个男孩已经把对方打出鼻血,然后又被撞进一碗潘趣酒里,倒在地板上湿黏的水坑上。没有人抬头看龙,而我却不能停止看向她们。我想到在医院的那天,母亲去世的时候,我如何盼望姨母打碎窗户,闯入病房拯救我们——那是一种愤怒、悲伤和复仇之意的爆发,一种希望、关怀和联结之心的释放,一切发生在一瞬之间。但她没有来,龙就待在属于她们的地方。再一次,我发现自己同在所有的时刻:过去、现在和令人忧虑的未来。时间与空间的线索在我的经历中穿梭缭绕,它们彼此相交,在我的心中打了一个结。每一个地点,每一个时刻,每一次心跳,每一段时间的碎片,每一处变向的人生线索,在这个结上彼此连接。音乐在跃动,一双手牵起我的手,带我转身,世界天旋地转。母亲离世的时候,她只剩一具空壳,似薄纸,似灰尘,似空气。(林木枯萎,林木枯萎倾颓。)另一个女孩搂住我的腰,我感受到她臀部的热量压在我的臀部上,脚下的大地在摇晃,我头晕目眩。我看到我四岁那年见到的那条龙,从那天起我学会了沉默;我没有背景知识,没有参考体系,无法理解我的经历,大人们希望我忘记,而且几乎是迫使我去忘记。一位女孩伸出戴着手套的手,抚上我汗津津的锁骨,沿着我的手臂滑下。我颤抖了。姨母几乎毁了她的家,飞离了她的生活,我的表妹成了我的亲妹妹。我家里一个完整的部分被永远抹去了。至少我是这么想的。一位女孩的指背攀上我的双颊,她凝望着我的脸。我脖颈的皮肤开始发红。她的眼中有银河。有些龙在遨游宇宙,有些则潜进大海,有些则深入雨林——她们离开,且没有回头。我们以为她们不会回来了。她们不应该回来。然而,她们就在这里。音乐声更响了,渗入我的骨骼,跳舞的人仍在打转。那些女孩,她们如此迷人,令人出神。她们舞动起来,像一个有机体,或者说伴随着一种集体的思维。一群女孩,一群女人,一群舞者。她们欣喜若狂地昂着头,海浪般涌动的身体放射出喜悦——喜悦于在这样一种时刻,做这样一种人,过这样一种生活。红红的脸,红红的唇,手指与手指在缠绵,臀部的轮廓触及彼此,令裙摆的薄纱簌簌地响。

我也是她们中的一员,但我也游离在外,我清楚地知道我是游离在外的。这让人痛苦,但也别有趣味。此刻的记忆与我其他所有的记忆相互交缠,构成我的戈耳狄俄斯之结。那些红润的脸庞,丰满的嘴唇,纠缠着母亲最后的呼吸,纠缠着醉倒在酒瓶旁的父亲,纠缠着索尼娅被带走时的表情,纠缠着臂弯中颤抖着抽泣的比阿特丽斯。它们因于时间,又被解开,一同出现在此刻。我触碰,我落泪,我向往,我抓住,我转身离开。

窗外,龙在叹息。她们如何不叹息?这些女孩,她们如此美,如此,如此美。或许我也很美。我展开双臂,开始旋转。放开,彻底地放开,这感觉是如此美妙,哪怕只有一秒。

吉他手停止了演奏,鼓手也停下来了,喇叭手没有注意,还在固执地继续。

"马上停下!"利奥妮修女气喘吁吁。

"女孩们,"雷诺兹先生喊道,"停止跳舞。"

她们没有停下。

我靠近观察。我开始以科学家的视角,冷静、抽离地观察。即使音乐已残缺不全,女孩们却跳得越发热情、有力。我安静地站着,望着她们。然后,我明白了。她们的嘴唇在闪光(我摸摸我的嘴唇,没有发生变化)。她们的双眼变大(我摸摸我的眼睛,它们一如往常)。她们仰头望着天空。空气中弥漫着肉桂、丁香和磷的味道。灼热的味道。梅芙·奥哈拉的指甲不断生长,蜷曲成漂亮的尖角;洛蕾塔·诺瓦克露出金色的笑容。我忽然意识到,自己希望手边能有个笔记本,记录下这一切,记录我的观察,追踪相关数据。我望向窗外,龙开始拍打玻璃。

"天啊。"我说。

玛莉斯·拉森找到贝蒂·谢伊美丽的双唇,狠狠地亲了一下。修女们被吓住了。除了跳舞的女孩,没有人移动。艾丽斯·卡明斯惊奇地盯着从她露趾的鞋里长出的龙爪,她用拇指抚过礼裙的前襟,随着裙子褪离身体,她叹了口气。她从裙子上走过,赤脚,赤腿,胸部稍不对称,但依旧可爱。她的耻骨弧度精致,就连沿着大腿的曲线落下的血滴也很美。我几乎忘记呼吸,她太美了。

兰德尔·黑格手里端着两杯潘趣酒,他终于说话了。"喂。"他喊。

"闭嘴,兰德尔。"我说。我按住胸口,眼前有如此多的美,我的膝盖开始颤抖。

我猛然发现,音乐不知何时已经停止。时间失去了意义。女孩们或许在寂静中舞动,或许她们有着属于自己的音乐。我的母亲真的也可以化龙吗?那一瞬间,我想到了学校的修女,想到吉津斯卡夫人,想到我的继母,想到照顾比阿特丽斯的寡居妇人。每个人都听到了呼唤吗?我也会听到吗?如果我听到了,我会随它而去吗?是否有人收到了呼唤,却不解其意?是否有女人根本没有收到呼唤?我抚过母亲裙子的蕾丝边,每一处绳结都像是一个承诺。我想象着她编织绳结时的手指。一个结,把两个截然不同的事物变成永恒的整体。我是我母亲吗?我母亲也是我吗?她此刻在我身边吗?她是否在抚摸我此刻抚摸的绳结?我不知道,我感到昏乱,四处都充盈着美。

尤妮斯·彼得斯的牙齿乍地放出钻石的光芒,她似乎没有注意。有一位修女开始显出绿色,也没有人注意。喊声夹杂着动作,热量混合着变化,形变伴随着速度,我站在这里,脚钉在原地,彻底地静止了,成为混乱宇宙中的一个定点。龙在守夜。那一时刻把我包围。我深入骨髓地理解了,她们都会变,而我不会。我不知道原因,但我知道事实就是这样。

艾丽斯的拇指滑过她的胸部。我的心碎了。我望向别处,我无法忍受看着她们飞走。

室内变得灼热。大家脸颊通红,皮肤光滑。一条龙在舞池中眨着眼睛。艾丽斯不再是艾丽斯,或者说,她比从前更是艾丽斯,她是不受束缚的艾丽斯,她是艾丽斯组成的复合体,她是无限度的艾丽斯。她展开崭新的翅膀,发出喜悦的长啸,震碎了窗户。

玻璃的碎片如回忆般坚固而明亮,化作雨点骤然落下,在地上璀璨闪耀。

外面的龙飞了进来。

新生的龙飞上天空。

衣裙凌乱散落在地板上。未化龙的女孩在赤身舞蹈。女孩们有了龙的眼睛和龙的嘴巴。背棘从椎骨猛长出来,娇嫩的皮肤生出明亮的鳞片,着了色的脚趾化成卷曲的龙爪。

我走出舞池。男孩们无法移动。我的手还是我的手,我的嘴还是我的嘴,我完全没有化龙。我的手按着母亲的绳结,我不能让她离开。我向后一步一步地缓缓退去。梅芙化龙了,尤妮斯化龙了。玛莉斯、洛蕾塔、埃米琳、贝蒂,还有六位修女悉数化龙了。我继续后退,撞上了一条黑绿相间的龙——是姨母。

"玛拉。"我低声道。比阿特丽斯抱住她的脖颈:小女孩的手臂,小女孩的双腿,龙的眼睛,龙的嘴巴。我的脑海泛起波涛。

"不,比阿特丽斯!"我大喊,"不要!!"

我不能追随你的时候,请不要抛弃我。我的心在抽泣。不要抛下我一人,求求你。

砖墙在呜咽,两个男孩发出尖叫,体育馆的后墙开始坍塌。

姨母伸出一只爪子。"这里岌岌可危,我们走。"我爬上她的脖颈,手臂环住比阿特丽斯。姨母跃入黑夜。

36

那一年没有毕业典礼。而且说实话,学校根本不应该为我们颁发学位,毕竟我们所有人都未完成最后一整月的学业。和我同一班的毕业生几乎消失了三分之一。我应该加上引号——"消失",这是官方的话语。她们并没有消失,我们都很清楚那些女孩发生了什么,也知晓她们多半的去向。

不只是我的学校。在那个 5 月,全国各地的女孩之间又发生了大规模化龙。人们称之为"化小龙事件",只有耍机灵的记者用这个词。那天化龙的女孩们最小的十岁,最大的十九岁。

这次化龙的规模远比不上 1955 年的大规模化龙事件。全国范围内,化龙的女孩不到 3 万名,她们蜕去自己的皮肤,朝天空露出尖牙。许多地区并未听说化龙事件。与此相反,化龙事件集中在全国各地随机分布的几个小区域。还有一处不同:有些女孩和她们早先化龙的母亲或阿姨一样,展开翅膀,直冲云霄,在大海、群山、雨林或高空追寻自己的命运,但还有许多女孩留在了原本的地方。

被赶出家门的女孩(唉,这很常见)在公园里组成团体,或是居住在废弃的工厂或仓库里。大多数化龙的女孩希望继续接受教育,如常在星期一返回学校,将她们过大的身躯挤入狭小的校门，结果被警察和新近成立的反龙小队拒之门外，有时就连国民警卫队也会出动。学校的管理者并不欢迎这些随时可能逾矩、还会喷火的学生。他们认为这些化龙学生因不服管教而带来的风险不可估量。校长们想知道，如果她们不能被控制，又该如何被教育？起初，绝大多数学校采取了强硬的态度。几个月来，全国的报纸编辑收到的来信都与龙有关。未化龙的女孩的母亲们泪流满面地成群走上荧幕，要求学校保护她们的女儿，使其免受龙的影响。她们要求国家多为孩子着想。

出现了"仅人类准入"的标语。

与此相反，图书馆员们则表现出更多的同理心与灵活性。没过多久，全国各地的图书馆有了小型的学习群体，满足了最近化龙的年轻女孩的需求。

我所在的城市是化龙的重灾区之一。舞会后的早晨，到处都是龙。她们在公园里现身，在公交车站的长椅上闲坐，在河边晒太阳，在乡间小路上久久地散步，然后突然想起她们已经懂得如何飞翔。小老太太们驱赶着玫瑰丛和果树旁的龙，老头儿们把龙赶出草坪。警察告诉人们要远离龙。然而，没有任何官方的说明来解释应如何处理这些新出现的龙——其中的绝大多数还是尚未成年的女孩。没有稳定的政策。美国总统发表了演讲，用暧昧的措辞讨论"新的挑战"，甚至拒绝说出"龙"这个字眼。然而，透过他磕磕绊绊的演讲，每个人都听得出来他心里想的就是龙。这个国家，再次决定假装一切如常，继续前行。

一切已经失常。

此前的龙,即大规模化龙事件及自发性化龙事件中出现的龙,继续大规模地返回家园。并非全部,但是随着时间的推移,她们数量显著增加了,其身影已到处都是。龙不会做出宣告,也没有一致的行为模式,她们只是归来。然而,吉津斯卡夫人似乎总是知道,下一批龙将在何时现身。她在图书馆旁边支起顶棚,布置了一个面积颇大的用餐区域,并聘请了两名前社会工作者(都已化龙),帮助和服务回归的龙。此外,她还从不同的基金会申请到了几大笔赠款,用来资助她在中西部的几家废弃的工厂里为龙创造的公共生活空间。龙们似乎很是感激,她们不会闹事。在公共空间居住一阵后,她们就开始工作了:有些在家庭农场帮助种植;有些自愿到贫困社区分发食物;有些沿着河道施肥,拉走残留的工业垃圾,好让绿色重回大地。

"嗯,就我个人而言,我不太惊讶。"吉津斯卡夫人对我说。那时她顺便来到我的公寓,送我毕业的礼物——确切地说,是祝贺高中结束的礼物。"我们无法解决难题,除非我们齐心协力,我们所有人。天哪,我们的面前确实存在难题。"

一队龙前来修缮体育馆,她们修好了舞会之夜意外翻倒的汽车。她们在公园里组成了缝纫团体,向当地的慈善机构捐赠了毛衣、毛毯和婴儿的衣物。

"无视即可。"市政府的官员们说,但是并未指明需要无视的具体是什么。似乎通过无视龙,龙最终就会自行离开。

她们没有离开。

先生们，我很惊讶你们将我召回到这个委员会的面前，尽管我怀疑这背后有其他缘由。我知道，对于你们之中的许多人来说，这是艰难的时刻，毕竟改变是艰难的。放弃我们曾以为的真理是痛苦的。我相信，我们已经触及神秘主义的"未知之云"，或是克尔恺郭尔所说的"信仰的跳跃"。

身为一名科学家，在你们面前宣告科学没有答案，对我来说是一件奇怪的事。但是事实如此，科学很少为我们提供答案。与此相反，科学为我们提供方法，帮我们提出更多的追问，它让我们了解前因后果、相互联系和背景情况，增益我们的好奇心。我们可以用大头针插入蝴蝶的胸膛，好让它们的翅膀停下来，以便我们近距离观察。然而，如果那样做，我们永远无法知道蝴蝶如何用翅膀推压空气的纹理，以振翅飞翔；也永远无法知道，蝴蝶会选择哪一前进的方向，或采取怎样的行动。科学的局限就在于此。

你们将我带到此处，因为你们当中某些人的女儿已经化龙，你们中的一位的儿子近期也化龙了，你们中的三位有了化龙的姐妹。还有化龙的邻居，化龙的同事，化龙的妻子。我知道，这令人难以接受。我知道，你们当中的一些人坚持认为，化龙不仅是场灾难性的悲剧，本质上更是生物性的变化，因此一定有生物性的解药。

我在这里，帮助你们打消此念。

我在这里，请你们接受无法改变的事实。

我在这里，向你们指出一个事实：很久以前，人类崇拜神圣的女性，受制于她的权势和力量。她的能力既可建设，又可破坏；既可造就繁盛，又可引发贫瘠；既令人喜，又令人惧。倘若多年的研究只使我学到了一件事，那便是答案永远不止一面。物质有波粒二象性，既是粒子，也是波。一言以蔽之，全宇宙都是对立的结合。

先生们，你们叫我来这里，是为了征服——试图束缚女性的强大力量，迫使它默从你们父权的控制，让我们的文化遗忘化龙事件的发生。朋友们，这不可能。诚然，遗忘蕴含着一种自由，国家也善于运用这种自由。然而，铭记自有巨大的力量。事实上，正是记忆，一次又一次地教会和提醒我们，我们到底是谁、我们从来是谁。龙就待在这里。我们要记住带我们走到今日的每时每刻；我们要记住我们失去的所有；我们要记住所爱之人的往昔，从而接受她们的现在，一如我们接受我们的国家，它有变化、有不足，却正在成长。一如我们必须接受全世界。

我认为，这将堪称神迹。

——摘自 1967 年 3 月 12 日，H. N. 甘茨博士对众议院非美活动调查委员会而做的开场陈述。H. N. 甘茨博士为约翰斯·霍普金斯大学医院前内科主任，美国国立卫生研究院、陆军医疗兵团、国家科学委员会前成员。

37

当我的高中毕业证书终于寄到了邮箱,我在威斯康星大学的第一个学期已经开始。邮局花了很长时间才找到我的新地址。我想,我不应该怪他们。我的新家算不上是个……正常的住处,邮递服务时断时续。

信封被揉得皱皱巴巴,毕业证书上似乎还有咖啡的浸印。但好在我还是拿到了。上面手写着我的名字。我以最高荣誉毕业——尽管我失去了母亲;尽管父亲抛弃了我,消失于我的生活;尽管我独自抚养了一个疯疯癫癫的小女孩;尽管我的伤口深重;尽管我遭受了这一切。

我本该打电话给父亲,告诉他这个消息,但我的父亲已经离世。所以我打给了吉津斯卡夫人。

"我还在想什么时候能听到你的声音。"吉津斯卡夫人说,"你有没有按我说的,去看看甘茨博士?上个月我同他聊过,他又提到你了。"

我没有去,我只是没有时间。我曾以为自己一进入大学就会投身学业,宇宙的每个奥秘都会被我揽入怀中。我会像用玻璃瓶收集萤火虫的孩子那样,轻而易举地掌握新的科学发现,只要轻轻一拉,便可解开数学的结。事实证明,大学里有许多事要做。甘茨博士在医学院的某个偏僻的实验室中做实验。他没有出现在电话簿上，但吉津斯卡夫人给了我他地下办公室的电话号码，只是我还来不及打电话。

"我还在努力适应环境。"我说。

"没关系。"吉津斯卡夫人说，我能想到她大手一挥，驱散我的焦虑的样子，"不过，你早晚要去见他，你会为此庆幸的。"

她等着我说话。我咽了咽口水，不知道该说什么。突然间，我有种很奇怪的感觉，我为什么要打电话？我需要她做什么？我是在寻求认可和肯定吗？我意识到自己深深地陷入了尴尬，又因尴尬而烦恼。

吉津斯卡夫人注意到了我的沉默。她果决地清了清嗓子，继续跟我聊下去："我一直想与你联系，但是有几个……"她顿了顿，我听见她的指节敲击木桌的声响，"……几个有趣的项目占了我的时间。"我知道，她指的是那些新出现的龙。有几家学校违抗了国家禁止龙进入中小学校的法令，但我想我的母校一定不在其中。当然，吉津斯卡夫人会到处奔走，庇护任何化龙的熟人。她不会让任何人的教育受到阻碍，尤其是女孩的教育。就此事而言，即化龙的人。

我后来知道，她在图书馆旁的空地建造了一处简易的飞机库，收容那些遭家人厌弃、无家可归的龙。她在西侧的入口安装了巨大的门，方便她们自由来去。她还将会堂改装成教室，在入口处立了标牌，上面写着"本图书馆向所有人开放"，向反龙的活动人士发起挑战（如果他们接受挑战，愿上帝保佑他们吧)。人们知道，她会站在图书馆的台阶上，看到偶尔出现的反龙人士，就对准他们的脑袋，抡起结实的手包。这就是吉津斯卡夫人，她总是那么出人意料。

我向吉津斯卡夫人讲了比阿特丽斯和她的新学校。我告诉她，现在已经是 11 月，而比阿特丽斯还没有闯过一次祸——她自己说的。我告诉她，比阿特丽斯最近读了什么书，她在学习画画，制作了一些能随风转动的复杂的金属雕塑，最近还开始尝试陶瓷手工。我没有提到，比阿特丽斯是如何接触到锻炉或高温窑的，也没有提到，对她这个年龄的孩子来说，这些东西到底有多不安全。不过，吉津斯卡夫人也没有问这些。

"嗯，"她说，"比阿特丽斯总是表现得不同寻常，她是这样的小女孩。我，就我个人而言，总期待着她身上会发生什么不得了的事情。余下的……"她犹豫了很久。"余下的家庭成员怎么样了，亲爱的？你的……身形庞大的伙伴们？"

不愧是图书馆员，我想，她到底是怎么知道的？

我不应该惊讶，她当然知道，毕竟她是吉津斯卡夫人。我叹了口气。

"好吧，"我说，"她们都……我是说，我们还在努力习惯彼此。事实上，她们帮了我不少，但这事还需要适应。"我露出些微痛苦的表情。"我是说，需要适应的人是我。比阿特丽斯当然很兴奋。但是对我来说……在那些事发生之后，我还是需要时间来接受。"我是不是太过自相矛盾？我是不是听起来太令人不适，甚至带着偏见？或许吧，谈论这些依然不是一件容易的事。我慢慢吸了一口气。"有些奇怪，我曾经那么绝望，独自抚养了比阿特丽斯那么久，现在忽然有了帮手，我获得了这么多帮助。帮手有时从耳旁冒出来，有时从头顶飞过……我明白她们是好意，我真的明白。只是，有时候，过多的帮助有些……"我寻找着词汇，"令人厌烦。"我知道我太刻薄，太不知感恩了。我突然对吉津斯卡夫人的评判感到害怕。"不是厌烦，这个词用错了。只是太过了，这样说可以吗？"

她并未刁难我，只是低沉地笑了笑，伴着连续的干咳。

"的确。"她又咳了起来，咳得很厉害。她用手捂住话筒，不让我听见那咳嗽有多严重，但我还是听到了。那和父亲的咳嗽声一模一样。"抱歉，我感冒了，小感冒难不倒我。"

她不会知道——我也不会知道——在那次通电话的一年多后，这场小感冒会难倒她。这场感冒后来发展成肺炎，在1965年的圣诞节夺走了她的生命。对我来说，那天即将发生的事的回忆，和那天说过的话的回忆，二者已密不可分。回忆嵌套着回忆，尖锐与柔软共存于同一片小小的空间。如今，在此刻，在此地，一想到那次对话，我依然会想哭。

我跟她讲了毕业证书的事，告诉她，我以最高荣誉毕业了。

"是的，我知道。"她说，又在咳嗽，"多希望你的母亲能看到。我知道她和我有所不同，但是我非常在乎她。我知道你的教育对她来说意味着什么，也知道为了让你继续接受教育，她愿意付出什么。亚历克斯，她一直以你为傲。在某种层面上,我相信她是存在的,即使是现在。"

突然之间,我无法直视那张证书。我如此想念母亲,我几乎忘记了自己还能说话。我屏住呼吸,不让自己崩塌。

"吉津斯卡夫人,"我开口了,"我只是……我是说……谢谢你做的这一切。"

她又在咳嗽。"我没做什么,也不算什么。重要的是接下来的事,我猜会非常有趣,你不觉得吗?"

我们又闲话了几句:我在研究什么,哪些教授很糟糕,她最近读了哪些书。然后我们就告别了。我们之后给彼此写过一些信,但那是我们之间最后一次通话。

我走上楼顶。我们在那里布置了一处露天的客厅。地上铺着耐得住风雨的旧地毯,摆着几把破旧的椅子和一对结实的长凳,长凳中间是一个砖垒的大火坑。我从引火桶里拿出几根枯枝,又在废纸篓里翻出几张报纸,将它们堆在一起点燃。熊熊的火焰很快就燃起了。我久久盯着毕业证书,想到母亲,想到她的身体枯萎成薄纸、空壳和轻风;想到父亲,他隐没于工作,隐没于酒瓶,最后隐没于虚无;想到曾经的家,被母亲无微不至地打理的家,最终消逝于热浪、烟雾和火焰生发的明亮瞬间。

"妈妈,送给你。"我说,将证书护在心口,随即扔进火堆,望着它燃烧。"在宁静的世界尽头,"我背诵道,"白发之影如梦漫游 / 东方永寂 / 薄雾迢迢,晨光映金廊。"

母亲在世的时候,她对这首提托诺斯之诗的爱让我不解;她离世之后,甚至直到如今也依然如此。但是,这不妨碍我背诵它，紧紧拥抱它。她低吟的词语成为我低吟的词语。这些句子对我来说如一件理应合身、实则不然的裙子。回忆会衰败吗？回忆会枯萎、干裂，直至破碎吗？回忆是女神口袋中的蟋蟀，只因错位的爱而活着吗？如果我紧紧守住母亲的回忆，是不是意味着她还在我的身边？回忆会见我所见，感我所感吗？我是个失去母亲的女孩，母亲却一直在我身边。这还不够。我闭上双眼，闻着烟雾的味道，听着纸页燃烧的声音。我用心里的眼睛去望向这火焰，希望找到同样望着这火焰的母亲的眼睛。我希望她能看到这景象，我希望她能看到我。我希望母亲变得更强大，胜过死去的她自己，胜过龙，胜过万事万物。

38

无论怎么看,我都不像一个正常的大学生。首先,我的住处距离任何学生公寓都很远,那是一个到处都是旧工厂和仓库的街区,我们是那里仅有的居民。其次,我还要抚养一个十岁的孩子,她总是坚定地望着天空,每天嚷嚷着要化为龙。

"还不可以,"我每天都要说,"拜托,现在还不可以。"然而,我发现,我对这件事的反应已经不似从前那样焦虑。似乎这是一件尚在推迟、但注定发生的事。而且,我越来越不在意肉身形态的区别。或许,这就是大学生活的意义之一:我们头也不回地摆脱了根深蒂固的观念。更可能的解释是,比阿特丽斯消磨了我的意志。每天送她走路上学的时候,我看她望着当地的一群龙从头上飞过,表情写满了伤痛、希冀和渴求。在这片地方,没有任何一所小学允许化龙的学生入校。这给了我最初的借口,好推迟剧变的发生——她的教育是我的底线,我不惜任何代价去保护。但是,这种情况会持续多久呢?毕竟,已经有龙出现在大学,出现在教堂,出现在公园与朋友会面,出现在国会大厦举行示威。在送比阿特丽斯上学的路上,她每天都会看到龙在帮助修剪树木,美化街道,参与清洁工作。

看起来，龙无处不在。

更不用说住在我们家中的龙。

回溯至 5 月，在我来到大学之前，在那个精彩又糟糕的舞会之夜，成群的女孩刚刚化龙，她们把衣裙丢在地上，喜悦地飞向天空。我被姨母玛拉匆匆带离即将坍塌的体育馆。我们着陆在公寓门口的人行道旁，气喘吁吁。比阿特丽斯恢复了原形，部分化龙的过程使她筋疲力尽，她坐在门廊上，旋即便睡着了。姨母看着我，双眼突然圆睁了起来。她刚刚想到一件事。

"你的父亲没有发现，对吧。"姨母问得很急切。警报声响彻夜色，龙在空中盘旋，一辆疾驰而来的汽车看见了人行道旁的玛拉，急忙掉头。"关于那些账户的事？"

"什么账户？"我问。

她用爪子掩住嘴巴，说："她的东西，你留着多少？都让我看看。"

姨母解释道，她坚持让我母亲在婚前用母亲自己的名字开了一个账户，在我还是婴儿的时候以我的名字开了一个账户，在比阿特丽斯还是婴儿的时候又以她的名字开了一个账户。三个账户都在麦迪逊的一家银行开户，远离我的父亲。

"最开始存入的是我们父母留下的钱，他们的积蓄，农场经过银行的提取后遗留的份额，还有一份微不足道的人寿保险。然后,我们俩每月拿出一部分钱存进去。你母亲得瞒着你父亲,但其实不难,毕竟他根本不在乎家中的账目。我很认真地说,他就是个看不起女人的废物。不过,和你母亲用这些钱做的事相比,我投入的钱根本不算什么。我告诉过你,你还记得吗?我告诉过你,她是会摆弄数字的魔法师,我没有开玩笑。她只是看着数字,数字就会变大。"玛拉的眼睛闪烁着泪光,"我们一分钱都没碰。她说我们可以在适当的时候用这笔钱,我相信那一刻就是现在,让我看看她都留下了什么。"

我走进公寓大楼。玛拉站在外面,伸长脖颈,把头靠近窗户。比阿特丽斯很高兴。她似乎睁不开眼睛,但还是很高兴。一条龙,一条真正的龙,就在我们的公寓外面。虽然只露出脑袋,但仍然是一条真正的龙。多么美好的一天。

(我们怎么称呼她?比阿特斯问道,她似乎又快睡着了。她是我的姨母,我这样告诉比阿特丽斯。母亲不喜欢提她。她离开的时候,我们都很伤心。我还没有准备好告诉比阿特丽斯故事的全貌,我不知道我什么时候才能准备好。)

我花了很久,翻找父亲随意丢弃了多年的文件,比如装了出生证明和受洗记录的银行箱子。终于,我想起了还藏在床下的母亲的雕花木盒,父亲在3月交给我的那个木盒。我将木盒放在腿上,双手颤个不停。姨母睁大了眼睛。

"噢,"她的声音近乎耳语,"是我为她做的木盒,已经过去太久了。"

我解开锁扣,打开木盒,迷迭香、金盏花和百里香的气息扑面而来。我闭上双眼，感受这股香气。这似乎只是一个存放各样纪念品的木盒，里面有老照片、赞美诗集、几枚戒指、一尊神情惊讶的鱼的雕刻、一条带着印章挂坠的项链、一些完全由绳结织成的玩偶，还有一把古旧的滑尺。我马上注意到盒底还有暗藏的空间。我把其他东西拿出来，发现了下面是两个牛皮纸信封，里面是账户的相关信息，此外还有那位好心的保管者的姓名、地址和联系电话。

第二天，姨母不顾我的反对，坚持要带我飞往麦迪逊。她坚持道："没有人会注意我们的，天空中飞着这么多龙。"她错了。我们每到一处，人们都会驻足观看我们。一位老奶奶拍了我们的照片，还有一个男人向我们扔石头，但是没有打到我们。玛拉和比阿特丽斯等在门外，我进去见那位银行职员。他和我的父亲年岁相近，有着纤细的手指，穿着一件土灰色的羊毛西装。他是母亲上学时的朋友。看到我的那一瞬间，他的心揪住了片刻。

"一定经常有人对你说，你简直是母亲的翻版。"他有些喘不上气，我只是笑笑。事实上，从未有人这样跟我说过。他给我展示了相关的文件，解释说他只是执行了母亲经过精确计算的指示，这笔资金就有了不菲的收益。"她是一个奇迹，你妈妈是真正的奇迹。"他惊叹道。母亲坚持认为，钱应该与土地挂钩，因此这笔资产里包括一家小农场的股份，每年都会带来一笔微薄的利润，此外还有一幢位于工业区的大楼，位置偏僻，离学校不远，周围有些房客，经理抱歉地说。

我还没有找到一处公寓可住。到目前为止，吉津斯卡夫人寻找资金的计划也颗粒无收。我看着地图，这栋大楼到我的学校只有短短的一段自行车程。

"很好，"我说，"暂时不需要变动了。"

我搬了进去。

连同比阿特丽斯。

连同四条龙——玛拉、克拉拉、珍妮和伊迪丝。

克拉拉是歌手，珍妮是建筑专家，伊迪丝负责看管大楼，玛拉则确保一切正常运转。她们的出现是姨母的主意，或者应该说是姨母的要求。

"你需要一些帮手，"她煞有介事地说，一下子就惹恼了我，"所以我们来了，亚历克斯，我浪费了太多年，在应该出手的时候没有出手，在应该直言的时候没有直言。但我是你的姨母，我还是……"她无法说出"比阿特丽斯的母亲"。这句话就悬在了那里——未得承认，却是事实。她短暂地闭上眼睛，平复心绪。她蹲下来，凝视着我。"现在我来了，"她说，"我一定要留下来。"

显然，几条龙很大，也很吵。强烈的观点，强烈的声音，强烈的存在。比阿特丽斯很快喜欢上了她们，直瞪瞪地望着自己映在闪亮鳞片上的倒影，或是爬上她们的后背，挂在她们可爱的长颈上。她坐在她们的腿上，给她们讲故事，为自己有了新的倾诉对象而雀跃。而我，已经习惯了从前那个和妹妹一起生活的可控、隐秘的世界，那个完全由我维系和管理的世界。只有我和比阿特丽斯，做着我们小小宇宙的统领者。然后突然之间，我不得不分享这个世界。

我花了很长时间，才平和地接受这件事。

我们搬进来的时候，拆除了几面多余的墙壁和天花板，好令几位庞大的居住者拥有更自由的活动空间。几条龙决定学习制砖的手艺，从威斯康星州的西南部收获黏土（那里的黏土颜色很美），并利用自身的能力烧窑。她们用砖搭建了一个大烤箱，开始学着制作面包。她们做得很好，把烧制的器皿卖给了高档餐厅和咖啡馆，还在农贸市场开了一处小摊位。大多情况下，同我的家乡相比，麦迪逊的人在和龙做生意的时候，戒心远没有那么强。毕竟这里是大学城，大家的思想更加开放。甚至还有一些麦迪逊人特意从龙的手中购入面包，然后大声地宣称，和龙做生意是多么令人骄傲，那些不能超越自己偏见的人，岂不很可怕？姨母喜欢这一类买主，因为他们总会额外多买一些，并且留下小费。

"收入就是收入。"玛拉常说，"无论其来源多么令人难以忍受。"

姨母希望她们的努力能带来足够的客户，这样一旦母亲的钱花光，我们的资金就还能继续运转。现在，我们有足够的资金支撑我和比阿特丽斯的学业，同时可以覆盖两个女孩和四条龙一段时间内的生活费用。但是，我们还是需要一个别的资金来源。

坦诚地说，我很感激父亲对母亲的矛盾情绪，以及他在履行父职时的懒惰。否则，如果他知道母亲的账户，一定会清算它们，吞净每一分钱。我也很感激姨母的出现，感激她解释了这一切。毕业舞会结束后，我十八岁了，成了自己的监护人，继承了母亲留给我的所有东西，也继承了自己的生活。那是一种奇妙的感觉。我还成了比阿特丽斯的监护人，法律和事实上的监护人。不应该有什么不同，但的确有所不同。

事实证明，龙的出现只是个开始。

她们的手很巧。她们安装了管道，修好了电路，甚至安装了自动洗碗机，像是现代化的奇迹。她们搜集废弃的家具，把它们空运过来，装饰得很是雅致，还打造了桌子、舒适的椅子，以及高高的书架。玛拉制作了一台洗衣机，几个柴炉，让每个房间都能在冬天暖暖和和的。她们准备工具，在大楼的一处搭了工作台，还在楼外的院子开辟了菜园。她们为我和比阿特丽斯搭建了卧室，卧室被隔成两间，以保护我们各自的隐私，但联通的门维系了我们的亲密。她们给我建了一间配有望远镜和黑板的书房，用来钻研一些高深的难题。还为比阿特丽斯建了攀岩馆。她们甚至在楼顶搭建了温室，旁边是一个可供休闲的大露台，两边是盆栽的果树和成丛的浆果，后墙上还有一株攀缘的葡萄藤。

我还没有完全适应。但是，我不得不承认，没有她们，我们不会做得这样好。

和吉津斯卡夫人通话后的第二天，我从挂钩上抓起书包。先前，挂钩旁就是工厂的出入口。

"要去上课了吗，亚历克斯？"姨母自大楼的另一端喊道。

我叹着气，头抵住砖墙。友好一点，我勒令自己，友好一点，友好一点，友好一点。玛拉做的每件事似乎都会惹恼我。她总是在那里。她关心得太多，真叫人窒息。而且，她太像一条龙了。曾经的处境不允许我做一个十几岁的孩子，但是如今，那些被推迟的孩子气似乎不请自来，时不时地从深处冒了出来。我竭力控制自己，避免说出日后会使我后悔的话。

我背上书包。背带紧贴我的身体，学业的重量压在我的臀部。我真的不想说话。我很感激有四位身形巨大的保姆照顾比阿特丽斯，为她做饭，为她编辫，帮她写作业，监督她刷牙。但是面对姨母，我仍然……很冷漠。

毕竟，她是选择离开的那一个，离开襁褓中的比阿特丽斯，离开她的妹妹，离开我，离开许多年。而且，她还没有道歉。

而且，我还未彻底原谅她。

"亚历克斯？"姨母伸出她的大脑袋，盯向走廊，"你听见我说话了吗？"

"什么？啊，我没听到，抱歉，我在想事情。你明白，家庭作业什么的，还有……数学那些事。"这不是真话。我仍不知道我为何说谎，但是我一直在说谎，或许是习惯使然。姨母眯起眼睛，嫁给酒鬼的一个副作用，就是什么都瞒不过她。她什么都没说，显然不打算深究这件事。"我会晚点回来,"我说着,强作笑脸,用靴子顶开沉重的门,"我不在的时候,请不要让比阿特丽斯化龙。"

最近,比阿特丽斯学会了如何部分化龙,再根据自己的意愿恢复小女孩的状态。化龙的总是身体的某个部位,像是从口中冒出来的闪光的尖牙,或是沿着手臂发光的金色龙鳞。有一次,在音乐课演奏竖笛的时候,她忽然长出了龙爪。她穿鞋也很困难,因为脚趾偶尔会化成龙爪。有时候,仅仅是为了吓唬学校里的男孩,她会把眼睛变成龙的眼睛。她很擅长这些。她的龙姨母们(她这样称呼她们)为此也很困惑,她们从不知道还有这样的可能。至于这是童年才有的暂时的可塑性,还是比阿特丽斯个人的特质使然,都无从知晓。相关的研究几乎空白,也不可能找到有效的信息。我知道,现状最终会改变,也必须改变。然而,无法改变的一个事实是,我们不知道比阿特丽斯的健康与幸福会受到什么长期的影响。

或许,她会继续随心所欲,在化龙与变回人形之间摇摆;或许,她会受困于她不喜欢的形态;或许,会有一定的后果。只是我们无从得知。

我很担心。

我的龙室友们也很担心。我们希望比阿特丽斯拥有正常的童年——在住满外形可怖的监护人的旧仓库里,拥有尽可能正常的童年。

姨母清了清嗓子说:"需要告诉你,会有一些女士——"

"你是说龙吗?"我以超过预想的尖刻语气说。

姨母露出了一条龙所能拥有的最温和的微笑,说道:

"对,当然是龙,会来拜访,就在今夜晚些时候,在比阿特丽斯入睡后。她们以前是我的朋友。1955 年以后,她们就没回来,一直在星际间探索。其中一位刚好待在木星的风暴眼,非常神奇。我想,考虑到你的兴趣,你或许会有些问题想问。如果你想顺便见见她们——"

"再说吧,我报名了今晚的天文台活动。有很多事要做,不知道要花多长时间,我得走了。"

我头也不回地出了门。我做得不好,我知道,既不公允,也不友好。我的姨母希望我们成为一家人。比阿特丽斯已经是我的家人,一个人到底需要多少家人?

三楼的窗户开了,比阿特丽斯探出头来。

"拜拜,亚历克斯!"她喊着,发疯似的挥手。

"小姑娘,"我听见伊迪丝在里面劝诫她,她经常承担起照看比阿特丽斯的任务,"你已经迟到三十分钟了,马上穿好鞋子!"

"伊迪丝姨母,如果学校在夏威夷,我就能早到好几个小时啦,"比阿特丽斯咯咯笑着,"我们飞到夏威夷去吧!"

从我们搬到一起住的第一天开始,比阿特丽斯就叫与我们同住的四条龙为"姨母们"。即使是玛拉,对于比阿特丽斯来说,也是姨母玛拉。过去的几个月,我一直注意着玛拉为比阿特丽斯梳头时的模样,还有她听到比阿特丽斯的声音时,用龙爪按住心口的模样。

我需要告诉她,但是我还没有准备好。

"在学校聪明点,亚历克斯!"比阿特丽斯挥手,咧嘴笑着。她关上了窗户。我知道,她无意穿好鞋子。比阿特丽斯有自己的时间节奏。我叹了一口气。如果没有这些龙,现在和比阿特丽斯拉锯的人就是我,要求她听话,要求她服从。说实话,将这些事抛在脑后,是一种解脱。

我很想感激这些龙。

我的住处距离第一节课的教室一英里。我有时骑车,有时坐公交车,但得空的时候,我更喜欢走路。已经是11月,天气却异常温暖。树木赤裸着,褐色的草皮在秋霜的装点下发亮,天空是澄澈的蓝色,阳光温暖而明净。我闭上双眼,扬起面庞,沉醉于光与热。

不由自主地,我想起了那些化龙的女孩,想起她们丢在地板的衣裙,想起她们蜕去的、如蝉壳的皮肤。在那天的舞会上,我没有听见呼唤,而我的许多同学都听见了呼唤。我没有变身,而她们变成了龙。我的身体还是我的身体,我还是我。然而,我的背部在作痛,指尖在作痛,一刻也不停歇。我的骨头嘎吱作响,仿佛被压抑的弹簧。我的后背还是我的后背,我却时而感受到虚幻的翅膀;我的双手还是我的双手,我却时而感受到虚幻的龙爪,还有虚幻的尖牙。我的腹部有一团火在燃烧。我无法解释这些。我得不到有用的信息,我无从知道自己发生了怎样的变化,以及是否真的发生了变化。或许姨母错了,或许有些女人没有魔力,或许我的症状都是心理的问题。毕竟,人脑很强大。

没关系。毕竟,我也不想化龙。我喜欢现在的身体。

我是说,我非常坚定。

39

上学的路上,我看见了索尼娅。

我不相信那是她。

自从她在那个下午被父亲拖走,我曾无数次幻想她。我已经在怀疑,她是否真的在一开始就存在过。透过眼角的余光,我看见她在楼梯上,在更衣间,在饮水机旁。有几次,我以为自己看到她在图书馆,或是在街上,或是在开车。等每次定睛再看的时候,我都会意识到,那只是另一个金发的,或者黑发的,或者其他种族的女孩。有一次,我把一位带孩子的中年女人当成了索尼娅;有一次我把一个穿西服的男人认作了索尼娅;还有一次,我以为一位上了年纪的修女是索尼娅。每一次,我都摇摇头,拍拍自己的手,警告自己不要瞎想。

我驻足在州街,正准备找些吃的——当然,姨母是对的,离开家的那一刻,我就意识到了饥饿。州街人潮如织,在人群与路障之间开辟道路有些艰难——又是一场抗议活动,准确说是两场。街道一侧是反龙的抗议者,标牌上写着"威斯康星的理念不包容怪物!""愚蠢的龙"。街道另一侧是龙和龙的支持者,一条龙举着的标牌上写道:"我的身体,我的选择。"另一个标牌上写着"我们的生命比你所想的更重要"。一位不修边幅、梳着马尾的男人一边举着写有"真男人，敢爱龙"的标牌，一边用满怀希望的眼神看着身边的一条龙。我短暂地停留在那里，和我那些支持接纳龙的朋友打招呼，他们正在派发传单：一名男孩是我天文课上的同学，两名女孩是数学研讨课的同学，还有一条叫米利的龙，和我在同一个物理学习小组。

过了一会儿，那个男孩——他的名字叫阿恩——的目光越过我的肩膀，斜视着人群。然后，他眼前一亮。

"噢，嘿！"他喊道，用力地挥着手，招呼某人过来。"朋友们，"他对我们说，"见见我的表姐。"

我回头的时候，嘴里还塞满了奶酪三明治。我倒吸了一口气。人群的喧嚣，连同口号、音乐、刺耳的号声、动感的鼓点，以及尖叫的声音，全部消失在耳畔，取而代之的是高亢、单薄的鸣响。一个年轻的女孩走了过来。她冲阿恩微笑，她还没有认出我。她淡褐的眼眸在苍白皮肤的衬托下凸显出来，浅金的发辫落在身后。那是……噢，天啊，她的脸，索尼娅的脸。世界静止了。索尼娅的脸。我的双颊发烫。索尼娅的脸。我无法呼吸。索尼娅的脸。我的视线在颤抖，街道、人群、标语、建筑，连同深远的天空，悉数开始游走。我试图开口，却说不出话。

"噢，天哪，"阿恩说，"亚历克斯，你是噎到了吗？"

朋友们重重地拍了几下我的后背，随后名叫米利的龙把我倒着拎了起来。然后，卡在食道的奶酪三明治被我猛吐了出来。我双膝跪地，干呕了几次，用夹克抹了把脸，站了起来。索尼娅的脸。忽然之间,我感觉已经很久没有这么清楚地意识到自己了:我的头发,比我喜欢的长度更长,卷曲在肩膀下方,大部分被檐帽遮住。(此前的人生中,我从未考虑过这顶帽子,从未烦恼过这顶帽子是否会让我看起来很蠢。然而,在那一刻,我唯一的想法是:"噢,我的老天,我戴这顶帽子会显得很蠢吗?"一遍又一遍,无限地循环。)我的齿缝卡着奶酪三明治,而且我敢肯定,我的灯芯绒裤子已经一个多星期没洗过了——或许是一个月。我穿着克拉拉织的毛衣,坦白说,这并非她的拿手技艺,它虽然很暖和,但是松垮无型,还有难看的锈色阴影。我为两只手的存在而无所适从,不知道应该如何摆放。我还注意到自己的站姿似乎很奇怪,我忽然记不起人们是如何协调肢体、如何正常站立的了。索尼娅的脸,索尼娅的脸。索尼娅就在眼前,大家怎么会表现得如此正常——

"亚历克斯?"索尼娅说。自从离别后,她亮晶晶的小雀斑颜色加深了,宝石一样醒目地嵌入她的肌肤。迎着11月的寒风,她的脸蛋和双唇变得鲜亮。她穿着流苏边的夹克,脚踩着一双靴子,上面是手绘的花朵、高山和山精。她里面穿了一件威斯康星大学的短袖。感谢老天,我想,我们读了同一所大学,她会一直在这里。索尼娅眨眨眼睛,她在流泪:"是你!亚历克斯,我不敢相信。"

"索尼娅。"我终于说话了,但无须再说些什么,她已经激动地张开了双臂,把我拥进怀里。她的身上有肉桂和丁香的味道,还有一种神秘的金属气味。后来我明白,那是她画室颜料的味道。即使在那一刻,我也留意到了她的指甲外缘嵌着的颜色。

"不介绍一下其他人吗?"米利抱怨道。阿恩道歉,报上了每个人的姓名。我回过神,赶紧看了一眼手表。

"该死,"我说,"要迟到了。"我不想离开。我犹豫不决,拥抱了索尼娅,然后再次拥抱了她。那一刻,世界似乎停止了旋转,万物走向了静止。风、人群的喊声、朋友们投来的疑问,全都消失了。时间到底是什么?唯一可能存在的是现在,是当下的这一秒。周围的每个人都在寒冷中打战、跺脚,但是我只能感到怀中她的身体带来的温暖,感受到她的脸颊传导到我肌肤上的热量。离开是痛苦的。我指了指阿恩。"他可以把我的电话号码给你,"我对索尼娅说,声音充满极致的渴望,"我给你写了许多封信,还有——"我咬咬牙,把话憋了回去。我不相信自己的声音。索尼娅拉起我的一只手,然后是另一只手。

"我也是。"她说着,摇了摇头,"外祖母不让我寄出去,说是会给你带来麻烦。我也给比阿特丽斯写了信。亚历克斯,我都还留着,留着每一封信。我有一整箱子的信。我特别害怕你会忘记我。"她再次拥抱我。"真不敢相信是你。"

我们身边,人潮涌动。年轻人们投掷石块,抗议的双方爆发了打斗。我后来才知道,那天有几个人被捕,街道中央燃起了火,人们相互咒骂、嘲笑,我都没有留意。我只是握着索尼娅的手,不忍放开。

"尽快打给我,"我说,"我得走了。我们一定还要再见,越快越好,我有许多话想对你说。"

我转身往教室跑,途中短暂地停了下来,回头望见有人递给索尼娅一个标牌,上面写着"我们都很珍贵",还画着人与龙手牵着手的剪影。她高举着标牌,像高举一面旗帜。

那天上午接下来的时间,我以为自己一直飘在空中。

接下来的一个月,我们每天都见面,每天见很多次。我们没有同修的课程——她是艺术系的学生,辅修文学,而她的教室在校园的另一片区域。但是,我们拥有相同的休息时间,可以在图书馆碰面,在附近的餐馆碰面,在某一个休息室碰面。我们沿着湖畔散步,在长椅上闲坐几小时,看着雪花拂过新结的薄冰。她去了我家,见了我的家人。这是第一次,我将她们称为我的家人。玛拉试图装作若无其事,但是我看见她转过身去,用尾巴尖擦脸,在手包里翻找手帕。

我越来越愿意和她们待在一起了,不只是当索尼娅在场的时候。我停下脚步和珍妮聊天;我帮助伊迪丝烤面包;我请玛拉讲有关发动机的知识。她们四个四肢交错,懒洋洋地倚靠在一起,大声诵读狄金森、雪莱、普鲁斯特的时候,我没有再翻白眼。

显然,姨母惊喜于我的变化,常常赞扬索尼娅,尽可能地邀请她来吃晚饭。比阿特丽斯坚持挨着索尼娅落座,偶尔向她炫耀部分化龙的技能——只是偶尔,因为那很耗费体力,也因为其他龙极力反对。比阿特丽斯还坚持要和索尼娅组建绘画工坊,或在周末一起下棋,或是叫索尼娅和龙姨母们带上烤棉花糖去楼顶闲坐。索尼娅常和我在楼顶坐上几个钟头,为柴炉添火,看星星,看落雪。她的身体倚着我的身体,我的脸颊倚着她的肩膀,我们谈论世界,谈论一切,直至夜深得不能再深。

我们尽可能每一分钟都一起度过。一天的时间太少,一生的时间太短。

索尼娅的外祖父于两年前过世,她的外祖母还活着,在麦迪逊的一间小公寓附近继续绘画,那里距离学校不远。索尼娅每周日去看望她。但布洛姆格伦夫人不愿见到我,毕竟,我的父亲破坏了她们的生活,造成了难以忘怀的伤痛。我尽量不去多想。索尼娅从来不提她的母亲,我也没有问过。最开始,她见到我的龙姨母们很害羞,然后愈加好奇,最后变得亲近。她帮忙烤面包,学习如何砌砖,甚至开始制作玻璃制品。

"她融入得很好,是不是?"一天晚上,我们洗完碗碟,玛拉姨母说道。索尼娅和比阿特丽斯趴在地板上,画着城堡。索尼娅手握拳撑着脸颊,瞥向我这边。她笑了,我脸红了。玛拉张开鼻孔,忍住不笑。"我说什么来着?"她嘟囔着。

我的成绩下滑了吗?或许有一点。

或许也值得。

40

期末考试来了又走,我熬了足够多的通宵,才让我的名字出现在教授公布的成绩单的前列。我那冷面的导师为我提供了一份实验室助理的工作。"这是有志读博的学生会喜欢的那种工作,我就当是你了。"即使他在夸奖我,听起来也冒着酸劲儿。我在他的话说完之前,就答应了这份工作。之后的每周,我会抽出几晚去天文实验室帮忙。吉津斯卡夫人不知从何处得知此事,送了我一个小盆栽和一本爱因斯坦的《我的思想与观念》。那是出版当日,作者本人亲笔题赠给她的。还有谁是这位图书馆员不认识的?她另附了一张便条,上面写着:"这本书正合适。"此外,索尼娅的外祖母也原谅了我,甚至为我编了一条围巾,尾端悬着山精的毛毡挂件。

总而言之,我大学的第一个学期画上了完美的句点。

我没有忘记对吉津斯卡夫人的承诺,要去拜访甘茨博士。整整一学期,这件事都在日程表上,我为它也腾出了几次空档。然而,每次我都在犹豫,都在逃避。我知道,我得去见他,不是因为许下的承诺,而是我抱有的许多令我夜不能寐的问题。但我不确定,自己是否想知道答案。

圣诞节假期的前一天,我找到了位于医学院角落的那栋低矮的小楼,走下几段楼梯,来到了甘茨博士的办公室。

我没有预约,也没有告诉他我会来,这不重要。

"啊!有客人!"他兴致勃勃地说,"进来吧!"

不知道是不是因为上次见甘茨博士是在夜里,现在的他比我记忆中老了很多,简直令人惊诧。他的头像一个蘑菇,头顶几乎全秃,头皮上散落着老年斑。他有着褐色的眼睛,曾经应该很温暖,如今却因为青光眼而蒙上了蓝色的云翳。他的皮肤如泛起褶皱的薄纸,指节粗硬的手指摩挲过一沓纸页,上面是密密麻麻的数字和图表。

"您还记得我吗?"我问。

"怎么会忘呢?你把龙当成了奶牛。"我的脸红了,但是他没有注意,"或是当成了鸟。说实话,我之前还有些担心,海伦是不是误判了你的潜力。"

我双手插兜,真希望自己没有出现在这里。"坦白讲,我也常常怀疑这一点。"我坦陈道。

他的圆脸绽放出笑容,像一盏南瓜灯。"我一直盼着和你见面,真希望你能早点来,你也知道,我已经上了年纪,像我这个岁数的人,稍不留神就魂归西天了。多亏了吉津斯卡夫人,一直给我讲你这学期取得的学术成绩。"我有几分惊讶,但又觉得不出所料。"祝贺你!"他举起茶杯,向我致意,"你做得非常好!"

他示意我落座后,就立马去用电热水壶烧水,又叫秘书拿来一小瓶牛奶和两个马克杯。

"不用,真的不用。"我婉拒他,"不必麻烦,我不想麻烦您。"在我内心深处有一个搅得我发痒的疑问,但我还没有准备好发问,至少不是现在。

"没有,没有。"他说,"不要客气。我偶尔也请学生过来坐坐。当成是那样就好。"他又呼叫了一次秘书,但没有回应,便自己起身去找茶壶和茶叶,当然还有那瓶牛奶。我坐在办公椅上等待着。

墙上贴满了艺术画作、深奥的图表、古旧的文件和加框的相片,还有几张单面印刷的旧地图。没有一寸空白的墙面。书架上随意放着奇怪的装置和仪器,还有成堆的各色化石,以及盛在碗里的闪亮的鳞片。地板上有一个打开的木盒,里面似乎装满了巨大的牙齿,还有雕塑、彩色玻璃和陀螺。这些都不像是科学家的办公室里经常出现的物件。另有几幅中世纪的版画,画着龙袭击村庄的图景,还有在山巅静坐的龙和在洞口守卫的龙。他有十几张古代雕刻及象形文字的照片,另有一张挂毯的照片,上面是一群处在化龙途中的舞者,男女皆有。他有三张不同的龙的解剖图,一张来自现代,一张来自启蒙运动时期,一张使用的是古埃及的莎草纸。还有一张模糊不清的相片,上面是半化龙的女人。她的手是云,她的裙子成条摇摆,她的脸上写满狂烈的喜悦。

水壶沸鸣,教授缓缓走来,开始泡茶。

"正如我所说,我一直在等你登门拜访。"他说,"但是一直以来,我更希望能有幸被邀请到你家做客。我知道这听上去有些莽撞。但是,我已经从事相关研究多年,我有一些……问题想问你。确切地说,针对你的家庭结构和组成,我有些好奇的地方。"他向装好茶叶的杯中倒入沸水，然后盖上杯盖，设好计时器。他察觉到了我的目光。"泡茶需要精确，你知道的，时间需要得当。毕竟，我是科学家，细节很重要。"他使了下眼色。

我双手交叉，按压着腹部。这间办公室混合了消毒液和灰尘的味道，还有地下室的霉味，直令我反胃。又或许，我只是紧张。"她和你说了多少？"我不必点明她是谁。

他坐在桌旁，竖起手指，指尖顶着下巴，咧嘴笑了出来："噢，天哪，一切，当然是关于你的一切，或许比你对自己的了解还多。那可是海伦。"

"我读了你写的小册子，"我说，"《关于龙的基本常识：一位医生的阐释》。我有一个问题想问，而且——"

"我希望你马上忘记你读过的每一个字。写完那本书的一年后，我就意识到，有相当一部分内容是错的。现在，我觉得大部分的内容都是错的。"

我点点头。"明白。"我用指尖敲了几下下巴，这是我在紧张时养成的动作。玛拉总觉得，如果我不小心，下巴就会起痘痘。"很久之前，姨母给了我那本书，那时我还很小。"

"没错，你的姨母，"他微笑，"玛拉，她是我的研究对象之一。有时候，科学的效用令人称奇——一块鹅卵石能让我们窥见高山的本质，一个高速运动的粒子可以揭示关于恒星的真相。我很喜欢玛拉。还有她那位……特殊的朋友。在那个可怕的一天，我也在场，她的心自那时就永远地破碎了。"

"其实,"我皱起眉头,"严谨地说,谈不上永远。伊迪丝正同我们一起生活。"

他的双眼闪烁起来。他拿出笔记本,开始写东西。"小姑娘,这件事我倒不知道。"他停下来,拍了拍手,"我知道了海伦·吉津斯卡不知道的事,这可是头一回,多神奇!"他在椅子上雀跃,又问了一句:"我想知道,她们是如何重逢的。"

"不知道。"我说,"我从没问过。"我不适地调整着身体。

他继续在笔记本上记录。"她们仍然相爱吗?"他问道,声音轻快而中立。他没有抬头。

这个问题令我吃了一惊。相爱?我也从未问过这个问题。她们只是成年人,不知怎的就闯进了我的世界,侵入了我的生活,以她们自己的方式帮助了我。我从未考虑过她们的内心、动机或情感。这四条龙会睡在一起,在她们搭建的角落里的窝中相拥。她们的尾巴会缠绕在腰部,四肢相互交叠。我从未要求她们说明清楚,她们也不会对我解释。她们只是在一起工作,关心彼此,欣赏彼此的娴熟、周到和风趣。她们紧紧拥抱在一起,甜蜜地互道晚安,在清晨亲吻彼此。她们都是比阿特丽斯的好母亲。

相爱。我回味着这个概念,努力感知它的尺寸、形状和质量。

"没错,"我第一次明白了,就像一阵光闪过脑海,"非常相爱,我相信她们四个非常相爱。"我用手抵住脸颊。自从玛拉归来后,我还未曾拥抱过她,但是此刻,我十分想要拥抱她。我想到索尼娅,如果玛拉她们是相爱的,那么我呢?我每天都在索尼娅的身边,用尽每一分钟。我们紧紧依偎着彼此。然而,当我要说清这种感受、说清我们之于彼此的意义时,却隔了一层薄雾。我突然有了一种深刻的求知欲,却尽力把这种想法拒之身外,留待以后。现在讨论的是我的姨母们。我望着甘茨博士的眼睛。"事实上,爱的感觉无比美妙。"

"嗯,那是自然。"他边说边写,"那是对你的爱。也是我们在此相聚、继续前行的原因。"

我似乎沉默了很久。是时候告诉他我来这里的原因了,我心想。我抓住办公椅的扶手,如落水者抓住救生艇,似乎周遭只有风浪和深海。

计时器响了,热心的博士沏好了茶。"我默认你加牛奶了,我觉得所有食物加了牛奶都会更美味,毕竟我来自威斯康星。"

他将马克杯递给我。奶茶几近白色,分离的奶沫浮在厚厚的茶水上。

我面露苦色。"甘茨博士,"我说,"我需要知道一些事情。我的父亲在他死之前曾经告诉我,我的母亲也应该化龙的。他觉得,或许那样,癌症就不会带走她,她就会活下来。"我的声音在颤抖。

甘茨博士抿了一口茶,他思考了一阵才开口:"我听过这种说法。我认为,不管怎么说,都没有任何证据。"

"所以他错了吗?"我说。我的喉咙发紧,仿佛被咽下的一个鱼钩划伤了。我尽力保持冷静，但不知奏效了几分。

甘茨博士放下杯子。"不是，我不是说你的父亲是错的，我只是在说，我们不知道他是不是对的。我们的知识非常有限。听着，有一些人坚持认为，化龙是要看性别的，而且化龙的表现受限于个体的意愿，也就是说，化龙是坏女人做出的坏选择。为了支持先入为主的结论和狭隘的观点，人们误读了数据。幸运的是，我们有足够的证据来对这种观点予以反驳，即性别主导论。不过，人和龙之间的生物机制远比我们之前所想的更加复杂。从某种程度来说，我有所保留地支持选择论。然而，值得留心的是，一些人对龙的渴求非常强大，甚至变得无法阻挡。即使他们尽力也没法克服。"他耸耸肩，"化龙的条件，包含多种因素。"他又抿了一口茶。"说回你的母亲。人们当然可以认为，有可能是癌症阻止了她的化龙过程。但是，我对此不太确信。人们当然也可以说，化龙的过程会导致细胞和人体组织的重组，因此会扰断癌症的发展。如果你的母亲病得很严重，那么这个观点或许成立。但 1955 年的时候，她的病情有所缓解。龙也会死于各种疾病——肺炎、心脏病、器官衰竭，当然还有癌症。尽管龙的寿命比我们更长久，其身体构造、呼吸系统、新陈代谢，以及其他机制都与我们有很大的差异，但这并不意味着它们不会生病，不会死亡。你的母亲死于癌症。无论当时她是什么形态，都不要紧，生命流逝的痛苦都是无法消减的。我这样说，对你有所帮助吗？"

这样说，深深惹恼了我，但我一时也说不清原因。我离开椅子,身体微微前倾。我太咄咄逼人了吗?或许吧。"我母亲的身体,"我小心地说,"不是不要紧的。"我的脸颊发烫。

"当然不是。我不是那个意思。"甘茨博士又抿了一口茶。他闭上眼睛,整理思绪。他似乎并不为我突如其来的怒火感到困扰。或许,他早已习惯被人们的怒火攻击。"人们可能认为,你的母亲和其他人不一样,从未感受到化龙的渴求。但我认为这种观点同样值得怀疑。更有可能的是,她的确感受到了化龙的那种强烈渴望,却仍要选择留下。她选择了人类的身体,选择了人类的生活,尽管会面临诸多限制,尽管寿命会大为缩短。毕竟,不完美的事物也是珍贵的。这个选择本身也很珍贵。个体的生命无论微小,还是宏大,都不改我们人格中最根本的道德与价值。我认为思考你母亲的选择是对是错,本就没有意义。没有对错之分,你明白吗?唯一要紧的事实是,她存在过,她生活过。她尽其所能地抚养你和比阿特丽斯,直到生命的最后,每时每刻都爱着你们。她的生命自有意义。"

我还有更多的问题,但不确定自己是否还有余力再问。或许,无论如何,母亲都会死于癌症;或许,她恐惧不受束缚的生活;或许,她不放心让父亲独自抚养我;或许,她只是非常爱我。让她留下的,是恐惧还是爱已经无从得知。我只知道,我想念母亲。悲伤如奔涌的海浪击打着我。

我看了看钟。"我该去实验室了,得赶紧走了。我会和玛拉姨母讲,看看什么时候请您做客。吉津斯卡夫人一定和您讲过我妹妹的情况了。"

甘茨博士眼前一亮。"没错！最有趣的一个案例。无论是在当代的作品还是历史文献里，我都没遇到过相似的案例。真是个非同一般的孩子，她出现过完全化龙，再恢复人形的情况吗？"

"没有，通常只是身体部分的变化。如果说有过完全化龙的情况，也是在我看不见的时候。我们一般会告诫她要回到小女孩的模样，以防意外。"

甘茨博士写下些东西，问："那你觉得为什么会这样？"

没有人问过我。我张开嘴巴，却说不出话。我想到母亲的规矩，她的沉默，她突然的怒火，她的掌掴。她告诉我，总有一天我会明白。但是我不明白。那一耳光总是隐晦地出现在意料之外的时刻：在我对吉津斯卡夫人发怒的时候；在我看到比阿特丽斯画的龙的时候；在我因独自一人而感到害怕的时候。母亲的恐惧成了我的恐惧，无论我是否情愿。意识到这些，我倒吸一口气。

"我不能失去我妹妹。"大滴的眼泪积在眼眶，顺着脸颊流下。我很惊讶。我没打算哭泣。

"到底为什么，你认为你会失去妹妹呢？"他的脸上露出困惑的表情，继续在本子上记录着，口中喃喃道："研究了一辈子，还是不懂基本的原理。"他拿起另一张纸，潦草地写写画画，眯起眼睛看着我。

"比阿特丽斯和我只有彼此。"我嘟囔着，没有回答他的问题。这句话自行从我的口中流出，我第一次意识到，它听起来是多么空洞。这句话我说了太久,以至于我从没料到,一个令人宽慰的道理会迅速变成束缚,或是陷阱。

甘茨博士探身过来。"首先,你需要明白,这个观点已经不对了。你的生命中有其他人。事实上,你生活在一个大家庭中,她们所有人都愿意冒尽风险,保护和照看你和比阿特丽斯。你和比阿特丽斯,你们是一个整体的一部分。多么神奇!但愿我们都这么幸运。你曾经担心,妹妹的化龙会使她从你的生活中消失,我完全可以理解。但是我认为,最近的事情应该已经让你打消了这种想法。眼下,在人与龙组成的家庭里——无论造成这种家庭的是血缘、环境,还是共同的纽带等因素——大家都能互相照应,坐在一起吃饭,做做计划,时而拌嘴,继续生活,就跟往常一样。你一直介意的恐惧,已经不同于如今的现实,忘了它吧!"他饮尽了茶水,静静地坐了一会儿。我看着我的双手。"说到底,你可以做出选择:要么强迫你的妹妹留在你熟悉的形态,要么接受她所希望成为的模样。问问你自己,家里多一条龙,真的那么糟糕吗?她变成了龙,你难道就不会像从前那样,坚定地为她而战,保护她的利益,继续爱她、呵护她了吗?"

"但是学校……"我胆怯地说。

他摆了摆手。"心胸狭隘的官僚!"他嗤之以鼻,"别让我想到那帮人!在我的整个职业生涯中,我一直在与这种小丑做斗争。"

我不知道说什么。我看了看时钟,肯定要迟到了。但是我还没有准备离开。我一口气把茶水喝光,不知为何,这让甘茨博士非常高兴。

"再来点?"他问。

"不了,谢谢您。我得走了。"我背上书包。甘茨博士拉住我的手臂。

"我的建议是,让她化龙,或许她会一直保持那个状态,也或许不会。但如果蛹已经准备就绪,那么阻止它化蝶是无意义的,而且这种行为会从内部杀死它。我希望的是一个拥有比阿特丽斯的世界,无论她是什么样子。"甘茨博士说,他竖起手指,抵住下巴,"而且,如果你不介意,我希望你能允许我观察她的化龙过程。为了科学。或许,她的例子并没有看起来那么特殊,但是,目前研究还很匮乏。我们克服错误的思想观念的唯一方法,就是细究事实,公开数据。我一直对此深信不疑。"他十指交握,仿佛在祈祷。"拜托了。"他说。

现在,我可以承认:我不认可甘茨博士的请求。我淡淡地说:"我会考虑的。"在那个节点上,我的回应意味着拒绝。这件事对我来说就意味着放弃谨慎,不顾后果,允许我最深切的恐惧发生在我最爱的人身上,不考虑它可能对情感、生理和环境造成的余波。没错,我清楚地知道,我的恐惧可能毫无根据,但是,答应一个我们尚不熟识的男人坐在一旁观察?观察这个……私密的过程,并做记录,可能还要经过同行的评审并交付出版?算了吧,科学是很美好,但科学家也要懂得适可而止。我不希望我的妹妹成为任何人的小白鼠,哪怕对方是出于好意。

我没有对甘茨博士讲这些。

"谢谢您,甘茨博士。"我说,"很高兴见到您。"

然后我离开了。

41

我没有马上把甘茨博士的提议告诉玛拉和其他姨母。在我自己的思考中,我无法将之化为言语表达出来。不能再为比阿特丽斯编发,不能将她抱在膝上,不能牵着她的手走路,这些想法像钢针一样刺痛我的心。尽管我没有告诉任何人,甘茨博士与我谈话的内情,但不幸的是,我却把他登门拜访的愿望告诉了玛拉。我以为,玛拉会情绪失控,一口回绝。然而,她和伊迪丝却为能同甘茨博士再会、回忆往日时光而异常兴奋。她们马上邀请他在圣诞节共进晚餐。我们已经邀请了索尼娅和她的外祖母,天知道还有多少龙朋友,以及农贸市场的商贩,多一人又何妨。不得不说,想到圣诞夜有这么多人围坐着吃晚餐,我有些恼火。从前只有我和比阿特丽斯,我们两个人。现在,我们有许多人。我需要一些时间来适应。

我的学期已经结束,比阿特丽斯还要再上一周的课,直到平安夜才放假,这让她深感不公。我在第一个学期认真安排了课表,空出下午三点半前后的时间,以便每日接比阿特丽斯放学,陪着她走回家,就像搬来之前、与龙同住之前那样。我希望比阿特丽斯知道,至少有些事情永不会改变。

除了一件事——现在是索尼娅与我一起接她。

雪花缓缓飘过傍晚的天空，我们等在比阿特丽斯的学校门口。我们并肩坐在操场边的长椅上，从那里可以望向校门。放学铃还没有响起，但夕阳低悬树梢，我们知道，天色很快就会暗下来。几位母亲在学校门口转来转去，时不时地看下手表，踩着靴子跺跺脚，好让她们的脚趾暖和起来。她们忽略了我们。我和索尼娅看起来不像是谁的母亲，这让我们觉得很无聊。但是还好，毕竟我只想和索尼娅说话。

虽然事实证明，我并没有太多话要讲。

"你很安静。"她说。她的话语里没有焦躁，没有失望，只是陈述事实。她伸出手臂，绕过我的背，搂了我一会儿。

"我知道。"我说。甘茨博士的建议像一颗顽石压在我的心里。多少天以来，我都带着这份重量生活。我吃不下，也睡不着。深夜时，我曾蹑手蹑脚地走进比阿特丽斯的房间，躺在她床边的地板上，像曾经的母亲那样。我望着窗外，满眼星光。"可能是心事太重了，我想。"

我看向索尼娅。厚重的雪花挂在她的发间和睫毛上，闪烁在斜射的夕照中。她是这么美，让我忘记呼吸。我握着她戴着连指手套的手。然后靠过去，亲吻她，先是她的脸颊，然后是额头，然后是嘴唇。有人注意吗？有人看到吗？我不知道，也不在乎。面对这样美的她，我还能做什么呢？她散发着丁香、肉桂和油彩的味道，还有一种略微刺鼻的沉重气味，像烟。她干裂的嘴唇，冰凉的脸颊，苍白的发丝湿漉漉地贴在我的肌肤。宇宙中别无他人，我们俩自成一片宇宙。

我可以一直幸福下去,我最先想到。

那么比阿特丽斯呢?我接着想,她不值得幸福吗?

身体内的大石越发沉重。

放学铃响起,孩子们涌了出来,奔向公交车或自行车,或者三五成群地结伴回家。索尼娅和我分开站着(尽管我们之间留出了空间,但仍有一根线牵着)。我看到比阿特丽斯出现在校门,她把手当成遮阳板,挡在眉头前张望着。看到我们之后,她的肩膀有些泄气。她背着书包,仿佛它重若千钧。她在雪地中吃力地挪着步子。

我曾经也是这样。我想,我现在也是这样。我努力让思绪回归当下,但是很难。

"嗨,比阿特丽斯,亲爱的。"索尼娅说。

"很高兴又见面了。"我说。比阿特丽斯直接略过我们,没有拥抱,没有数不清的小故事,没有即兴的歌唱,没有石头上的蹦跳,也没有长椅上的打转。她的龙姨母们为她梳理卷发,在她的脑袋左右缠成了两个紧紧的发髻,像是女武神。现在,比阿特丽斯发髻里插着四支铅笔、两支蜡笔、六支马克笔和一个指南针。我很惊讶其中没有她的牙刷。比阿特丽斯闷闷不乐,回家的路上不发一语。她带着情绪,化出龙的眼睛,但在我开口之前又恢复了原样。

我乞求过多少次,求她不要在学校化龙?为什么?值得吗?比阿特丽斯吸吸鼻子,揉揉眼睛,后脖颈上的金色鳞片一闪而过,转瞬即逝。

我的物理课有三名龙同学,西方文明课上有四名龙同学。有龙学生在图书馆工作,核工程实验室也有几名龙学生。这学期,至少有两位教授在上课时忽然化龙,然后又回到了讲义旁边,照常讲课。有多少次,我想对比阿特丽斯和盘托出这一切?几乎每天。但是,我不愿意让她困惑。我只能把这些事深埋于心,这让她更加孤独。

"想再待一会儿吗?"我问,"你的几个朋友好像在操场上玩。"我不确定那些孩子是不是她的朋友,只是刚刚想到,她最近没有和其他孩子一起玩过。"我和索尼娅也可以陪你玩。"

"不用,谢谢。"比阿特丽斯说。往日的活力在她的脸上消失得无影无踪,只剩沉重和冷淡。

"噢,好吧。"我说,努力掩饰着失落的情绪,但是显然失败了。"我很难过,看到你过得不好。"

比阿特丽斯怒火又点燃了。龙的眼睛,龙的嘴巴,然后恢复如常。"我没有,只是……"她盯着地面,"班里的其他同学没有大姐姐陪着回家,显得我像小朋友。"

索尼娅捏捏我的手,又放开。她伸出胳膊抱住比阿特丽斯。"你知道,比阿特丽斯,我本来想陪你一起走回家,但我忽然想起来,我要帮外祖母抬一些重物。"她挤挤眉,对我使眼色。索尼娅总是非常敏锐,远胜于我。

索尼娅靠过来,亲亲我的脸颊,小声耳语:"你们两个要好好谈谈。"她的唇拂过我的耳畔,我的皮肤刺痛,浑身发烫。她在雪中走远,但她的触感仍缭绕在我的身上,如鬼魅一般。

比阿特丽斯向索尼娅挥了挥手,然后在书包的重压下,跌跌撞撞地走着。我弯下腰,把书包从她的肩膀上接过来。"对不起,妹妹。"我说,"我总是做错事。"

"没什么,忘了吧,我想自己走回家。"她加快了脚步,走在我的前面。我没有试图跟上,只是让她走下去,看着她的脚步和背部轻轻地起伏,似乎她在等待着自己释放翅膀的那一刻,等待着一飞冲天,摆脱重力,将自己的剪影雕刻在天空的时刻。我知道被抛弃的滋味——姨母化龙,母亲离世,父亲头也不回地将我们扔在公寓。每一次离去,都在我的宇宙留下了沟痕、缺位与空洞,而那里本是爱应该存在的地方。如果比阿特丽斯弃我而去,会怎么样?我想象自己站在地面,寻找着她——伸长的脖颈,蒙着荫翳的眼睛,永远紧锁眉头寻找。我的生活会变成那样吗?

到家以后,比阿特丽斯以惊人的力气拧开沉重的铁门,跑向楼梯,停了下来,回头看了我一眼,指着我说:"别跟着我。"她顿了顿,又说:"请不要跟着我。"然后飞跑上楼,我只好看着她离开。

龙在全国各地抗议,还有龙的家人和支持者。而我在干什么?我走到客厅,看见大家都在忙碌,烤面包,做饼干,腌肉。她们唱着圣诞颂歌,为彼此加油打气。

我听着比阿特丽斯咚咚地踩着嘎吱作响的楼梯,砰地关上了房间的门。我靠着砖墙,一下滑坐在地上,下巴抵着膝盖,尽力忍住眼泪。

姨母抬起视线,注意到了我的脸色。

"亚历克斯?"她说,"亚历克斯?亲爱的,怎么了?"其他的龙也停下了手中的活计。她们用毛巾擦擦爪子,围拢过来,脸上流溢着关心与担忧。我有家人,我当然不能自行决定,我当然需要和她们商讨。我叹了口气,伸手握住玛拉的龙爪。她捏了捏我的手指。

我正了正坐姿。"女士们,"我开口,然后又摇摇头,"我是说,我亲爱的姨母们,如果你们能阻止自己化龙,像有个开关在控制,你们会不去化龙吗?"

玛拉哼了一声,仿佛谁踢了她的肚子一脚。她抱着双臂,离开了我。

"你呢,珍妮?如果出现一位医生告诉你,他有一些药,可以不让你化龙,你会吃吗?"

"见鬼,不吃。"珍妮说,"我知道你为什么这么问,但是我真的认为,我们的情况是——"

我没有让她说完。"那你呢,克拉拉?"克拉拉望着天花板,躲避我的目光。"你曾经试过……不要成为一条龙吗?"

克拉拉摇头。"当然不会。"她抿着嘴唇小声说,"别犯傻了。"

"伊迪丝,"我说,"你在最不可能的地方找到了玛拉,她是你的毕生挚爱。你计划着,在退役后,好好实现你的心愿,本该是这样。但是,即使在那时,你也很难继续坚持,龙的特性从你的身体里奔涌出来,对吗?深刻的、不可阻挡的——"

"喜悦。"伊迪丝发出喘息,补上了我的话。她点点头,不停地眨眼,似乎想忍住眼泪。"是深深的喜悦。"她叹了口气,看着玛拉,牵起她的手。"我理所当然地觉得,玛拉会跟我走,就在那天跟我走。像阳光会追随雨,那将是永远的喜悦。"

玛拉用爪子掩住脸。她的呼吸时断时续,身体开始颤抖。我继续说:"可是你没有,玛拉。当时你感受到了它,感受到了化龙的呼唤,那是不可阻挡的渴望,但是你拒绝了它,至少暂时拒绝了它。"

姨母深深地叹了口气。"我的父母去世了,妹妹在读高中,她需要我,我不能抛弃这种生活,我还不能答应它。"

"而我无法拒绝它。"伊迪丝说,"我也本不应该拒绝的,那种感觉太美妙了。"

我琢磨着她的话。"它让你付出了什么代价,玛拉?"她的额头抵着地面,战栗不止。"代价惨重,"她说,"我有妹妹,我有你,我有比阿特丽斯。我很幸福,但代价依然惨重。"伊迪丝和珍妮跪在玛拉的两侧,环抱住她。

"我明白了。"我说着,用手掌捂住眼睛,不忍直视她们,"现在,我全都明白了。女士们,现在有一个问题,比阿特丽斯很痛苦,我们都知道。阻止她化龙变得越来越难,她体内的一切,都在呼唤她化龙。在学校的每一天,在家的每一天,每时每刻。她不能继续这样生活了,她会受伤的。"

我站了起来,双手插兜,肋骨在微微颤抖。伊迪丝把爪子伸出来,放在我的脚上。她目不转睛地看着我,湿润的眼神里充满爱和关心。克拉拉的尾巴搭在我的肩膀上。珍妮伸长脖颈,额头抵着我的额头,示意她在陪着我。即使是母亲还活着,我们四个人生活在一起的时候,我也从未有过这种家的感觉。我并不孤单,也将不再孤单。我靠近玛拉,跪在她的面前。终于,她直视了我的眼睛。

"她在自己的房间里。而且说实话,我觉得应该留给她一些私人空间。女士们,是时候了。我一直拒绝她化龙,但我错了。比阿特丽斯需要私人空间,需要掌控自我的自由。她可能会化龙,也可能不会,但应该由她自己来选择。不应该再有规则,不应该再有限制。她可以部分化龙,也可以完全化龙,或者永远在两种形态之间摇摆,或者停驻于某种形态。这不该由我们决定,而是由她自己决定。如果学校不欢迎,那就态度强硬些。"我突然感到筋疲力尽,骨骼仿佛要散架一样。

"但是,亚历克斯。"姨母说。

"她的学业怎么办?"伊迪丝喘息着。

"我们在家教她。"我说,"直到学校重新接纳她为止。我宁愿让她去图书馆学习,也不愿看着她再多一天闷闷不乐的日子。她不必在今天就化龙,但是她要知道,她可以化龙。"

"只是……"珍妮欲言又止,拿出一方绣花手帕,"只是,我们很爱她。我们化龙的时候,都是成年人了。我们知道自己选择的是什么。如果比阿特丽斯化龙后,又后悔了,却变不回人形了呢?"她擤着鼻子,发出巨大的响声。

我耸耸肩。"如果说比阿特丽斯只了解一件事,那就是她自己的想法,一直都是这样。如果她困在了龙的形态,那就是她的天性。如果她可以来回变化,那或许是小孩子的能力。或许,一些成年女性也可以。没有人知道,因为大家宁愿避而不谈,不愿提问,更不愿回答。其中也包括我。这很愚蠢,我住在龙组成的家庭。我的犹豫毫无道理。如果有哪个孩子非常喜欢龙,乐意变成龙,那一定是比阿特丽斯。"

姨母久久地凝视着我:"你是说,如果她化龙后,无法变回女孩,你不介意让我来教她读书?"

我感到自己的内心发生了深刻的变化。我靠近姨母,伸出手臂抱住她。她把头偏向一边,大滴的热泪落到我的人类皮肤上。"我很爱你,"我说,"我当然不会介意,她是你的女儿,玛拉。是时候告诉她了,是时候让她知道你遭受了什么、放弃了什么、你有多爱她。她是你的女儿,玛拉,我也是。你是我的母亲,就像我真正的母亲那样。如果我早些明白就好了。"

我发现自己被我的龙姨母们抱了起来。我的脚悬在空中,离地三英寸。她们的身体光滑而温暖。被爱我的人支撑着,这种感觉真的很好。上一次有这种感觉是什么时候,我已经不记得了。

⁂

化龙没有立即发生。那天接下来的时间,我们保持警觉,等待着她的变化。与此相反,比阿特丽斯突然放松下来,帮我们装饰圣诞树,为曲奇饼干撒糖霜。她还洗了自己那份碗碟，帮我们打扫屋子，无须我们催促就自己主动刷牙、上床睡觉。第二天晚上是平安夜，我们和其他由人和龙组成的家庭来到大教堂外的雪地，参加了一场特别的午夜弥撒。两位龙姨母分别抱着我和比阿特丽斯，她们腹部的高温为我们保暖。我还以为，比阿特丽斯会在众目睽睽之下选择化龙。但是她没有。第二次读经之前，她就睡着了。

第二天一早，比阿特丽斯从床上弹起来，飞跑到圣诞树下拆礼物。我们的大楼里蔓延着肉桂、丁香、苹果、烤火鸡、糖霜、巧克力和奶油的味道。下午两点，索尼娅、外祖母，还有甘茨博士都已到访。显然，甘茨博士马上被布洛姆格伦夫人迷住了。他反常地慌乱起来，说话结结巴巴。每次轮到布洛姆格伦夫人说话，他都会脸红。我们还邀请了吉津斯卡夫人，但是她告诉我们，她患了感冒，无法到访（她没有告诉我们她已经住院了，我后来才知道）。我们唱唱歌，读读故事。比阿特丽斯用她的长笛吹起一支曲子；索尼娅一边唱着挪威民歌，一边用修长的手指弹拨着她外祖父留下的旧曼陀林琴，演奏着和弦。龙与龙温柔相待，索尼娅和我搂着对方，坐在沙发的一角，没有人对我们指指点点。

化龙发生在晚餐和歌会后，伊迪丝还没有端上她制作精美的圣诞节圆木蛋糕，它有着层叠的巧克力蛋糕层，覆着巧克力酱和厚奶油，还搭配了形似冬青叶的棉花糖。

"有人想吃点甜品吗？"伊迪丝问大家。她在红酒的作用下微微摇晃着，笑了起来。

比阿特丽斯站起来。"我吃，但是……"她不说话了，她把手放在心口。我睁大了双眼,伸手抓住索尼娅的手。

"噢。"比阿特丽斯的眼睛变成金色,"噢。"

"比阿特丽斯?"我喊她。

珍妮的反应很快,她开始挪走碍事的家具。克拉拉跑着取来一桶水,以防万一。甘茨博士拿出他的笔记本,从包里翻出一台相机,递给索尼娅。"请帮我尽可能多拍些照片,手尽量不要抖,这是要用来做科研的。"我不知道为什么他要把这项任务交给她。或许是因为她镇定的举止和结实的双手。总之,许多年过去了,我仍旧留着这些照片,它们很有意义。

甘茨博士接连不断地提问,在笔记本上记个不停,无论是否得到了回答。

比阿特丽斯什么都不说。我看她仰起了脸,胸腔上下起伏。她张着嘴,似乎灵魂要在叹息中逃逸。她的脸上流露出不加掩饰的喜悦。我小心翼翼地接近她,跪在她身边。我把手放进她的手心。热量灼烧了我,但是我仍在坚持着,我们十指相合。我吻了吻她的脸颊,嘴唇起了一点水疱。

"没关系的,妹妹。"我说,"没关系的,是你和我,我们在一起,没有什么能改变这一点。你是你,我是我,我们是我们,这很了不起。"她看向我,睁开眼睛。她的眼睛又宽又大,流溢金光,明亮闪耀。我眯起眼睛。

"亚历克斯。"比阿特丽斯喘着粗气,她的皮肤舒展开来,她的舌头闪烁着光彩。我的手上还留着刚刚紧抓她的手时留下的烧痕。我不会放弃任何事。光从比阿特丽斯的皮肤上倾泻而出。"你知道吗,亚历克斯?你明白这个世界有多广阔吗?你明白吗?"

噢,比阿特丽斯,是的,我终于理解你了,我会一直理解你的。

她的皮肤如花瓣般脱落。她发出一声呼啸,砖块隆隆作响,书架上的书掀翻在地,我的骨骼都在颤抖。

42

一如所料,学校驱逐了比阿特丽斯。我,玛拉,伊迪丝,珍妮和克拉拉,带着不情不愿的比阿特丽斯,一同前往校长办公室,要求让比阿特丽斯留在课堂上。校长拒绝了,我们要求他出具书面的拒绝书。大学报纸的记者和摄影师(都是索尼娅的朋友)等在走廊。他们抛出问题,拍下照片,将整件事放在第二天晨报的头版。等到下周,密尔沃基的媒体也报道了此事,然后是芝加哥的媒体。月末时,全国各地都报道了类似的事件。为近期化龙的孩子的受教育权东奔西走的人,似乎不止我们。

不过,玛拉和其他几位龙姨母十分享受家庭教育的体验,并且平分职责。比阿特丽斯以超乎想象的热情接受了家庭教育的概念。珍妮搭建了学习角,配备了适合龙的身形的书桌和书架,还有供科学课使用的临时实验室。克拉拉教家政课和历史课,伊迪丝负责文学与修辞学,玛拉管数学课和汽修课,珍妮负责科学课和体育课——她甚至没有向我确认一下体育课的内容,比阿特丽斯称之为"火舞",我着实被吓了一跳,只好换掉了这一科目。事实证明,母亲说的话也不完全错——有时候,最好不要问问题。

她们通过在农贸市场的往来,找到了同样有龙孩子的家庭。也就是说，比阿特丽斯有了同学和伙伴。后来还有了学习小组。她组织游戏，制订计划，像当年在邻里的孩子之间那样。不过如今，她的玩伴们都会飞，还会喷火。我咬紧牙关，保持乐观。如今的比阿特丽斯，没有负担，没有束缚，生活无限顺意。她依然在女孩与龙的形态之间转换，尽管这个过程时有艰难，让她一天中的大部分时间都很疲惫。通常，她喜欢做一条龙，偶尔才变回女孩。她说，有时候她很享受变小的感觉。我理解，我也很小，我也很享受。比阿特丽斯笑得很是轻松，常常出手帮忙，她占据的每一寸空间都充满光亮。她的思想是一条无尽的河，充满各种想法、关心、疑问和计划。她想要理解全世界。并非一切都很完美，但是大家过得很好，我们都这样认为。

对我来说，这意味着我对自己生活的理解发生了深刻的转变。负责比阿特丽斯的生活的不再是我，而是玛拉和其他龙姨母。不仅如此，我也不再孤身一人地张罗自己的生活。她们帮助我理财，保证我睡眠充足，饮食均衡，摄入足够的维生素。如果我的脸色蜡黄，或是咳嗽几声，她们都会大惊小怪。她们打趣我的朋友，在索尼娅留下过夜的时候，也假装没有注意。她们建议，但不打探；她们倾听，但不评判；她们关心，但不溺爱。涉及比阿特丽斯的兴趣、行为和学业的问题，她们会咨询我的意见。因为我们一起分担着责任，我第一次能够纯粹地做一名学生，完全投入思想活动和探究的实践中，不必再有焦虑的重担。玛拉，再一次成了我的生活支柱。未来的大门在我的面前敞开，充满无限可能，而这全仰仗她们的支持。

感激是一种有趣的情感，与喜悦如此相似。

我和教授们讨论了进入研究生院的可能。我给吉津斯卡夫人写信，征求她的建议，她提供了一些想法。我还给伯罗斯先生写了信，他在新墨西哥大学的新实验室用他的真名回了信。我开始为自己的未来着想——我曾经像是疯狂地冲向悬崖的尽处，如今好似走在美丽森林中一条饶有趣味的小路上，或许会通往山顶，又或许不会。是的，到达山顶的概率并不确定。但是，噢！看那山峰！噢！看那风景！继续前行的感觉，是多么令人喜悦。

新学期开始后，我全身心地投入学习和科研中。我在实验室工作，加入了研究团队，还为自己的项目争取了资金。每周二和周五的晚上，我在天文台做志愿者，一直到半夜两点。每周五的晚上，索尼娅都会和我一起去天文台。她会学习、画画，或只是懒洋洋地躺在沙发上，在深夜里打个盹，等我换班。有时候，我也会稍作休息，摸摸她的脸，或是她的发，把我的手臂搭在她的背上。我没有隐瞒我们在一起的事实。或许有人心存疑问，但是没有人说过。有时候，让别人知道你生活在充满龙的家庭，有一定的好处。

通常，在我结束值夜后，我们会在外待一整晚。我们不休息，不睡觉，沿着湖边的小路散步，直到天色渐红，黎明降临。每时每刻，我都想和她在一起。我希望我们拥有的每一瞬间，都和其他可能的瞬间交错、缠绕。

时间的无限纠缠。

爱的量子之结。

初恋少有持久的,但初恋总让人误以为它一定是持久的。我珍惜和索尼娅在一起的每时每刻。每一刻于我都很珍贵,每一刻都仿佛可以轻易丢失的宝物。

我是什么时候注意到索尼娅开始专门画龙的?描画龙的线条,涂抹龙的油彩,把龙刻在小块的碎玻璃上,把它们当作试金石揣进口袋。我是什么时候注意到,她的目光掠过我所在之处,望向天空?我不愿去想,我没有问过,我试着告诉自己,这不是真的。

2月初的某个星期五,索尼娅迟到了。她的脸颊通红,双眼发亮。毕竟那是2月,夜晚冷得刺骨。一起值夜的还有四位同学,都是男生。他们轮流向我解释设备的原理(尽管是我训练的他们),向我解释理论(我看过他们的笔记,不必了),主动帮我检查数学问题(我礼貌回绝)。有一次,一个男同学试图向我解释透镜的原理,我说:"谢谢你,朋友,但是你的解释就像粘在我头发上的口香糖一样没用。你为什么不为大家想想,闭上嘴呢?"

"哎呀,亚历克斯,"他喘着气说,"别对我发火。"不久之后,四个男孩都匆匆离开。那天晚上,负责管理的研究生,那个来自北达科他州的高个子年轻人,又一次在办公桌前睡着了。研究生们经常这样。即使是状态最好的时候,他们也很憔悴,睡眠不足,单靠咖啡提神。我不忍心叫醒他,便替他搞定了天文台,更换设备,关闭机器,检查库存。有事可做的感觉真好。索尼娅坐在角落,俯身看着她的笔记本，一脸欣喜若狂。我看不清她在画什么。每隔一段时间，她就抬起头来，迎上我的目光，微笑着。每一次，她都让我无法呼吸。

我们叫醒了那位研究生。他惊慌地环顾房间，直到我说我已经帮他完成了所有任务，他可以锁门睡觉了。索尼娅和我拿起背包，留下他自己待着。

我们一来到大厅，索尼娅就牵起了我的手。"我还不想让今夜结束，你呢？"我转头看着她，牵起了她的另一只手，靠近一步。

"我也是。"我说，声音异常急促。

"我们去楼顶吧，"索尼娅小声说，"我想给你看一样东西。"

那时我没有想到，气温在零度以下，结冰的楼顶会很危险。我只是点点头，心提到了嗓子眼。索尼娅牵着我，开始倒着走路。

我不知道她要给我看什么，我只知道我还不想回家。

走到室外，我冻得发抖。昏暗的夜空有星星在闪，清晰、明亮，散发寒光。那是少有的寒夜之一，低温挤出了每一滴可能形成雾气、模糊视野的额外水分，风则决定全然静止不动。我呼出水雾，眼睫结冰。这没关系。我的腹部在发烫，骨头在发烫，皮肤似乎在向外散出热量。索尼娅·布洛姆格伦伸出手，捧起我的脸颊。她的手指冰冷，但掌心温热。我不想回到室内。她的脸庞因期待而发红。（是什么原因，我当时没有问，噢，天哪，我为什么没有问。）

"天空很美。"我说,"你想和我一起看星星吗?"

最好的观星方式就是平躺,直直地看向天空,这样视线就会落在天空的最暗处。几年前,天文专业的学生在屋顶放了一个用来观星的物资箱,装着精缩羊毛毯,让我们免受晚风和屋顶的寒冷,此外还有一些舒适的旧枕头。我们躺下,尽可能地依偎着彼此,望着星空。索尼娅握着我的手,她的眼里满是星辰。门多塔湖已经完全结冰,即使在此处,我们的耳边也回响着深沉的冰裂声,清冷又孤寂。我们还可以听到几间宿舍传来的聚会音乐,以及年轻人在黑暗的室外为刺激的游戏而奔走的声音。

过了一会儿,索尼娅转身靠过来,两手扶着脸颊。

"我的父亲有了这个疯狂的想法。"索尼娅说,她的目光依然指向天空,没有看着我。她的手指恍惚间抚过我的脸颊,似乎她的肌肤正在记住我的肌肤。"在我的母亲化龙之后,他把我送到了苏必利尔湖南岸的外祖父母家,他说他不会道别,因为他还会回来,并且带着母亲一起,然后我们一家人就会生活在一起。或许是在湖中的某座岛上。我的外祖父母祝福他会找到他们的女儿,但他们在心里觉得他疯了,他确实疯了。他认为,我们也许可以住在一座有灯塔的岛上,或者就住在一间木屋里,面朝宽广的湖水,背靠茂密的树林。妈妈可以就做一条龙,做龙会做的事情,我可以安心当个小女孩,和爱她的父母一起生活。父亲可以钓鱼、打猎、种地,一家人其乐融融。这很荒唐,首先他不会钓鱼,他性子太急太躁。他也从未打过猎。我们唯一的花园只是一块杂草丛生的荒地。他甚至不会种芦笋，那可是全世界最容易种植的东西。我父亲是个木匠，不是个开荒者。另外，母亲的离开是有理由的。她没有和我告别，没有和她的父母告别，当然也没有和我父亲告别。我很难接受这一点，但是我知道这是真的。更重要的是，她不回来也是有理由的。"

她坐起来，凝望着天空，下眼睑有一道光滑的泪痕，每一根睫毛都粘着微小的冰晶，在暗淡的光亮下闪烁。我的脸颊发烫，我的双唇发烫。我无法移动，无法开口。我知道，我应该说些什么，但是口中满是灰烬。

索尼娅咬着下唇。"所有的女孩都化龙的那天？我正在参加一场睡衣派对，我和另外五个女孩。我朋友的父母去参加婚礼了，整栋房子里只有我们几个。所以，我们自行从酒柜取了酒，穿着睡衣走到户外，躺在草坪的躺椅上，望着天空。我的思绪一片混乱。我吻了朋友乔安妮，一个真正的吻。她躺在我身边的椅子上，我们皮肤贴着皮肤，手握着手，那是全世界最美妙的感觉。我们看着天空，足足有一个多小时。忽然，她对我说她很抱歉，然后站了起来。"索尼娅的声音在颤抖，她的呼吸变得急促，似乎在强忍着啜泣。"然后，她变了，每个人都变了。我看着她们飞走，一个接着另一个。我独自一人站在后院。那是我人生中最孤独的一天之一，我的朋友们都变了，她们所有人。她们抛下了我。"

星星在我们头顶闪烁、燃烧。我将胳臂伸到索尼娅的后背，紧紧抱住了她。

我听见了自己的声音："很久之前，在我的姨母化龙之前，她告诉我，所有女人都有魔力。她告诉我，我们都会听到呼唤，有些人会回应，有些人不会。但是我不知道。舞会那晚，我也在那里。我看着她们有多幸福。那些女孩变了。我们一起跳舞，一起跳舞的感觉很美妙。她们的眼睛变了，嘴巴变了，她们蜕下皮肤，飞向远方。留下我一个人。我什么都没有听见，没有声音呼唤我。"

我没有提到自己当时的想法。是我不够吗？是我不够好吗？但即使在舞会那晚，我也知道，这些都是错误的问题。相反，我明白我需要问的是，我要选择什么样的生活？我渴望什么样的生活？在我的心里，已经有了答案。

索尼娅握着我的手，她的嘴巴靠近我的脸颊，嘴唇靠在上面。我感受着她的呼吸，感受着她的亲吻。我们张开嘴巴，手臂交缠，像一个结。她的唇很温暖，又有些发烫。她的肌肤也在发烫。我的嘴唇在燃烧，骨头在燃烧，心在燃烧，燃烧，燃烧。

噢，不。我想，噢，索尼娅。我的手臂环住她，紧紧抱着她。不要前往我无法追随的地方。

亲吻过后，我们依偎了许久。我们绯红的脸颊相触，掌心隔着手套抵住对方的掌心。索尼娅挪远了些，她久久地凝视我，灰色的眼睛在闪烁。"有时候，我会想到我的母亲。我为她的脸画过多少张画？有多少关于她的油画和雕塑？说实话，我已经忘了。但是，这些物件帮助我记住了她的容貌，还有我父亲的容貌。记得他们对彼此的深爱，这宽慰了我。即使他们的爱还不够，因为有时候爱就是不够的。"她的手来到我的帽子下,手指缠起我的发丝。我把脸埋入她长长的脖颈和围巾之间。"和朋友在一起的那天晚上,我没有听见呼唤。但是我想听见,我一直想听见。所以读大学以后,我有意地去和龙交朋友。我以为这样可以触发什么。无事发生,不会太久了。"

"嗯,那么,"我说,不愿放手,"或许那就是你的答案。"

索尼娅垂下手,后退几步,望着我的脸。她摇摇头说:"噢,亚历克斯,你看不到吗?我真的有所感觉,就是现在。在我和你重逢的那天就开始了。我的内心有所感觉。似乎我的生活已经超越自身,我已经超越自身,或许那是另一种不同的呼唤。"她又后退了一步。她的眼睛已是金色,闪闪发光,她的口中似有红宝石。

"噢,索尼娅,"我喘息着,"你确定吗?"

"我的父亲在寻找母亲的途中去世了。但是,我的母亲甚至都不在这里。我想——实际上我知道——她飞上深空,去探索星星了。我想她还在那里,在太空深处。"她的脖子变长了,龙爪刺穿了她的靴子。她是那么美,我几乎濒临死亡。她再次亲吻我,亲吻我的嘴唇,她的大衣被烧焦,冒起了烟。我的双唇在烧灼。她轻轻扯下衣服,一只龙爪放在乳房之间的皮肤上。我移开了目光,夜晚很冷,星星很亮。群龙掠过微风吹皱的湖面,空气中回荡着人们的呼唤。比阿特丽斯还在家,比阿特丽斯需要我,现在的我。除非她不再需要了。或许她再也不需要我了。或许询问比阿特丽斯需要什么,也是一个错误的问题。我需要什么?我渴望什么?我渴望什么样的生活？脚下的大地在起伏。索尼娅·布洛姆格伦引发了地震，我想，这感觉前所未有地真实。索尼娅的龙爪按进皮肤，开始向下拉。

"我想变得更强大。"索尼娅说着，闭上眼睛，"我想去找我的母亲。我想探索星空，超越星空。我想用目光吞下宇宙。跟我走吧，亚历克斯。我不能再逗留一刻，我不能再忍受这具身体，这不是我选择的生活，我选择其他的生活。亚历克斯，我很爱你，你不愿意跟我走吗？"

我要如何安置这段记忆？我要如何编织这丝丝缕缕的细节？我记得压实的雪与冰散发着不可思议的寒冷，鞋子踩在上面发出嘎吱的声响。我记得心中的痛楚，记得体内的灼热。我的后背作痛，肌肤紧绷。我的视线被淹没，是眼泪吗？还是什么？我记得索尼娅身上的味道，不再是迷迭香，而是灰烬、焦糖和烟雾的味道。我记得她的闪光的鳞片，闪光的双眼，闪光的每颗牙齿，每处边缘，每只龙爪。地面上，醉酒的年轻人大声地喧嚷。一辆汽车按响了喇叭，另一辆汽车开走了。索尼娅盘旋在我的面前，她是光与美的纷呈，是宇宙的一道裂缝。我唯一能做的，就是站在原地。

她伸出龙爪，鳞片在昏暗的光线下散出微光。我能怎么做？我的双手握住她的龙爪，拇指抚摸着每一块鳞片。我低下头，似在祈祷。

"所以？"索尼娅说。

43

1965年的春天,"化小龙事件"的一年之后,大多数在那日化龙的女孩,又一次回归了家庭。主要的原因是原生家庭改变了心意,悲伤地寻找着被抛弃的流浪女儿,乞求宽恕。当和解的家庭走到公众面前,幸福、团圆的家庭形象成为公众意识的一部分,独自生活的龙女孩的幸福和道德则成了愈加迫切的课题。似乎在一夜之间,全国各地涌现了许多社会服务机构,致力于为这些化龙的女孩寻找合适的寄养家庭,满足她们的身体、精神和道德需求。

家庭重组或重建后,父母们就开始为自己的女儿辩护,而他们不接受一个否定的回应。

1966年,一些高中的校长开始无视地区的法令,欢迎龙女孩重返校园。学校或是将课堂挪到户外,或是开办位于礼堂、食堂和体育馆等地的特殊教室。也有些学校在窗外安置了座位,好让这些身形庞大的学生既能参与课堂,又不干扰她们的自由活动。1967年,第一次有小学宣布欢迎化龙的学生。1969年,有8 000人(其中也包括龙)聚在白宫前,为他们化龙的女儿争取平等的教育权利。

形势对政客而言不容乐观。没有政治家愿意展现一副不支持教育的形象。刚刚上任的尼克松总统不算是龙的狂热支持者，但即使是他也明白这是一场胜负已定的辩论。总统和第一夫人邀请了一对富有的夫妻（他们为共和党提供长期的赞助）和他们在拉德克利夫学院读书的龙女儿，他们在白宫草坪举办了一场被广泛报道的午宴。天气很好，谈话愉快，承诺落地。从尼克松总统的角度来看，这些承诺很空洞，显然只是对心情焦灼父母的安抚，同时从政治上掩盖真正的改变。他不知道接下来会发生什么。

1971年，公民身份问题和学校教育问题得到了一致的回应，由最高法院宣布为国家法律。虚假的死亡证明被撤回，社会保障号码被重新发放，龙作为一个完整的个体，得到了法律的承认。她们能够申请图书馆的借书证，考取驾照，开办银行账户，也获得了选举权。她们充分拥有了公民的权利和神圣义务。她们在最高学府获得了一席之地，以最优异的成绩从名校毕业，然后将所学付诸实践。后来，龙们在州法院和地区法院提起诉讼，为同她们一样曾经无法发声的人辩护。她们成为社会工作者、公园巡逻员、科学家、工程师、哲学家、农场主和教师。她们在建筑工作上的表现也给人留下了深刻的印象。她们力量非凡、身手矫健，善于解决问题，还掌握飞行和喷火的能力，是人们急需的多面手。她们不仅乐于助人、勤勤恳恳、技艺拔群，还有助于降低用工成本。

反对龙的呼声一直存在，直到今天也是如此。但是，龙对地方和全国的商业价值不容低估。无论个人的观点如何，我们都不会厌恶经济的繁荣。

比阿特丽斯只在家学习了不到两年,然后,学校软化了态度,允许化龙的孩子复学。但对她来说,复学没有持续太久。一旦她懂得了自学,就很难——甚至不可能——继续在学校待下去。千篇一律的枷锁像是沉重的监狱,囿于课桌前的无聊让她难以忍受。即使在学校向化龙的学生敞开大门后,她还是不愿去上学。

"为什么我要浪费时间,去学习他们想让我学的内容?我明明可以去图书馆学习一切。"我对此没有合适的答案。随着时间流逝,比阿特丽斯依然能够收放自如地变幻,完全化龙,再完全复原,尽管随着她慢慢长大,她越发为变化的过程感到疲惫。不过这种灵活性还是从青春期延续到了成年后。围绕比阿特丽斯的情况,甘茨博士发表了 6 篇论文。他还找到了其他的相似案例,但是少之又少。无论是过去、现在,还是未来,比阿特丽斯都是极特别的那个。

到了 1980 年,有 4 条龙成为国会议员,18 条龙成为大型企业的首席执行官。共有 422 座城市、乡镇和自治市至少选举了一名龙进入政府部门。以龙为主的非政府组织开始在世界各地开展工作,比如发出倡议,维护和平,从事动物和环境保护,在发生武装冲突的国家重建基础设施等。1985 年的秋天,挪威诺贝尔委员会将诺贝尔和平奖授予了一家这样的非政府组织的创始人,此举震惊全球。这个名为"龙之守护"的组织创立于十年前,创始人是一条来自威斯康星州的年轻的龙,致力于在平民生活遭受战火威胁的地区守护脆弱的和平和安全。她隐藏了自己的真实姓名,化名"可爱的利维坦",以保护家乡的家人。可惜,缔造和平的工作必将存在敌人。最初,这些龙来到危险的村庄附近,悄无声息地帮助险境中的孩子。然后,这些龙发现通过提高自身速度,她们可以拦截子弹和炸弹,挡下伤害。她们变成了熟练的拆弹手,飞行速度快如闪电,可以弹开任何子弹。此外,得益于她们出色的嗅觉和低空盘旋的能力,她们可以帮助整个地区免受地雷之苦。"龙之守护"成为全球反抗暴力的象征。她们凭借自己被动保护的能力,迫使怒气滔天的军阀、自命不凡的独裁者,还有藐视社会的企业高管重回谈判桌。他们以武力、恐惧和胁迫来统治世界的努力遭到挫败——或许是永远的挫败。

世界各地的媒体或是高调赞扬,认为该组织的抉择是显而易见的时代大势;或是将之谴责为龙的霸凌行为,并利用报纸的头版令人窒息地大肆渲染,责难这是巨蛇的崛起,人类的衰落,此外还不乏其他夸张的表述。新闻节目的评论员无休止地进行讨论。但是,有一件事我们难以反驳:正如我们后来所知,战争终于结束了。国会提出决议,要嘉奖"龙之守护"组织和其匿名创始人,却遭到了里根政府的首次否决,因为他们害怕冒犯到总统所喜欢的独裁者和战争奸商(否决被一致推翻)。电台记者们不停猜测,这位"可爱的利维坦"是否会发表演讲。匿名发表演讲将违反规矩,而拒绝演讲就意味着拒绝奖项,也就意味着拒绝了丰厚的奖金。毕竟,和其他非营利组织一样,"龙之守护"也为长期的资金紧张所困,不拿这笔钱,未免太愚蠢。

1985年12月10日，包括龙在内的世界各地的高官陆续抵达挪威。颁奖仪式在奥斯陆大学的多穆斯传媒系举办，执法部门和挪威军队因为安保问题处于高度戒备状态，整个国家也紧张不安。当然，诺贝尔和平奖的颁奖仪式上从未发生过暴力事件。但是，考虑到咬牙切齿的好战嗜杀之徒，没有人可以肯定这场仪式将如何告终。以防万一，许多与会者在大衣和夹克下穿上了防弹衣。

晚宴开始。按照传统，获奖者的餐桌位于大厅的中央，同桌的首相、诺贝尔委员会成员和其他的政府文化部门的官员已经在谨慎地享用精心奉上的美食。但是没有那条龙。她会来吗？宴会上的人们开始窃窃私语。

遵循惯例，委员会主席宣布仪式开始，发表了年度演讲，言辞幽默。客人们回以淡淡的微笑。一部影片展示了"龙之守护"令人印象深刻的英勇行动，以及对获救家庭、受保护的村庄和进步的新和平协议的谈判方的采访。因其保障人权与人类尊严的开创之举，以及为增进公民自主性与参与度的协议的努力，该组织得到了全世界的欢迎。当权力不再属于暴力，不再属于财富、人脉，而是回到人民的手中时，一个不一样的未来拉开了帷幕。持久的世界和平似乎成为可能，甚至并不遥远。

众人深受感动，有几条龙在流泪。委员会主席请获奖者从侧门入场。她是一条很美的龙，尽管身量惊人地瘦小，却蕴积了潜在的能量和致密的热量。她似乎因兴奋而颤抖。陪伴她的是一位瘦弱的女人，短短的头发灰白且稀疏。她们温柔地相拥在一起,女人用手捧着龙的脸庞,亲吻了她的脸颊。她们站的位置离话筒很近。与会者听见女人说:"亲爱的,你是我最喜欢的妹妹,我为你骄傲。"龙回答:"据我所知,你也没有别的妹妹。不过,还是谢谢你。"

人们跳起来,开始鼓掌,直到双手拍得红肿。妆容纷纷晕开,脸色严肃的男人也落了泪。龙清了清嗓子,大家重新落座。

"非常感谢大家的出席,"龙说,"感谢大家支持我们共同的和平愿景。我想和大家谈谈我们正在做的工作,以及我们可以帮助的人。但首先,我要介绍我自己,正式地向大家介绍我自己。我是比阿特丽斯,比阿特丽斯·格林,很高兴见到大家。"

44

写下这些文字的时候,我头脑有些昏昏沉沉,这可能主要是由于年龄带来的困厄。我的关节咯吱作响,后背佝偻着,苍白稀疏的头发日渐脱落。每一天,我都变得更单薄,更乏力,更脆弱,皮肤如一张薄纸,在枯草般的骨架上泛起皱褶,如此而已。我曾是一名天体物理学家,或许现在也是。我构思数学模型,以更好地理解群星的组成,并以此为基础,预想更为辽阔的天体结构,迈向对宇宙运动的统一认识。每一天,星系都在我的眼中。我过着一种比自身更宏大的生活,超越了他人所认为我能到达的极限。我在脑海中掌握宇宙的线索,试图将它们牵连在一起。我本可以和我珍爱的初恋一起化龙,但是我没有。我选择了这份工作,这条道路,这种生活。这种宝贵的生活。真希望我可以二者兼得。

这条人生道路将我送到了全国和世界各地的大学。我教授课程,发表论文,探索宇宙,引诱其揭示自身的绝对真理。最终,我回到了最初的起点,担任威斯康星大学的物理系主任直至退休。我可爱的伴侣卡米拉是一位来自罗马的陶艺家,她的嗓门洪亮,放浪不羁,总是愤愤地抱怨天气和食物。但她喜欢住在我的龙姨母附近。我的这些姨母仍然住在那栋楼里,仍以烤面包为生。卡米拉温柔地照顾每一位上了年纪的姨母,她打扫房屋,看管花园,料理厨房,根据她祖母的食谱烹饪大桶的美食,确保姨母、护工、邻居,乃至邮递员都填饱了肚子。她有一双温柔、和善且灵巧的手,她抚摸姨母们的脸庞,为她们铺床,在她们悄然流逝的生命中握住她们的手。她们爱她,就像爱自己的女儿。我本不该为此而惊讶的,但还是感到意外。有时候,家的辽远直叫我忘记呼吸。

卡米拉——噢,老天。写下她的名字让我备感痛楚,伤口太过新鲜。除了我们美丽的生活,我还能说什么?她很美,她的作品很美,她让世界更显本真,然后把我拉入其中,让我的思绪系住身体,让我的心系住她的心,仿佛一个坚不可摧的结。有时候,我觉得爱欺骗了我们所有人,因为它要求严酷的痛苦。我们找到毕生的所爱,与深爱的人紧紧守在一起,而年轻的我们还不理解,我们必将在自然中走向死亡。无论婚姻多么美满,其中一方都必须面对走向年迈、孤寂的现实。当爱失去了爱的对象,还有什么比这更悲伤?

如果我预先知道了故事的结局,我会做出什么改变吗?我还会全身心地爱她吗?在我的心中,我感到卡米拉在向我抛出这个问题。

噢,我亲爱的,我听见了我内心的答案,我不会改变任何事情。

我刚退休一个月,她就过世了。当时我们正计划着环游世界。我时而还能看见她的脸在星辰之间闪烁。也因此,我习惯晚间睡在吊床上。比阿特丽斯没日没夜地挂念我，无休无止地关心我。有时候，她会飞下来，把我抱进屋内，把我抱在怀里，就像我曾经对她那样，就像母亲曾经对我们那样。再一次，过去与现在相互交织在一起，缠绕、扭结、拉紧。张力与呼应。细丝、摩擦与时间……一个绳结。母亲明白许多事情，尽管她也弄错了许多事情。

在初次遇见龙的那片空院子里，我建了一座房子。原来的那座房子已经消失很久了，鸡舍也是。比阿特丽斯说我有些病态，住得离父母曾悲惨生活过的地方那么近。父母的那座房子，也已经消失了很久。我告诉她我的选择自有理由，但是没有继续解释。我从没对她讲过那位小老太太化龙的事情，没有提过那时的尖叫声、抓挠声，还有重物落地的声响，没有提过那声细微而惊讶的"噢！"。我从来没有提过，是不是很奇怪？或许吧。即使是现在，我理解了此事的来龙去脉，那段回忆依然坚硬、明亮又危险，是记忆储架上的玻璃碎片。不过，这段回忆属于我。无论如何，我都非常珍惜它。

现在，我变成了坐拥鸡舍和菜园的小老太太。同过路的孩子聊聊天，送给他们零食，或一篮圆润的鸡蛋。或许，这就是我的命运——在无意义的世界里，做一个有意义的人。

房子里堆满了我的生活碎片。从窗帘到桌布，都按照母亲的笔记和图表制作，每个房间里都有她的绳结的影子。我还设法找到了母亲的毕业论文，这篇以地形学为课题的论文曾保存在数学系的档案室里,此刻它摆在我的餐桌上。继母过世后,我收到了一箱父亲的旧帽子。它们现在陈列在沿顶角线安装的架子上,每一顶都安静而空洞,且莫名地有些萎缩。房子内的每个角落都摆着卡米拉的作品:雕花的浅盘,曲线优美的花瓶,还有手工制作的可爱的裸体塑像。件件都留着她抚摸过的痕迹,是我同她身体最紧密的记忆联结。我在书房的墙壁上画了挪威的高山、花卉和精灵,以纪念我与索尼娅共度的青春。为了比阿特丽斯和其他希望驻足歇息的龙,我还搭建了露台和高巢。每天,我都在菜园中劳作。我把书籍分发给生龙活虎的女孩,为有需要的女孩写大学的推荐信,以纪念吉津斯卡夫人。我还学会了修理发动机,以致敬我的姨母。退休的生活很美妙,我的生活被各式各样的活动填满。我尤喜欢如此。

今天早晨,我从吊床上醒来,也就是说比阿特丽斯没有来过。她又在忙着改变世界了。做演讲、搞活动,威慑一下世界上的政治家、领导者,还有神职人员,改变他们的想法,让世界变得更好。比阿特丽斯,我的表妹,我的妹妹,我的孩子。现在,或许还是我的母亲,照顾着我衰老的身体。我给小鸡喂食,给豌豆浇水,摘一碗灯笼果,搜寻几枚鸡蛋。然后,我在花园的躺椅上休息,看着天空。

鸟儿在天空盘旋,还有龙。美丽的生命。有太多的美。

近处,有狗吠。

近处,有发动机轰鸣。

我闭上眼睛,听着蝉鸣,从一棵树蔓延到另一棵树,再到另一棵树。记忆是奇异的存在,它重组又联结,展现清晰的因果,也揭示模式与分歧。记忆找到了宇宙的空洞,将它们缝合,拉紧丝线,打了一个牢不可破的结。

我从母亲那里学到了这些。

现在,我也教给你。

致谢

致谢，由于其本质，总是不完整的。在任何一本书的创作过程中，都有数不清的人需要感谢，为他们的帮助、善意和关怀。此外，还有数不清的人可能被遗忘了许多次。我想说，如果没有来自玛莎·布洛肯波卢、奥卢格贝米索拉·鲁道伊－佩尔科维奇、劳雷尔·斯奈德、劳拉·鲁比、特雷西·巴普蒂斯特、安妮·乌尔苏、凯特·梅斯纳和琳达·乌尔班等创作者的鼓励，没有莱达·穆尔豪斯、娜奥米·克里策、西奥·洛伦茨、亚当·斯坦普尔和埃莉诺·阿纳森（即威尔德史密斯）等创作者温和却深刻的批评，我无法推进此书。

我要感谢史蒂文·马尔克，我勇敢的代理人。他全心全意地鼓励我写作这本非常疯狂的书，尽管它与我其他作品迥然不同，也远远在我的舒适区之外。我给他看了早期的部分片段，描写了不幸的丈夫被烈火吞噬的画面，然后他对我说："尽情地写吧，放开手脚。"我这样做了。我还要感谢我可爱的编辑，李·布德罗，他从一开始就信任这个故事，他那无尽的热情给予我将故事塑造成它最终样子的勇气。

我要感谢明尼阿波利斯中央图书馆好心的馆员们，以及明尼苏达州历史学会令人惊叹的藏书。我要感谢《信息自由法案》,感谢它允许任何人——包括我这般的不入流作家——通读麦卡锡时期众议院非美活动调查委员会的相关记录,了解彼时的恐怖,以促使我们不会重复那段可耻的历史。

我还要感谢我美满的家庭,感谢我的丈夫,我的孩子们,我的兄弟姐妹,我的父母,我的堂表亲人,以及朋友和邻居。大家不得不和一个经常被自己的想象力所劫持、经常被世界伤害的人生活在一起。写作的手艺要求一个人时刻保持着赤裸裸的脆弱和耗人心力的同理心。我们感受万事万物,也被它们撕裂。如果没有生活中人们源源不断的爱将我们缝合,我们就无法完成这份工作。我很幸运能被这么多的爱围绕,这让我常常觉得对这个宇宙有所亏欠。

我经常很认真地讲,我的作品来自偶然,这本书也不例外。如果不是一位出色的编辑——乔纳森·斯特拉恩热心地邀请我,为他的新作写一篇关于龙的短篇小说,那么这本书不会存在。我曾经让自己相信,我写作的日子已经过去了,但还是答应了斯特拉恩先生,因为他这个人实在太好了。只是多写一个故事,又能给我自己带来什么麻烦呢?然后,我和其他美国人带着恐惧和怒火,聆听了克里斯蒂娜·布拉西·福特勇敢、坚定的证词,她恳求参议院重新考虑最高法院大法官的候选人,并做出不同的选择。于是,我决定写一个关于愤怒的故事。也是关于龙的故事,虽然愤怒依旧是主要的基调。

不过,故事总是有趣的。动笔的时候,我们以为自己知道故事的走向，然而它们总是有自己的想法。从这一点来说，故事很像我们的孩子。我以为我要写的是短篇小说，但是我错了，这个故事很快就告诉我，它想成为一部长篇作品。我能怎么办？我以为我要写一个关于愤怒的故事，但是我错了，这部小说里的确存在着愤怒，却不止愤怒，它的内核是记忆与创伤。它讲述了如果我们拒绝谈论过去，我们自己和我们的群体将受到怎样的伤害。它讲述了在我们更加理解这个世界之后，才能明白的记忆，才能寻回其语境的记忆。我还以为，我在写一群会喷火的强大女人。她们的确出现在了本书中，但这本书却不只是关于她们的，它更讲述了一个为创伤所倾覆、因羞耻而陷入沉默的世界。与日俱增的沉默散发着毒性，感染了生活的方方面面。你可能会觉得耳熟——因为时代正是如此。

这本书并非基于克里斯蒂娜·布拉西·福特其人或其证词而作。但如果不是她勇敢地站了出来，冷静地坚守事实，决意回顾人生最惨淡的时刻，以帮助美国进行自救，这本书就不会诞生。她的行动并没有奏效，却意义非凡。或许，这就够了。我们热切地盼望着，下一代人能真正予以克服。